BRUTAL UND BEREIT

MEHR ALS EIN COWBOY - 2

VANESSA VALE

Copyright © 2021 von Vanessa Vale

Dies ist ein Werk der Fiktion. Namen, Charaktere, Orte und Ereignisse sind Produkte der Fantasie der Autorin und werden fiktiv verwendet. Jegliche Ähnlichkeit mit tatsächlichen Personen, lebendig oder tot, Geschäften, Firmen, Ereignissen oder Orten sind absolut zufällig.

Alle Rechte vorbehalten.

Kein Teil dieses Buches darf in irgendeiner Form oder auf elektronische oder mechanische Art reproduziert werden, einschließlich Informationsspeichern und Datenabfragesystemen, ohne die schriftliche Erlaubnis der Autorin, bis auf den Gebrauch kurzer Zitate für eine Buchbesprechung.

Umschlaggestaltung: Bridger Media

Umschlaggrafik: Wander Aguiar Photography

HOLEN SIE SICH IHR KOSTENLOSES BUCH!

Tragen Sie sich in meine E-Mail Liste ein, um als erstes von Neuerscheinungen, kostenlosen Büchern, Sonderpreisen und anderen Zugaben zu erfahren.

kostenlosecowboyromantik.com

1

$\mathcal{H}$ARPER

„Das schuldest du mir", schnauzte Cam.

Die Stimme meines Bruders zu hören, ließ mich erschaudern. Galle stieg in meiner Kehle hoch. Er hatte vor zwei Wochen angefangen, mich anzurufen und an seine bevorstehende Entlassung zu erinnern. Ich hatte keine Erinnerung gebraucht. Das Datum war mir ins Gedächtnis gebrannt und jedes Mal, wenn ich in den Kalender schaute, sah ich, dass es näher rückte.

Ich schuldete es ihm? Ich schuldete ihm Geld für das, was er getan hatte? Meine Hände zitterten, während ich mir das Handy ans Ohr hielt. Es überraschte mich nicht, dass er mich gefunden hatte. Erneut. Obwohl ich mir eine neue Handynummer zugelegt hatte. Es war dumm von mir gewesen, zu denken, dass ich ihn mir damit vom Hals halten könnte.

„Wofür?", fragte ich mit schriller Stimme. Ich bemühte

mich, ruhig zu klingen, weil es ihm stets einen Kick gab, wenn er mich aus der Fassung brachte. Er würde das ausnutzen, ausschlachten und mich damit quälen, obwohl er hinter Gittern saß.

„All das Geld, das du hast, hast du nur wegen mir."

Ich tigerte zu den Fenstern, die die geschäftige Straße überblickten. Ich war gerade erst in das Apartment gezogen, weshalb mir nur die schlichten weißen Jalousien Privatsphäre boten, aber ich hatte sie hochgezogen, um die schwache Dezembersonne hereinzulassen. Da die Dunkelheit schnell hereinbrach und ich wusste, dass Cam dort draußen war, wenn auch im Gefängnis, zupfte ich an der Kordel und ließ eine Jalousie runter. Dann die nächste und die nächste entlang der Wand, bis ich nicht mehr raussehen konnte, bis ich mich in einem kleinen Kokon befand, in dem mich nichts erreichen konnte. Ja, klar. Ich schlang meinen Arm um meine Taille, da mir plötzlich kalt war. Ich allein war.

„Du hast mich zwei Gangstern übergeben im Austausch für die Auslöschung deiner Spielschulden", entgegnete ich und fuhr mit einer Hand über mein Gesicht, dann durch meine Haare. Ich hatte sie heute Morgen für die Arbeit zu einem einigermaßen kunstvollen Dutt nach hinten frisiert, aber mit einem Wisch meiner Hand hatte ich alles verstrubbelt.

Ich wollte nicht erneut auf den Tisch bringen, was er getan hatte, denn er war sich dessen nur allzu bewusst, aber er war der Meinung, es spiele keine Rolle. Ängstlich wirbelte ich auf dem Absatz herum und machte mich daran, einen Umzugskarton zu öffnen, der auf meinem Schreibtisch stand. Eine Pflanze balancierte gefährlich auf einem Stapel Büroartikel und ich stellte sie mit einem harten Knall auf die blanke Oberfläche. Sie brauchte

Wasser, nachdem sie dort über eine Woche vernachlässigt worden war.

„Yeah, und dir ist nichts passiert abgesehen davon, dass du einen Haufen von Mommys und Daddys Kohle einkassiert hast."

Nichts passiert? Ich zog das Handy von meinem Ohr und starrte es an. Meine Handflächen schwitzten und ein dumpfer Schmerz zog in meinem Hinterkopf ein.

„Sie griffen mich in einem Aufzug an."

„Sie *vergewaltigten* dich nicht oder so etwas."

Vergewaltigung war sein Richtwert dafür, ob etwas *passierte*, und das machte mich krank. Alles an Cameron machte mich krank. Als mein älterer Bruder sollte er eigentlich mein Beschützer sein und auf Dinge wie übergriffige Freunde ein Auge haben. Er war ein kleines Arsch, vielleicht seit er zwei Jahre und in der Trotzphase gewesen war, aus der er nie herausgewachsen war. Wir hatten als Kinder kein einziges Mal zusammen gespielt, waren nicht einmal auf die gleiche Privatschule gegangen. Wir hatten nie bei Videospielen oder während Stunden, in denen wir bei einem Roadtrip auf dem Rücksitz eines Kombis gesessen hatten, ein geschwisterliches Band geschmiedet.

Stattdessen betrachtete er mich eher wie eine *Sache*. Eine Sache, die er zwei Männern gegeben hatte. Ich war ihnen körperlich unversehrt entkommen, aber sie waren nie geschnappt worden. Der Fall war noch immer offen und sie waren noch immer dort draußen. Mein Bruder rückte ihre Namen nicht raus, da er wusste, dass er so gut wie tot wäre, würde er petzen. Ich hätte Cam ebenfalls für seine Beteiligung verhaften lassen sollen, doch nein.

Meine Eltern hatten nur an Cam und ihren Ruf gedacht – was seine von Drogen angetriebenen Angewohnheiten nur ermöglicht hatte. Sie hatten mich gezwungen, über die ganze „schwesterliche Verkaufsaktion" Stillschweigen zu bewahren, und ich hatte nun einen gigantischen Betrag Schweigegeld auf meinem Bankkonto als zusätzlichen Anreiz.

Zum damaligen Zeitpunkt war ich zu traumatisiert gewesen, um mich gegen sie zur Wehr zu setzen. Ich hätte Cam der Polizei ausgeliefert, als ich endlich aufgehört hatte, ständig Alpträume zu haben, und keine Angst mehr gehabt hatte, nach draußen zu gehen. Doch er war so dumm gewesen, sich einige Wochen später als nicht vorbestrafter Drogentäter erwischen zu lassen, und war ohnehin im Gefängnis gelandet. Auf sein eigenes Tun hin. Dagegen hatten die gute alte Mom und Dad nichts unternehmen können.

„Lass mich in Ruhe", sagte ich mit flacher Stimme.

Seine bevorstehende Entlassung war der Grund dafür, dass ich umgezogen war. Erneut. Er hatte gewusst, wo ich gewohnt hatte, und da er bald rauskommen würde, hatte ich mich nicht mehr sicher gefühlt. Schon bald wäre er in der Lage, mit irgendjemandem bei mir aufzukreuzen. Jederzeit.

Nein, dieses Apartment war sicherer als mein altes Haus, das näher am Campus lag. Ich sah mich um. Ein modernes, hochwertiges Gebäude. Drei Stockwerke, nur drei Apartments mit vielen Sicherheitsvorkehrungen. Es wohnte nicht nur mein Vermieter, Grayson Green – einer der berühmtesten und erfolgreichsten MMA-Kämpfer – im obersten Stock, sondern noch ein anderer Mann, den er trainierte, lebte in der Einheit, die meiner im ersten Stock gegenüber lag. Im Erdgeschoss befand sich ein komplettes Fitnessstudio voller Kerle, die nicht zögern würden, einen Schwinger für mich abzufangen. Zumindest hatte mir das meine Freundin Emory erzählt. Ich hatte in derselben

Straße gewohnt wie sie, bevor sie bei Gray, ihrem Verlobten, eingezogen war.

„Dich in Ruhe lassen? Schick mir das Geld und ich werde genau das tun", blaffte Cam. „Und Harper –"

„Fick dich." Ich beendete den Anruf und warf mein Handy auf das Sofa, da ich nichts mehr von ihm hören wollte. Er hatte fast zwei Jahre damit verbracht, sich darauf vorzubereiten, mich erneut zu zerstören. Jetzt, da sein Entlassungstag in naher Zukunft lag, wusste ich, dass die Telefonanrufe nur der Anfang waren. Selbst nachdem ich meine Nummer geändert hatte, hatte er mich noch gefunden.

Ich tigerte durch den Raum, vor und zurück, schlängelte mich um die Kartons und wahllos abgestellten Möbelstücke, die die Umzugshelfer kreuz und quer deponiert hatten. Das Apartment verfügte über ein offen gestaltetes Interieur. Es bestand aus einem großen Zimmer abgesehen von einer Gästetoilette, dem Schlaf- sowie Badezimmer. Die Decken waren hoch, die Fenster groß und reichten von einer Wand zur anderen. Es war modern mit einer Menge Edelstahlgeräten in der Küche, aber es war warm. Sicher.

Ich war vor einer Woche eingezogen und hatte mich noch nicht eingerichtet. Ich hatte nur mein Bett aufgebaut, meine Kleider ins Schlafzimmer geworfen und die Kaffeemaschine hervorgekramt. Zum Teufel, aufgrund des verdammten Anrufs musste ich mich ernsthaft fragen, wie lange ich hierbleiben könnte. Meinen Eltern war ich seit dem *Vorfall* problemlos aus dem Weg gegangen, aber wir bewegten uns auch nicht in den gleichen sozialen Kreisen. Ich verbrachte keine Zeit im Country Club. Ich war für sie zu akademisch, zu pedantisch in meinem Studiengebiet. Anstatt Anwältin zu werden, hatte ich die ganze Lane Familientradition gebrochen und war Professorin geworden. Für sie war das, trotz meines Doktortitels, bloß ein kleines bisschen besser als eine Verkäuferin.

Wenn Cam rauskam, würde er dann an meine Tür hämmern und mich belästigen? Oder schlimmer, auf der Straße? Auf dem Campus? Konnte ich überhaupt in Brant Valley bleiben? Anstatt mich in diesem großartigen Apartment einzurichten, fragte ich mich, wie lange ich in der Stadt leben würde können. Zum Teufel, im Staat.

Der Anruf war Teil von Cams Plan, mir zuzusetzen. Eine Aufwärmübung. Ich wusste das, aber ich kam nicht umhin, deswegen durchzudrehen.

Die Pflanze war in meiner Hand und unter dem Wasserhahn des Spülbeckens, ehe ich realisierte, was ich da tat. Ich erinnerte mich nicht einmal daran, dass ich sie in die Hand genommen hatte und in die Küche gelaufen war. Ich schloss die Augen, atmete.

Ich wollte *Mommys und Daddys* Geld nicht. Ich wollte meine Eltern genauso wenig wie meinen Bruder in meinem Leben haben, weshalb ich das Geld auf die Bank gebracht hatte, wo es niemand anrühren konnte. Meine Eltern konnten es nicht zurückverlangen und Cam konnte es nicht erreichen.

Sie hatten ihren Sohn mit seinen grausamen und gefährlichen Taten ihrer eigenen Tochter vorgezogen. Und ihr Geld? Ich würde alles davon hergeben, um Cam dauerhaft aus meinem Leben zu entfernen, aber ich würde nicht nachgeben. Ich würde ihm das Schweigegeld nicht geben. Und es *war* Schweigegeld.

Niemand durfte wissen, dass Cameron Lane der Dritte ein Suchtproblem hatte und seine eigene Schwester im Austausch für die Tilgung all seiner Schulden an Drogendealer übergeben hatte. Derartiges passierte im Country

Club nicht und es passierte ganz gewiss nicht meinen Eltern.

Aber es war *mir* passiert.

Da ich bemerkte, dass ich die Pflanze ertränkte, schaltete ich das Wasser aus und stieß mich vom Spülbecken ab. Schloss meine Augen und stöhnte laut. Frust ging in Wellen von mir ab. Ich war weit darüber hinaus, ins Bett zu steigen und die Decke über den Kopf zu ziehen. Über Tränen hinaus. Es waren einfach keine mehr übrig. Ich hatte vor zwei Jahren zu weinen aufgehört.

Ich ging ins Schlafzimmer, trat die Heels von meinen Füßen, zog meinen Rock und Bluse aus und wühlte meine Sportklamotten aus dem Haufen in der Ecke. Normalerweise wartete ich bis später am Abend mit meinem Workout, da ich zuerst aß, wenn ich von der Arbeit nach Hause kam, aber ich musste diese ruhelose Energie verbrennen. Ich musste mir diese Beklemmung von der Seele rennen. Nach dem *Vorfall* hatte ich mit dem Joggen angefangen, weil meine Therapeutin gesagt hatte, dass Sport wie ein Ablassventil an einem Dampfkochtopf funktioniere.

Es hatte mir nicht gefallen, mit einem Küchengerät verglichen zu werden, aber ich hatte das Bild nachvollziehen können. Ich war bereit gewesen, zu explodieren, und das Joggen hatte geholfen. Zunächst war ich nicht weit gekommen, war mehr gelaufen als alles andere, aber jetzt, jetzt konnte ich stundenlang joggen, vor allem wenn ich aufgebracht war. Nachdem ich mir einen Haargummi auf das Handgelenk geschoben hatte, suchte ich meine Laufschuhe neben der Tür, setzte mich auf den Holzboden, zog einen an und band die Schnürsenkel mit einer extra Portion Elan.

Ich war in Sicherheit. Das wusste ich. Cameron war noch immer im Gefängnis. Die Männer, die mich angegriffen hatten, hätten mich schon längst wieder geschnappt, hätten sie mich noch immer gewollt. So wie ich das sah und was auch die Polizei vermutete, war es wahrscheinlicher, dass sie Cam wollten. Wenn das stimmte, konnten sie ihn gerne haben. Ich konnte mir nur vorstellen, wie sehr es ihm gefallen würde, von ihnen angegriffen zu werden.

Mein Apartment war sicher. Gray hatte mir das persönlich versichert. Schlüsselkarten waren für den Aufzug und die Notfalltreppe nötig und nur die vier Anwohner besaßen diese. Gray mochte es, wenn alles sicher war. Er wusste zwar, wie man kämpft, und kämpfte selbst sehr gut, aber er zog es vor, seine Fäuste nur im Ring einzusetzen. Das waren seine Worte gewesen, als er mir meine Schlüsselkarte überreicht hatte, was beruhigend gewesen war. Außerdem würde er Emorys Sicherheit um nichts in der Welt aufs Spiel setzen. Ich hatte einige Häuser entfernt von ihr gewohnt, wo wir drei Jahre lang Nachbarinnen gewesen waren, während ich Kurse gegeben und meine Dissertation für meinen Doktortitel beendet hatte. Nach dem Vorfall hatte ich mich nie wieder richtig sicher gefühlt. Emory hatte an mich gedacht, als sie von dem leerstehenden Apartment erfahren hatte, und sie hatte mir versichert, dass es sicher sei.

Ich war in Sicherheit.

Das bedeutete jedoch nicht, dass ich nicht gereizt war und keine Alpträume davon haben würde, was in dem Aufzug geschehen war. Wieder. Camerons wenige Anrufe lösten sie stets von neuem aus. Die Angst kehrte stets zurück. Wie jetzt, als ich laufen wollte, bis meine Beine nachgaben, bis ich hoffentlich zu erschöpft zum Träumen war.

Da ich mit meinen Schuhen fertig war, stand ich auf, schnappte mir die Autoschlüssel sowie die Schlüsselkarte für das Gebäude und ging zu einem der Kartonstapel.

Einige mussten für meinen Kurs über mittelalterliche Kunst im nächsten Semester in mein Büro geschafft werden, weshalb ich meine Beklemmung dazu nutzen würde, sie für morgen zu meinem Auto zu schleppen. Ich stapelte drei identische Kartons, die schwer mit Büchern beladen waren, auf der Sackkarre. Die Karre hinter mir herziehend, trat ich auf den Gang und schloss mein Apartment ab. Blickte sehnsüchtig zu der Tür zum Treppenabgang. Ich hasste Aufzüge. Nach dem, was passiert war, hatte ich sechs Monate gebraucht, bis ich wieder in einem hatte fahren können. Jetzt benutzte ich sie, aber nur mit anderen Leuten, mit Leuten, denen ich vertraute. Oder an sicheren Orten. Wie diesem, den ich mir nur mit drei anderen Leuten teilte.

Es bestand keine Chance, dass ich mit den Kartons die Treppe hinabkäme und ich würde nicht dreimal hin und herlaufen. Die Sackkarre hinter mir herziehend, holte ich tief Luft und drückte auf den Knopf zum Erdgeschoss.

Dennoch graute es mir davor, in den Aufzug zu steigen, als die Tür aufglitt. Ich dachte an die zwei Männer, die zu beiden Seiten von mir gewesen waren. Einer hatte sich umgedreht, um mich gegen die Wand zu pressen, und seine Hände hatten mich begrapscht. Der andere hatte zugesehen und gelacht.

Ich schob die Erinnerungen von mir, trat hinein und drückte auf den Knopf zum Erdgeschoss. Zwang die Übelkeit nieder. Ich musste mich abregen. Entspannen. Cam vergessen. Was er getan hatte. Was er jetzt wollte. Ich würde meine Wut auf dem Laufband in Grays Fitnessstudio verbrennen, da es so früh dunkel wurde. Ich joggte abends nicht allein draußen. Nicht zu dieser Jahreszeit.

Sport half immer. Ich konnte das tun, ich konnte über Cams Anruf hinwegkommen, die widerlichen Gedanken an diese Männer und daran, dass mich einer festgehalten hatte, während mir der andere das Shirt aufgerissen hatte. Dass ich um mich getreten und mich gewehrt hatte, eine Nase gebrochen hatte. Das Blut. Die Panik. Das hemmende Verlangen, dass sich die Türen öffnen mögen, damit ich fliehen konnte. Der Sturz auf den Marmorboden vor der Reihe an Aufzügen. Der Schrei nach der Security.

Ich erinnerte mich an das Gefühl ihrer groben Hände. Hörte ihre Stimmen, die mir erzählten, was sie mit mir tun würden. Roch ihr widerlich süßliches Gesichtswasser, die billigen Zigaretten.

Die Aufzugtüren glitten auf. Ich machte einen Schritt und mir gefror der Atem in den Lungen, als ich ihn sah.

Ihn.

Groß. Breit. Tätowiert. Kräftige Muskeln. Kantiger Kiefer. Wütende Augen. Er strahlte eine greifbare Energie aus. Er sah gemein aus. Böse. Gnadenlos. Seine Hände waren zu Fäusten geballt und er trat auf mich zu, dann erstarrte er, als er mich sah. Daraufhin veränderte sich sein Blick, der Zorn verschwand.

Dennoch jagte er mir eine Heidenangst ein. Für den Bruchteil einer Sekunde dachte ich, er würde mir wehtun.

Nein. Dieser Mann hatte nicht vor, mich in ein Hotelzimmer zu schleifen und zu vergewaltigen. Er... versuchte, nach oben zu gelangen. Ich *wusste* das. Mein Gehirn verarbeitete, dass er in dem Gebäude wohnte, oder zumindest eine Schlüsselkarte hatte, um den Aufzug zu rufen. Doch nein. Das spielte keine Rolle. *Renn! Renn!* waren meine einzigen Gedanken.

Nein. Ich konnte nicht wie eine komplette Irre aussehen, konnte der Angst nicht erlauben, mich zu beherrschen. Ich atmete tief durch und murmelte: „Entschuldigen Sie bitte."

Er trat zurück, die Hände vor seiner Brust erhoben, und ich zog die Sackkarre mit den Kartons in den Lobbybereich.

Ich hörte, wie sich die Aufzugtüren schlossen, spürte wie das heftige Gefühl der Panik allmählich verebbte. Ich stoppte direkt vor den Außentüren und starrte durch das Glas nach draußen. Auf nichts. Atmete. Versuchte, mein rasendes Herz zu beruhigen. Cam hatte mir das angetan. Hatte mich zu einem bebenden Häufchen Elend gemacht, das vor allem Angst hatte. Sogar meinem Nachbarn.

Natürlich war der finster aussehende Mann mein Nachbar. Ich hatte Gray und Emory kennengelernt. Sie hatten mir erzählt, dass Grays Kämpfer, Reed, in dem anderen Apartment auf meinem Stockwerk lebte, aber ich war ihm noch nicht begegnet. Ich war bisher zweimal im Fitnessstudio gewesen – Gray bot die Mitgliedschaft mit der Miete an – und hatte einige der Kämpfer gesehen, die im Ring trainiert hatten, während ich auf dem Laufband gejoggt war, aber ich hatte nicht gewusst, welcher er war. Die Anzahl der fitten Männer, die zuschlugen, traten und sich auf dem Boden herumrollten in dem Versuch, einander zu würgen, war so hoch, dass die Eierstöcke einer Frau aufmerkten und Notiz nahmen. Ich hatte keinen blassen Schimmer gehabt, dass verschwitzte Männer so erregend sein konnten.

Aber keiner von ihnen konnte mit Reed mithalten. Selbst in meiner Panik hatte ich mich zu ihm hingezogen gefühlt. Vielleicht *war* ich gerade deswegen so sehr in Panik geraten. In diesem Bruchteil einer Sekunde sollte ich keinen Mann begehren, der mir Schaden zufügen könnte. Wenn ich die Schichten der Panik abblätterte, erinnerte ich mich an seine Größe. Er war mindestens einen halben Kopf größer als ich. Rabenschwarze Haare, die superkurz geschnitten worden waren, als hätte er selbst den Rasierer benutzt, anstatt zu einem Friseur zu gehen. Seine Haut war olivenfarben und die Ansätze eines Bartes ließen seinen kantigen Kiefer leicht wild aussehen.

Dann waren da noch die Tattoos. Wirbel aus Farbe und Formen, die seine Arme hinaufkrochen, und ich hegte keinerlei Zweifel daran, dass sie auch unter seinem Shirt versteckt waren. Sein allgemeines Erscheinungsbild sagte klar und deutlich Bad Boy.

Seine dunklen Augen hatten sich bei meinem Anblick vor Überraschung geweitet und waren dann noch eine Spur größer geworden, vermutlich weil ich ihn entsetzt angestarrt hatte. Mit seiner Nase, die einen Knick hatte, und den fleckigen roten Malen auf seinem linken Wangenknochen hatte er ausgesehen, als wäre er in alte und neue Kämpfe verstrickt gewesen. Ein enges weißes T-Shirt hatte wegen des Schweißes an seiner Haut geklebt und der Kragen war leicht ausgeleiert gewesen, als wäre einige Male daran gerissen worden, und eine schwarze, kurze Sporthose hatte tief auf seinen Hüften gesessen. Er war ein Kämpfer, kein Vergewaltiger.

Ich drückte die Außentür mit mehr Aggression als nötig auf und zerrte an der Sackkarre, ehe ich sie zum Kofferraum meines Autos zog. Zweifelsohne hielt mich Reed für verrückt. Zumindest würde er denken, ich hätte Todesangst vor ihm. Mein Herz hämmerte noch immer wie wild. Meine Kehle brannte wegen des Verlangens, zu weinen, aber da waren keine Tränen. Cam hatte mir das angetan. Selbst nach zwei Jahren, selbst aus einer Gefängniszelle heraus hatte er noch so viel Macht über mich. Zerstörte mich nach wie vor. Meine Arbeit, mein Leben, meine Beziehungen. Wenn er rauskam...

Während ich die Kartons in den Kofferraum stopfte, fragte ich mich, ob ich jemals frei sein würde. Und ein Mann wie Reed? Ich war keine Dame in Nöten, die es wert war, gerettet zu werden.

2

EED

Ich hatte keine Ahnung, was zum Henker mit meiner neuen Nachbarin los war. Es passierte mir häufig, dass Frauen abrupt stehen blieben und mich mit einem Eifer anstarrten, der sagte, dass sie für mich in der nächsten Toilette auf die Knie gehen würden. Es hatte mich jedoch noch nie eine Frau mit solchem Entsetzen angesehen. Yeah, ich war gefährlich, aber nicht für Frauen. Nicht für *sie*.

Ich hatte gerade einige Runden mit einem Kerl hinter mich gebracht gehabt, der MMA-Kämpfer werden wollte, weshalb ich etwas verschwitzt und leicht angepisst gewesen war. Er hatte geschworen, dass er der nächste große Kämpfer werden würde, und gewollt, dass Gray, auch bekannt als der Outlaw – der der beste Trainer der Branche und, sogar nachdem er seine Karriere beendet hatte, vielleicht einer der besten Kämpfer war – ihn sich ansah. Gray hatte ihn im Ring mit mir auf Herz und Nieren geprüft. Er hatte es nicht für den Trottel getan. Gray hatte schon allein anhand seiner erbärmlichen Einstellung gewusst, dass es der Typ nicht bringen würde. Er hatte es für Emory, seine Verlobte, getan, die mit dem Dad des Jungen im Krankenhaus arbeitete.

Gray würde solchen Scheiß für niemand anderen tun. Zur Hölle, er hatte ihr seine Eier auf einem Silbertablett angeboten noch an dem Tag, an dem sie sich im letzten Sommer kennengelernt hatten, aber er schien damit keinerlei Probleme zu haben. Emory war der Hammer und das sagte ich nicht über viele Frauen, vor allem nicht über die Groupies, die nur den Schwanz eines MMA-Kämpfers reiten wollten. Sie waren gut, wenn man eine schnelle Erleichterung brauchte, aber das war es auch schon.

Der Trottel hatte nur eine große Klappe, keine Fußarbeit gehabt und ich hatte gewusst, dass Gray wollte, dass ich ihm ein oder zwei Dämpfer verpasse. Ich hatte ihn mehrere Male auf den Boden befördert, was ihn nur wütend gemacht hatte. Er hatte nicht einen Treffer gelandet, nicht bis die Glocke bereits verklungen gewesen war und er sich auf mich gestürzt hatte. Ich war an die Egos von Männern gewöhnt, aber dieser kleine Scheißer? Yeah, Gray würde nicht mit ihm arbeiten und er würde jeglichen Streit mit dem Arzt für Emory schlichten müssen. Ich glaubte nicht, dass es einen großen Aufstand geben würde, denn nur wenige legten sich mit dem Outlaw an. Und wenn ich neben ihm stand? Yeah, der Doc würde sich in die Hose machen.

Ich war wütend über den hinterhältigen Schlag, aber überließ es Gray, sich um ihn zu kümmern, anstatt ihm sofort ebenfalls eine reinzuhauen – was ich noch vor ein paar Jahren als Punk auf der Straße getan hätte. Ich war gegangen und hatte mich auf den Weg zu meinem Apartment gemacht, um zu duschen und mich mit einem Proteindrink bei miesem Fernsehen zu entspannen. Nicht daran gewöhnt, dass irgendjemand im Aufzug war – bis zur letzten Woche hatte es nur Gray und Emory gegeben, die ebenfalls über dem Fitnessstudio wohnten – war ich fast in sie gelaufen. *Sie.*

Ihr Gesichtsausdruck hatte mich effektiver gestoppt als ein Faustschlag von irgendeinem Kämpfer in mein Gesicht.

Sie war nicht nur erschrocken oder überrascht gewesen. Nein, sie war vor Schreck wie gelähmt gewesen. Ich schwor, ich hatte gesehen, wie ihr sämtliches Blut aus dem Gesicht gewichen war, als sie einen Blick auf mich erhascht hatte. Ihre Augen hatten sich geweitet, dann waren sie an meiner Schulter vorbeigehuscht zu ihrem einzigen Fluchtweg. Ein Schauder hatte sie geschüttelt, als wäre ihr ein Gespenst ausgetrieben worden. Dann, ganz plötzlich, hatte sie sich zusammengerissen und war schnell an mir vorbeigegangen, wobei sie eine Sackkarre beladen mit Kartons hinter sich hergeschleift hatte. Ich hatte meine Hände hochgehalten und einen Schritt zurückgemacht, um ihr ohne Worte mitzuteilen, dass ich ihr kein Leid wollte. Das war bedeutungslos gewesen. Der Schaden war bereits irgendwie angerichtet worden.

Ich wusste, dass ich ziemlich furchterregend aussah. Da ich eins neunzig war, überragte ich die meisten Menschen. Ich hatte Schultern wie ein Linebacker und Tattoos überzogen meine Arme. Meine Nase war krumm und mein Kiefer leicht lädiert, weil mich dieser Vollidiot dort erwischt hatte.

Mir war schon gesagt worden, dass ich verdammt fies aussah. Einen Großteil der Zeit *fühlte* ich mich fies. Im Inneren war ich dunkel. Wütend, gefährlich. Ich war nicht mehr das Arschloch, das ich früher war. Ich war nicht mehr das verkorkste Kind. Die Armee und das Training mit Gray hatten mir den Kopf zurechtgerückt. Dennoch machten selbst erwachsene Männer auf dem Gehweg einen recht großen Bogen um mich. Aber das? Bei Harper – Emory hatte mir ihren Namen verraten – war das anders. Es gefiel mir ganz und gar nicht. Ich wollte nicht, dass jemand wie sie Angst vor mir hatte.

Nach diesem Erlebnis stieg ich nicht in den Aufzug. Ich konnte die Tatsache, dass ich sie in Angst und Schrecken versetzt hatte, nicht einfach ignorieren. Ich stand da und sah zu, wie sie rasch zu den Außentüren lief. Sie wusste nicht, dass ich sie beobachtete. Vielleicht dachte sie, ich hätte die Treppe nach oben genommen. Sie schaute zu Boden und ihr Körper zitterte. Scheiße. Ich hatte ihr das angetan. Ich wollte zu ihr gehen, sie in meine Arme nehmen und sie wissen lassen, dass sie bei mir sicherer war als irgendwo sonst, aber das würde nichts bringen. Nicht jetzt.

Nach einigen Sekunden reckte sie ihr Kinn und rollte ihre Schultern zurück. Ich konnte sehen, dass sie tief Luft holte und sich ihre Finger um den Griff der Sackkarre entspannten.

Sie war hochgewachsen und in ein T-Shirt und Laufshorts gekleidet. Mir entging ihre schlanke Gestalt nicht. Ihre Beine waren lang, muskulös. Anhand ihrer wohlgeformten Waden und den Laufschuhen erriet ich ihre Wahl für sportliche Aktivitäten. Würde sie jetzt joggen gehen, nachdem sie diese Kartons losgeworden war? Es war zwar noch nicht einmal achtzehn Uhr, aber es war bereits dunkel draußen. Und kalt. Das hier war zwar kein gefährlicher Stadtteil, aber es war nicht sicher, wenn sie abends allein joggen ging, nirgends. Also würde ich in der Nähe bleiben und mich vergewissern, dass sie nichts Dummes tat.

Yeah, das war der Grund dafür, dass ich an der Wand lehnte und meine neue Nachbarin betrachtete.

Ihre dunklen Haare waren glatt, schnurgerade und streiften ihre Schultern. Sie mussten sich seidig weich anfühlen. Als sie ausgeflippt war, waren mir ihre dunklen Augen, die hohen Wangenknochen und vollen Lippen nicht entgangen. Während sie dort stand und sich sammelte, nutzte ich die Zeit, ihren perfekten Hintern und wohlgeformten Schenkel zu bemerken.

Ich war ein heißblütiger Mann und sie war heiß. Ich kam nicht umhin, das zu bemerken. Ich konnte auch nicht anders, als meinen Schwanz in meiner Trainingsshorts zu verlagern. Frauen, die in Kleidern und Heels ganz weiblich aussahen, mochte ich zwar, aber ich mochte auch eine Frau, die nicht ganz so anspruchsvoll in Sachen Erscheinungsbild war. Die auf sich achtete. Die Fitness für gesund hielt.

Indem sie die Außentür aufdrückte, ging sie hinaus auf den Parkplatz. Der war gut beleuchtet – Gray war ein größerer Sicherheitsfanatiker als jeder andere, den ich kannte – und mit Hilfe eines elektronischen Autoschlüssels ließ sie den Kofferraum eines dunkelfarbigen Sedans aufklappen. Hätte sie keine Angst vor mir gehabt, wäre ich nach draußen gegangen und hätte ihr geholfen, denn ich ließ eine Frau nicht einen Haufen Kartons herumwuchten. Doch weil sie bereits bei meinem Anblick beim Aufzug durchgedreht war, wusste ich nicht, was sie tun würde, wenn ich mich abends zu ihr auf den Parkplatz gesellte. Hatte sie einen Pfefferspray an diesem Schlüsselring?

Ich beobachtete, wie sie die drei Kartons verstaute und den Kofferraum schloss. Sie betrat das Fitnessstudio durch den Haupteingang nicht durch die Seitentür, die von der Lobby abzweigte. Ich ging dort rein und spähte hinein, beobachtete, wie sie die Sackkarre in die Ecke bei der Garderobe des Fitnessstudios abstellte, Jack an der Rezeption zittrig winkte und daraufhin zu der Reihe Laufbänder ging, die auf die Straße hinausblickten. Braves Mädchen.

Meine Nachbarin war verdammt schreckhaft, dennoch klug. Sie ging nicht draußen joggen.

Nachdem sie auf das Laufband getreten war und einige Knöpfe gedrückt hatte, begann sie, zu laufen, zupfte ein Gummiband von ihrem Handgelenk und band ihre Haare nach hinten zu einem schlampigen Pferdeschwanz. Yeah, sie verschwendete überhaupt nicht viel Mühe auf ihr Äußeres oder versuchte, die Blicke der Männer auf sich zu ziehen. Diese Shorts zeigten zwar ihre ellenlangen Beine, aber sie war recht schlicht gekleidet. Keine enganliegenden Yogahosen oder hautenges Oberteil.

Nach dem Drücken weiterer Knöpfe des Laufbands beschleunigte sich ihr Tempo. Als ich mich durch die Tür schob und gegen die Rezeption lehnte, rannte sie in einem flotten Tempo. Kein Aufwärmen.

Grays Fitnessstudio verfügte über Hanteln und Sportgeräte, Laufbänder und Crosstrainer, aber er war auf MMA-Kämpfe spezialisiert. Das bedeutete, dass ein großer Bereich des Studios allen Aspekten der Mixed Martial Arts gewidmet war; eine offene Matte, getrennte Trainingszimmer und ein Oktagon mit einem Zaun darum, wie man es auch im Fernsehen sah. Seine Mitglieder waren Leute wie Harper, die einen Ort brauchten, an dem sie ihren Workouts nachgehen konnten und die kein Interesse am Kämpfen hatten. Yoga und Indoorcycling-Kurse standen für sie auf dem Programm. Dann gab es noch die ernsthaften Wettkämpfer wie mich. MMA, Muay Thai, BJJ und andere Kampfkurse wurden von denjenigen belegt, die an Wettkämpfen teilnehmen oder sich zumindest selbstverteidigen können wollten. Gray sorgte bewusst dafür, dass es keine Muckibude und auch kein rein wettkampforientiertes

Studio war. Die Balance funktionierte und das Fitnessstudio wurde als eines der besten der Stadt erachtet.

„Ich dachte, du bist duschen gegangen", sagte Jack, der mich mit gerunzelter Stirn ansah. Er ging aufs College und arbeitete an der Rezeption im Austausch für eine kostenlose Mitgliedschaft. Er hegte zwar keine Bestrebungen, der nächste berühmte Kämpfer zu werden, aber er belegte sämtliche Kurse, die Gray anbot. Sein Fokus galt dem Brasilianischen Jiu-Jitsu, kurz BJJ, und er hatte gerade erst seinen blauen Gürtel bekommen. Er hatte die richtige Statur für die Sportart und die Zeit auf der Matte mit erfahreneren Leuten hielt sein Ego in Zaum.

Da er die Rezeption bemannte, konnte ihm nicht entgangen sein, was vorhin mit dem Jungen des Docs im Ring passiert war. Gray war in seinem von Glas umschlossenen Büro und unterhielt sich mit dem Volltrottel, der sich gerade mit einem der weißen Handtücher des Fitnessstudios den verschwitzten Kopf abwischte. Wohingegen Gray gelassen war, während er sich auf seinem Schreibtischstuhl zurücklehnte, war der andere Kerl sauer und fuchtelte mit den Armen herum. Vermutlich gab er irgendeinen Scheiß darüber von sich, dass er ein großartiger Kämpfer war. Blabla.

Ich sah zurück zu meiner neuen Nachbarin. Ihr Pferdschwanz schwang beim Rennen von einer Seite auf die andere. Die Laufbänder waren zu den Glasscheiben ausgerichtet. Untertags war die Straße zu sehen und den Verkehr zu beobachten, half, die Monotonie, auf der Stelle zu rennen, zu überwinden. Ich hasste es, in einem Raum zu joggen, aber das schlechte Wetter zu dieser Jahreszeit zwang mich manchmal auf das Laufband, da Joggen Teil meines Workout-Planes war. Auf keinen Fall würde ich eine Verletzung wegen Eis riskieren.

„Deine neue Nachbarin, stimmt's?" fragte Jack. „Sie ist ziemlich ernst."

„Ernst? Meinst du ihre Persönlichkeit?", fragte ich. Ich nahm einen Stift in die Hand und spielte damit herum in dem Versuch, mir die Tiefe meines Interesses an ihr nicht anmerken zu lassen. Das Letzte, das ich brauchte, war, dass Jack dachte, ich wäre eine Siebtklässlerin, die an Klatsch und Tratsch interessiert war.

„Nah, sie ist cool. Hat sich mir neulich vorgestellt. Sie rennt."

„Yeah, das kann ich sehen", entgegnete ich, da ich ihr geschmeidiges Tempo beobachtete und wie sich ihre Beinmuskulatur bei jedem Schritt bewegte.

„Nein, ich meine sie *rennt*."

Ich drehte mich, um zu ihm zu schauen. „Was zum Henker soll das denn heißen?"

Er rollte mit den Augen. „Es heißt, dass sie gestern vor dem BJJ-Kurs reinkam. Wir redeten ein paar Minuten über dämlichen Scheiß, bevor sie zu den Laufbändern ging. Fragte mich nach den Kursen, die ich mache. Wusstest du, dass sie Professorin an der Universität ist? Unterrichtet irgendein obskures Kunstthema." Er dachte eine Sekunde nach. „Ich erinnere mich nicht daran, was es war." Er beugte sich zu mir. „Ich muss zugeben, sie ist wirklich hübsch und ich habe nicht so genau zugehört."

Ich grinste, als ich die Röte in seine Wangen steigen sah. Yeah, sie war *hübsch*. Mehr als das. Welcher Mann konnte schon Worte verarbeiten, wenn eine Frau wie sie ihm ein sanftes Lächeln schenkte? Ich hatte ihr Entsetzen geerntet und war dennoch fasziniert von ihr.

„Also Rennen?", fragte ich, um ihn wieder auf Spur zu bringen. Ich glaubte nicht, dass es ein sicheres Thema für ihn war, darüber zu reden, wie heiß eines der Mitglieder des

Fitnessstudios war, vor allem nicht da er gerade Dienst hatte. Es war in Ordnung, wenn ich es mir *dachte*, aber das würde ich ihm natürlich nicht erzählen.

„Sie rannte, wie sie es jetzt tut, als Paul die Rezeption übernahm, damit ich zu meinem Kurs gehen konnte."

Das bedeutete schnell. Sie joggte nicht, nicht wie Jimmy, einer der Stammkunden des Fitnessstudios, der zwei Laufbänder entfernt von ihr war. Er drehte immer wieder den Kopf, um sie zu beobachten. Er drückte sogar auf einige Knöpfe auf seiner Maschine, um sein Tempo zu beschleunigen, da er eindeutig kein Interesse daran hatte, sich von ihr übertreffen zu lassen.

Ich wusste, dass er als Teil seiner Workout-Routine drei Meilen joggte, doch im Vergleich zu ihr wirkte er, als würde er mit einer Gehhilfe über das Band hoppeln. Wegen der schnelleren Geschwindigkeit ging ihm rasch die Puste aus und ich musste den Kopf schütteln.

„Sie rannte noch immer in dem gleichen Tempo, als ich rauskam."

Whoa. Ich warf ihm einen strengen Blick zu, da ich wusste, dass Jack die Wahrheit gerne ausschmückte. „Der Kurs ging eine Stunde."

Jack nahm die Mitgliedskarte eines Mannes, der reinkam, entgegen und scannte sie. Warf ihm ein Handtuch zu.

„Länger", fuhr er fort, „weil ich mit Tom noch ungefähr zehn Minuten im Anschluss an den Kurs rollte."

Beim BJJ ging es darum, sich selbst zu verteidigen und den Gegner auf der Matte zu unterwerfen. Es war kein Karate. Es gab keine Tritte, da man nur so lange aufrecht stand, dass man jemanden zu Boden bringen konnte. Wenn zwei Personen also den Bodenkampf übten, nannte man das „Rollen".

Ich blickte wieder zu Harper, beeindruckt. Fasziniert. Etwas.

Da sie vor Jack keine Angst zu haben schien und Jimmy völlig ignorierte, musste ich mich fragen, warum sie solch große Angst vor *mir* hatte.

Ich war ein Punk, deswegen. Ich hatte auch eine düstere Vergangenheit. Sie *sollte* Angst vor mir haben. Wir mochten in demselben Gebäude leben, aber wir kamen aus ganz verschiedenen Gesellschaftsschichten. Zur Hölle, völlig verschiedenen Welten. Wenn sie eine Professorin war, hieß das, dass sie tierisch schlau war. Ich hatte mit Ach und Krach meinen Abschluss gemacht und das im Jugendknast. Yeah, verschiedene Welten.

Dann war da noch Larry. Larry der Loser, der zu ihrem Laufband schlenderte, um sich daneben zu stellen. Er war ein Anwalt und hielt sich für etwas Besseres. Zu blöd für ihn, dass er das nicht war und versuchte, Harper anzugraben. Wir konnten nicht hören, was sie sprachen, aber ich hoffte, dass ihre Antwort auf seine unverschämte Anmache ein „Verpiss dich, Arschloch" war. Dass er dachte, dass es der richtige Zeitpunkt wäre, sie um ein Date zu bitten, während sie gerade am Rennen war, bewies nur, dass er ein waschechter Vollidiot war.

„Wenn Larry ihr dumm kommt, möchte ich das wissen", informierte ich Jack in ernstem Tonfall.

Er nickte. „Yeah, kein Problem."

Gray kam aus seinem Büro, um sich neben uns zu stellen, die Arme vor der Brust verschränkt. Der Junge des Docs stürmte an uns vorbei und aus der Tür.

„Wenn du hier eine Minute klarkommst", sagte Jack, „werde ich die Handtücher aus dem Trockner holen."

Gray nickte und Jack ging nach hinten.

„Bist du okay?", fragte er und musterte mich. Seinen

dunklen Augen entging kaum etwas. Er trug Kämpfershorts und ein Sport-T-Shirt, Flipflops. Da auf den Matten oder im Ring keine Schuhe erlaubt waren, trug er nur Sneakers, wenn er anderweitig trainierte. Aber niemand würde ihn für jemand Geringeren als einen richtig harten Kerl halten. Yeah, er hatte Tattoos. Yeah, er war bekannt dafür, ein Cowboy zu sein. Er kleidete sich wie einer in Hemden mit Druckknöpfen und einem beschissenen Stetson. Er war auf einer Ranch in Wyoming aufgewachsen. Der Ort war seine Hölle auf Erden und, soweit ich wusste, war er nie wieder dorthin zurückgekehrt, nachdem er zur Armee gegangen war. Er besaß jetzt sein eigenes Stück Land hier in der Nähe. Es war sein Rückzugsort, wenn er eine Weile seine Ruhe brauchte. Jetzt verbrachten er und Emory ihre Wochenenden dort oben, ritten Pferde und vögelten höchstwahrscheinlich. Also yeah, Gray war ein Killer mit einem Cowboyhut. Er wurde nicht umsonst der Outlaw genannt.

Ich fühlte mich wie eine Pfadfinderin, wenn ich neben ihm stand. Harper musste ihm begegnet sein, um sich das Apartment ansehen und den Mietvertrag unterschreiben zu können, und ich hatte nicht gehört, dass sie wegen ihm ausgerastet war. Irgendwie schien Harper keine Angst vor ihm zu haben, nur vor mir.

Ich legte eine Hand an meinen Kiefer und strich darüber. „Ich hab schon Schlimmeres einstecken müssen. Ich nehme an, du nimmst ihn nicht an." Ich war momentan der einzige Vollzeitkämpfer, den er trainierte, aber er gab vielen Privatstunden. Ich wurde dafür bezahlt, das ebenfalls zu tun. Der Junge hätte mich mit mehr als einem Schlag plattmachen müssen, damit Gray mich ersetzt hätte.

Er verdrehte zur Antwort nur die Augen. „Dachte, du wärst mittlerweile schon in der Dusche."

Ich hob meinen Arm und schnupperte. „Das hat Jack auch gesagt. Rieche ich so schlimm?"

Als er nichts sagte, sondern sich nur ansah, was im Fitnessstudio vor sich ging, fügte ich hinzu, während ich mit dem Kinn zu den Laufbändern deutete: „Ich bin unserer neuen Nachbarin begegnet."

„Harper? Stehst du deswegen hier? Stalkst du sie?"

Ich lachte, rieb mit einer Hand über meinen Nacken und fühlte den getrockneten Schweiß. „Ich bin ihr erst vor ein paar Minuten über den Weg gelaufen." Ich ließ die Einzelheiten aus. Die Tatsache, dass sie durchgedreht war, war nichts, das ich ihm erzählen würde. Ich könnte ihn fragen, ob er von ihren Problemen wusste, aber mir war nicht danach, mich wie ein Klatschweib zu benehmen. Den Scheiß hatte ich noch nie gemacht und ich würde nicht jetzt damit anfangen. Nein, sie hatte ein Problem mit mir und ich musste herausfinden, was es war. Yeah, ich war ziemlich furchteinflößend. Ein Arschloch auch. Aber nie zu ihr. Sie musste nur lang genug stillstehen, damit ich ihr das beweisen konnte.

„Emory hat mir geschrieben. Abendessen um acht bei uns. Harper ist auch eingeladen." Er beugte sich zu mir und schnupperte. Grinste. „Wenn du sie nicht verschrecken willst, würde ich an deiner Stelle vorher duschen."

Drecksack.

Nachdem ich mich von der Theke abgestoßen hatte, lief ich aus dem Studio in dem Wissen, dass ich nicht einmal schlecht riechen musste, um das zu tun.

3

Harper

„Oh, hi", stotterte ich, als mein Nachbar die Tür zum Treppenhaus öffnete. Da er gerade eine schwarze, bauschige Jacke anzog, hatte ich ihn überrascht. Schon wieder.

Ich runzelte verwirrt die Stirn. Wo waren Emory und Gray? Das war die Tür zu ihrem Apartment.

Er trat rasch zurück und ich realisierte, dass er das tat, um mir Platz zu geben, jede Menge Platz, damit ich nicht wieder ausflippte. Er streckte sogar die Hände an seinen Seiten aus, die Handflächen mir zugewandt, um mir zu zeigen, dass er mich nicht packen würde. Scham erfüllte mich und ich spürte, dass meine Wangen ganz heiß wurden.

Ich war länger gerannt als erwartet. Die Gedanken an Cam, was er wollte, die beschämende Art und Weise, wie ich vor meinem Nachbarn in Panik geraten war, waren nicht nach den üblichen fünf Meilen verflogen. Ich hatte vor alldem wegrennen wollen, vielleicht metaphorisch, weshalb ich immer weiter gerannt war und mich angetrieben hatte, bis meine Muskeln gezittert hatten, mir der Schweiß übers Gesicht geströmt und mein Gehirn endlich taub gewesen war. Als ich fertig gewesen war, hatte mir Jack an der Rezeption des Studios eine Nachricht von Gray überreicht. Eine Einladung zum Abendessen. Nachdem ich schnell geduscht hatte, hatte ich eine Jeans, Stiefeletten und einen dunkelgrünen Pullover angezogen. Meine Haare waren kaum trocken gewesen, ehe ich schon nach oben gelaufen war.

Der Aufzug öffnete sich auf dem Stockwerk, das ich mir mit Reed teilte, zwar zu einem Mittelgang, aber im zweiten Stock öffnete er sich direkt in dem Apartment des Paares, weshalb nur sie den Knopf für den zweiten Stock mit ihren Schlüsselkarten betätigen konnten. Das bedeutete, das man die Fluchttreppe nehmen und anklopfen musste, was für mich vollkommen in Ordnung war, auch wenn meine Beine wegen der zusätzlichen Anstrengung schrien, obwohl ich nur ein Stockwerk bewältigen hatte müssen.

Reed schenkte mir ein kleines, zögerliches Lächeln und verflucht, er hatte ein Grübchen. Er hatte sich seit dem Aufzug-Fiasko gewaschen. Er hatte zwar noch immer Stoppeln auf seinem Kiefer, aber er war in ein langärmliges T-Shirt geschlüpft, das zu seinen blauen Augen passte – wie hatte mir nur der auffallende Kontrast zu seinen dunklen Haaren entgehen können? – und eine abgewetzte Jeans. Da er Stiefel anstatt Flipflops trug, war er einen halben Kopf größer als ich. Dieses Mal, ohne die alles verzehrende Panik, konnte ich sehen, dass er zwar von Tattoos bedeckt war und nach wie vor diesen Straßenkämpfer-Vibe ausstrahlte, sein Blick jedoch ruhig war. Seine Haltung war gelassen. Es schlummerte nichts von dem *Bösen* in ihm, das ich an den Männern gesehen hatte, die mich angegriffen hatten.

„Okay?", fragte er mit leiser Stimme. Sanft.

Aus Gray und Emorys Apartment drang leise Musik. Ich roch kein Abendessen und von dort, wo ich stand, konnte ich nicht sehen, dass der Esstisch zum Essen eingedeckt worden wäre. Waren wir allein?

Ich konnte mich nicht davonstehlen und vor Scham verstecken, ganz gleich wie sehr ich das auch tun wollte. Wenn ich das tat, würde er vermutlich denken, ich hätte Angst vor ihm. Erneut. Immer noch. Ich schuldete ihm eine Entschuldigung, weshalb ich nickte. Mich räusperte. „Ja, danke. Ich verspreche, dass ich dieses Mal nicht durchdrehen werde."

Er nickte nur kurz zur Antwort. „Ich sollte mich wahrscheinlich vorstellen", sagte er. „Ich bin Reed."

„Harper."

Er streckte seine Hand aus und als er meine packte, konnte ich die rauen Schwielen fühlen, die Kraft. Ich *sollte* Angst verspüren, denn ich war mir nur allzu bewusst, wie leicht er mich verletzen könnte. Männer wie er gehörten nicht zu meinem üblichen Personenkreis. Gray war der erste professionelle Kämpfer, den ich jemals kennengelernt hatte, und ich konnte mir nur ausmalen, was meine Mutter von meinem neuen Vermieter – und Nachbarn – halten würde. Jedenfalls hatte ich keine Angst vor Reed. Überhaupt keine. Vielleicht lag das daran, dass wir in Emorys Tür standen oder dass ich sieben Meilen gerannt war und all meine Angst verbrannt hatte. Vielleicht lag es auch daran, dass ich ihm gegenüber etwas völlig anderes empfand – und das nur, weil ich spürte, wie seine Hand meine hielt. Es war jetzt definitiv keine Furcht, da ich mir einen Moment gönnte, mich an ihm sattzusehen. Ich fühlte mich zu ihm hingezogen. Jede Frau bei Verstand würde das tun. Ich hegte keinerlei

Zweifel daran, dass sich ihm Frauen ständig an den Hals warfen.

Er tat nichts anderes, als mich mit diesen intensiven Augen zu betrachten. Zu warten.

„Das mit vorhin tut mir wirklich leid", sagte ich zu ihm, als er meine Hand losließ. War seine Augenfarbe ozeanblau? Eis. Das war es. Sie waren eisblau.

„Gray sagte, ich verjage die Leute, wenn ich nach einem Workout durchgeschwitzt bin, aber bis vorhin habe ich ihm nicht geglaubt."

Gott, er war süß. Er lieferte mir eine Entschuldigung, damit ich ihm meine Panik von vorhin in die Schuhe schieben konnte. Nein, ich würde dazu stehen. Außerdem hatte er nicht schlecht gerochen. Wenn er etwas abgesondert hatte, dann waren das Pheromone gewesen, kein strenger Körpergeruch. Obwohl ich in einer Panikattacke gefangen gewesen war, hatte ich bemerkt, wie heiß er war. Und jetzt führten meine Eierstöcke praktisch einen Freudentanz auf, nur weil ich vor diesem heißen Bad Boy stand.

Yeah, er war ein *echter* Bad Boy und machte meine Nippel hart. Ich hatte diese Reaktion seit langer Zeit schon nicht mehr bei einem Mann gehabt. Vielleicht niemals. Vielleicht war es an der Zeit, meinen Personenkreis neu zu bewerten, denn mir war definitiv etwas entgangen.

„Es lag nicht an dir", sagte ich verlegen.

Er blickte skeptisch drein, insbesondere weil er eine dunkle Braue hochzog und sich seine vollen Lippen an einer Seite anhoben.

„Ich habe ein Problem mit Aufzügen", gestand ich.

Er starrte mich einige Sekunden an, rieb sich über den Nacken und schenkte mir ein kleines Lächeln. „Aufzüge?"

Ich nickte bestätigend. „Großes Problem."

„Mit dieser Antwort habe ich nicht gerechnet. Klaustrophobie?"

Ich zuckte leicht mit den Schultern. „So was in der Art", meinte ich, da ich ihm den wahren Grund nicht verraten wollte. Das würde sicherlich *ihn* verjagen. Er hielt mich ohnehin schon für verrückt. „Womit *hast* du gerechnet?"

Er zuckte mit den Achseln und mir entging das Muskelspiel unter seinem Kragen nicht. „Ich bin ein ziemlich furchterregender Kerl, Harper." Auf sein Gesicht deutend sprach er weiter: „Diese Visage war schon in eine Menge Kämpfe verwickelt, die meisten außerhalb des Rings."

Ich stellte mir vor, dass er sich ziemlich gut behaupten konnte, aber ich verstand, was er sagen wollte. Er war ein Bad Boy. Hatte eine Vergangenheit, in der er kein Homecoming-King gewesen und aufs College gegangen war.

„Wie sehen dann die anderen Kerle aus?"

Sein Lächeln verschwand spurlos.

Gott, ich hatte das Falsche gesagt. Ich hatte nur einen Witz gemacht.

„Manche von ihnen nicht so gut", erzählte er mir. „Deswegen solltest du auch vorsichtig sein. Deine ersten Instinkte in Bezug auf mich könnten richtig gewesen sein."

Obwohl er mir vorhin eine Heidenangst eingejagt hatte, fing ich jetzt keine gefährlichen Schwingungen von ihm auf. Was hatte er getan, dass er das Gefühl hatte, ich sollte mich von ihm fernhalten?

„Emory verfügt über eine gute Menschenkenntnis", entgegnete ich und strich mir die Haare hinters Ohr. Seine Augen folgten der Bewegung. „Wie ich bereits sagte, lag es nicht an dir. Es war der dumme Aufzug."

Er trat mit mir hinaus in das Treppenhaus und zog die Apartmenttür hinter sich zu. „Komm", sagte er, wobei seine Stimme von den Betonwänden hallte.

Ich runzelte die Stirn. „Wohin gehen wir? Erwartet uns Emory nicht?"

Er ging eine Stufe nach unten und schaute über seine Schulter, sodass wir auf Augenhöhe waren. In dem fluoreszenten Licht der Fluchttreppe sahen seine Haare beinahe schwarz aus.

„Wir gehen die Pizza abholen, die Gray bestellt hat. Ist gerade die Straße runter." Reed deutete mit dem Kinn. „Emory hat heute gearbeitet, ihre dritte Schicht in der Notaufnahme in Folge. Daher ist sie in der Dusche." Er beugte sich zu mir. „Ich habe den Verdacht, dass Gray dort drin bei ihr ist."

Ich spürte, wie meine Wangen wieder heiß wurden. Ich war nicht prüde, aber ich hatte noch nie zuvor darüber nachgedacht, dass es meine Nachbarin mit ihrem Verlobten heiß hergehen lassen könnte. Das setzte mich in Bewegung und ich folgte ihm die drei Treppenabschnitte nach unten. Meine Beine waren vom Joggen leicht wackelig und ich packte den Handlauf, damit ich nicht auf mein Gesicht fiel.

„Mittwoch ist ihr kochfreier Tag", erklärte er. „So ähnlich wie Taco Dienstag."

Er stoppte am Fuß der Treppe und hielt die Tür zur Lobby für mich auf.

„Ich hatte als Kind nie einen Taco Dienstag", gestand ich, während ich an ihm vorbeilief. Yeah, in meinem Haus war es eher eine iss-was-der-Koch-auftisch Art von Sache gewesen. Wir hatten nie zusammen gegessen; meine Eltern waren immer bei irgendeiner Spendengala oder einem Dinner im Country Club gewesen, mein Bruder in seinem Zimmer, wo er ein Videospiel gespielt hatte. Und Tacos? Meine Mutter würde niemals Essen mit ihren Händen essen oder irgendetwas, das sie als *ethnisch* betrachtete.

„Ich auch nicht."

Reed machte Anstalten, die Tür zum Parkplatz aufzudrücken, dann stoppte er. Er schlüpfte aus seiner Jacke. „Hier. Es ist kalt draußen."

Ich starrte die Jacke einen Augenblick an. Es war kalt draußen und ich hatte keine Ahnung, wie weit „gerade die Straße runter" war. Ich hatte mir keine Jacke mitgenommen, weil ich nicht gewusst hatte, dass ich das Gebäude verlassen würde.

„Danke", murmelte ich und zog sie an. Sie war zu groß für mich, womit sie bewies, dass Reed kein kleiner Mann war, dass er so viel größer war als ich. Die Ärmel hingen über meine Hände und er griff nach unten, packte den Ärmelaufschlag und rollte ihn hoch. Tat das Gleiche auf der anderen Seite.

Da mich sein Geruch umgab – eine Mischung dunkler Wälder und Seife – und er sich so lieb um mich kümmerte, geriet mein Herz ins Stottern. Gott, er war süß. Und gefährlich. Nein, er würde mir nicht wehtun, dessen war ich mir jetzt sicher, aber ich könnte mich in ihn verlieben. *Das* war schlimm. Sich in jemanden verlieben, bedeutete, denjenigen reinzulassen und jemanden reinzulassen, bedeutete nur Herzschmerz. Leute gingen oder taten etwas Dummes, wie mich an Drogendealer verkaufen.

Dennoch genoss ich seine Aufmerksamkeit, seine bemerkenswert sanften Taten für jemanden, der sich selbst als abgrundtief böse erachtete. Ich holte tief Luft, stieß sie aus. Er rollte bloß Jackenärmel hoch, er erschlug keine Drachen.

Ich blinzelte durch meine Wimpern zu ihm hoch, sah seinen eindringlichen Blick, beobachtete, wie er sich auf meinen Mund senkte. Was war es an ihm? Wir waren weniger als zwei Minuten – in denen ich keine Panikattacke gehabt hatte – in der Anwesenheit des anderen gewesen und irgendwie war es, als könnte er in meine Seele blicken. Ich stellte mir vor, wie es sich anfühlen musste, ihm im Ring gegenüber zu stehen, wenn sein gesamter Fokus allein auf seinen Gegner gerichtet war. Mein Herz stolperte und ich vergaß, zu atmen. Dieser Mann war gefährlich für mich. Für meine sicher gehüteten Emotionen.

Sex war leicht für mich. Etwas, das man mit einem Mann tun konnte, um sich Erleichterung zu verschaffen. Schnell und mit einem netten Orgasmus, um meinen Kopf zu klären und etwas zu fühlen. Einige Minuten lang war ich nicht taub und mein Verstand wurde wunderbar ruhig. Es gab keine Übernachtungen bei ihnen. Definitiv nicht bei mir. Wenn es um Sex ging, war ich der Kerl. Wham, bam, Dankeschön, Sir. Ich hatte nicht einmal etwas gegen das Hausmeisterkämmerchen, um eine schnelle Nummer zu schieben. Ich zog es auf diese Weise sogar vor, irgendein Ort, an dem nur die wichtigsten Stellen gerade so lange entblößt wurden, dass man vögeln konnte. Der Höhepunkt war das Einzige, worauf ich aus war. Keine Bedingungen. Keine Bindungen. Aber Reed?

Sogar nachdem ich wegen ihm eine Panikattacke gehabt hatte, fühlte ich eine Verbindung, was wahnsinnig war. Und Chemie? Gott, der Mann strotzte nur so vor Testosteron und ich wollte ihn. Es stand außer Frage, dass er gut sein würde. Er würde ganz genau wissen, wie er mich heftig zum Höhepunkt bringen könnte. Bei dem Gedanken verkrampfte sich meine Pussy. Aber er war kompliziert und das brauchte ich nicht.

„Danke", murmelte ich, dann drehte ich mich zur Tür und brach den Zauber.

Die Luft war kalt, die scharfe Winterkälte veranlasste

mich dazu, meine Hände in die Taschen zu stecken. Es lag kein Schnee auf den Straßen und wir hatten dieses Jahr nicht mehr als einen leichten Puder des weißen Zeugs gesehen. Es machte nicht den Anschein, als würde es weiße Weihnachten geben, wenngleich noch Zeit war und sich die Lage jederzeit ändern könnte.

Wir liefen schweigend den Gehweg entlang. Reed ging auf der Straßenseite und ich bemerkte, dass er langsamer lief, um sich meinen kürzeren Beinen anzupassen. Ich war mit meinen eins zweiundsiebzig nicht gerade winzig, aber trotzdem.

„Ich hab gehört, du bist Professorin", merkte er an. „Beeindruckend."

Ich sah zu ihm hoch, aber er schaute nach vorne, fast so, als würde er die Straße scannen.

„Beeindruckend?"

Ein Paar kam aus einem Restaurant und ich trat aus ihrem Weg. Reed legte seine Hand in meinen Rücken und ich spürte sie durch die weiche Schicht seiner Jacke, während er mich um die Leute steuerte.

„Ich unterrichte Kunstgeschichte und mir wurde gesagt, dass es wirklich trocken ist. Öde."

„Du wirkst nicht wie der öde Typ auf mich", entgegnete er, ohne zu zögern, als hätte er sich keine Zeit genommen, darüber nachzudenken.

„Ach?" Ich konnte mir das Lächeln nicht verkneifen. „Wie sieht der öde Typ denn aus?"

Ich sah, wie sich sein Mundwinkel nach oben bog. „Tweedjacke mit Flicken an den Ellbogen. Alt."

„Das ist eher mein Kollege, der Englisch unterrichtet."

„Du joggst gerne." Er wechselte das Thema, als wir an einer Kreuzung stoppten und darauf warteten, dass die

Ampel grün wurde. Der Wind nahm zu, als ein Auto vorbeiraste.

„Das tue ich. Gute körperliche Ertüchtigung." Und Stressabbau.

„Ich jogge im Zuge meines Trainings", sagte er und blickte auf mich hinab. „Aber ich hasse es. Ich tue es, um mein Durchhaltevermögen zu trainieren, und nur drei Meilen am Stück."

„Aber dann machst du andere Dinge... als Teil deines Workouts. Ich meine, es braucht eine Menge, um diese Kämpfe zu gewinnen."

Ich hatte zum damaligen Zeitpunkt nicht gewusst, wer er war, aber ich hatte ihn einmal im Fitnessstudio gesehen. Er hatte dafür gesorgt, dass ich ihm hinterhergesehen hatte. Er hatte an einem Kurs teilgenommen und jemand hatte gerade etwas vorgeführt, weshalb alle auf der Matte gesessen und zugesehen hatten. Er hatte seine Augen auf den Lehrer gerichtet gehabt und ich hatte meine Augen auf ihn gerichtet gehabt, denn... wow. Ich war nicht im Studio gewesen, wenn er mit Gray trainiert hatte oder in den Ring gestiegen war und gekämpft hatte. Emory hatte erzählt, dass sie früh morgens trainierten. Das war definitiv *nicht* meine Zeit zum Trainieren.

Er zuckte mit den Schultern. „Du unterrichtest. Ich kämpfe."

Wir stoppten vor einer Pizzeria und er hielt mir die Tür auf. Der Geruch von Knoblauch und Tomatensoße umgab uns, als wir das gut besuchte Restaurant betraten. Es war warm von den Öfen und die Fenster waren leicht beschlagen. Es war leger, zwanglos und mein Magen knurrte. Nach meinem Sieben-Meilen-Lauf brauchte ich Kalorien. Klebrige, käsige Kalorien.

„Das ist also dein Job, Kämpfen. Es ist kein Hobby für dich."

Er schüttelte den Kopf.

„Du bist sicherlich mehr als nur ein Kämpfer", erwiderte ich, wobei ich meine Stimme heben musste, um den Lärm zu übertönen.

Ich stellte mich zu ihm an die Take-out-Theke und wartete darauf, dass einer der emsigen Kellner herüberkam.

Er sah auf mich hinab, seine Augen wanderten über mein Gesicht und sanken einen Augenblick auf meine Lippen. „Nah, ich bin nur ein Kämpfer." Er hielt die Hände hoch und zeigte mir die großen Knöchel, die stumpfen Finger. „War ich schon immer. Das ist das Einzige, das ich kann."

Ich war mir diesbezüglich nicht so sicher, aber ich sagte nichts.

„Alles, das ich lernte, lernte ich auf der Straße nicht in Büchern. Dich würde ich eher als Privatschülerin einschätzen."

„Das stimmt", bestätigte ich. Es bestand kein Grund dazu, es zu leugnen, denn es entsprach der Wahrheit. „Bin auf eine noble Schule in Denver gegangen."

Es war eine noble gemischte Privatschule gewesen, bei der Uniformen und ein großer Batzen Schulgeld erforderlich gewesen waren. Meine Eltern hatten die Mittel und Erwartungen gehabt, die mit so einem Programm einhergingen. Doch auch wenn ich auf das Cornell, ein Ivy League College, gegangen war, hatte ich beschlossen Kunstgeschichte zu studieren, was für sie eine absolute Enttäuschung gewesen war.

Aber das war nichts Neues.

„Privatschule, dann College, stimmt's? Du hast einen Doktortitel?"

Ich nickte.

„In was?"

„Mittelalterlicher und byzantinischer Kunst mit dem Schwerpunkt gotische Architektur."

Das war ein ganz schön langer Titel und seine Augenbrauen hoben sich.

„Beeindruckend", sagte er langsam. „Meine Kämpfe? Lass uns einfach sagen, ich bekomme meinen Doktortitel im Kämpfen."

„Wann ist dein nächster Wettbewerb?", erkundigte ich mich. Die Leute vor uns nahmen ihre Pizzaschachtel und gingen. Wir traten an die Theke.

„Kampf", erklärte er. „Januar."

Es war nicht mehr lange bis dahin, nur noch ein paar Wochen, und die Vorstellung, dass er in den Ring steigen würde, ließ mich für ihn nervös werden. „Ich werde zuschauen kommen, aber du musst gewinnen."

Er schaute mit einem durchtriebenen Lächeln auf mich hinab, aber seine Augen blickten nicht in meine, sie waren allein auf meinen Mund fokussiert. „Ich gewinne immer. Vor allem wenn es ein schwerer Kampf ist."

Ich schluckte, da ich glaubte, dass er vielleicht nicht mehr vom MMA sprach.

„Hi, Reed", unterbrach uns das Mädchen hinter der Theke und schenkte Reed ein sehr strahlendes Lächeln. „Es ist eine Weile her." Und eine perfekte Aussicht auf ihre Brüste in ihrem hautengen T-Shirt. Das Restaurantlogo spannte sich über ihren üppigen Kurven. Sie war vermutlich einundzwanzig, blond und auf eine Weise schlau, wie ich es nie sein könnte.

Es gab Bücherschläue, über die ich verfügte, und Bauernschläue. Reed war bauernschlau, da war ich mir sicher, und dieses Mädchen würde als Genie betrachtet werden. Sie kannte das Spiel. Indem sie ihre Unterarme auf die Theke stützte und sich nach vorne beugte, stellte sie ihre Vorzüge zur Schau. Damit schrie sie geradezu: *ich bin zu haben*. Ich war stets beeindruckt von Frauen, die nutzten, was sie hatten, um zu kriegen, was sie wollten. Daran war, meiner Meinung nach, nichts verkehrt, auch wenn ich sie ein wenig um die Fähigkeit beneidete, doch dieses Mal machte es mich nur wütend.

Ich stand direkt neben Reed – wir hatten uns sogar miteinander unterhalten – und sie wusste, dass ich mit ihm hier war. Ich trug sogar seine verfluchte Jacke. Es war ihr egal. Ich fragte mich, ob ihre Vertrautheit über Pizza-Takeout hinausging. Ich schob diesem Gedanken sogleich einen Riegel vor, weil ich ihn eigentlich nicht weiterverfolgen wollte.

„Hey, Claire. Yeah, während des Trainings ist nicht so viel Pizza erlaubt." Er klopfte sich auf seinen flachen Bauch. Ich wusste nicht, ob er sie beim Namen kannte, weil er sie aus dem Grund, an den ich nicht zu denken versuchte, näher kannte, oder weil er tatsächlich eine Menge Pizza aß und jetzt gerade das Blaue vom Himmel log.

„Ich werde bei deinem nächsten Kampf sein." Sie schenkte ihm ein breites Lächeln, dann biss sie sich auf die Lippe.

Ich unterdrückte geradeso ein Augenrollen.

„Yeah? Das ist toll", antwortete er ohne irgendein Gefühl.

„Denkst du, es gibt noch eine offene Stelle als Nummerngirl?"

Und da war es. Sie wollte etwas von ihm und es war nicht sein Gehirn. Genauso wenig sein bestes Stück. Nun, das wollte sie wahrscheinlich auch, aber sie wollte seine Kontakte. Sie wollte einen Job als eine der Frauen, die während eines Kampfes außen um den Ring liefen und ein Schild mit der Nummer der aktuellen Runde trugen. Sie hatten nur minimale Kleidung an und ihre Brüste würden in dem winzigen Outfit perfekt aussehen.

Sie hatte kein Interesse an ihm. Es war schön und gut, Kontakte zu nutzen, um einen Job zu ergattern, aber sie ging die Sache ganz falsch an. Dass sie mit einem Mann flirtete, um einen Job zu erhalten, machte mich sauer, da es sie nur dumm aussehen ließ. Da es dazu führte, dass ein Mann dachte, eine Frau könnte nur einen Job kriegen, indem sie ihre Weiblichkeit nutzte, nicht ihr Gehirn.

„Sind die Pizzen fertig?"

Er hatte ihre Frage nicht beantwortet und nach dem zu schließen, wie ihr kokettes Lächeln verrutschte, hatte sie es auch bemerkt.

„Ja, lass mich nachschauen."

Als sie sich umdrehte, um die zwei Schachteln zu holen, wobei sie sich nach unten beugte, um sie von einem Regal zu nehmen, streckte sie den Hintern gerade raus. Es war ein hübscher Po, möge sie verdammt sein. Obwohl ich fünfzig Meilen oder noch mehr pro Woche joggte, hatte ich nicht so einen Hintern. Wenn ich eine Münze dagegen werfen würde, würde sie definitiv abprallen.

Reed seufzte nur und wandte den Blick ab.

Wir schwiegen auf dem Weg zurück zu unserem Gebäude. Ich dachte darüber nach, dass sich ihm Frauen an den Hals werfen mussten, wobei ihn manche wie Claire nur zu ihren eigenen Zwecken wollten. Hätte sie keine Theke getrennt, hätte sie sich sicherlich auf ihn gestürzt, dessen war ich mir sicher, wenn eine Chance bestanden hätte, dass er ihr diesen Nummerngirl-Job besorgte. Er schien nicht sonderlich interessiert gewesen zu sein, also hatte er vielleicht eine Freundin.

Natürlich hatte er das. Er war umwerfend und ein Gentleman, ganz gleich, was er von sich selbst dachte.

Ich war eine langweilige Universitätsprofessorin, die siebenhundert Jahre alte Kathedralen studierte und Angst vor Aufzügen hatte. Ich hatte definitiv nicht den Körper eines Nummerngirls. Ich hatte Brüste, aber nicht die richtige Körbchengröße für den Job oder einen Mann wie Reed.

4

EED

Harper hatte dieses sexy Bibliothekarinnen Ding wirklich drauf. Fuck.

Ich hatte keine Ahnung gehabt, dass dieser prüde Scheiß etwas bei mir bewirkte. Es war acht Uhr morgens und ich war im Fitnessstudio, wo ich seilhüpfte und laut der Uhr an der Wand bereits zehn Minuten meiner Übung hinter mich gebracht hatte. Sie fiel mir durch die Fenster zum Parkplatz ins Auge. Yeah, sie trug einen knielangen, schwarzen Mantel und nur drei oder fünf Zentimeter ihres Rocksaums waren darunter zu sehen. Ihre Haare waren nach hinten zu einem schlichten, glatten Pferdeschwanz gebunden und ich sah Edelsteine in ihren Ohren funkeln. Sie war umwerfend auf diese teure, elegante Art. Sie wählte nichts Auffallendes, kein Bling-bling. Verdammt. Sie sah ganz korrekt und konservativ aus, abgesehen von ihren zehn Zentimeter hohen Absätzen.

Waren alle Professoren mittelalterlicher Kunst so verdammt heiß? Ich fragte mich, wie viele Collegejungs in ihren Kursen saßen und Ständer bekamen, nur weil sie ihr dabei zuhörten, wie sie über Buntglasfenster und Strebewerk redete. Yeah, ich hatte diesen Mist im Internet nachgeschlagen, bevor ich ins Bett gegangen war.

Ich wollte, dass sie ihren leidenschaftlichen Blick auf mich richtete, mir erzählte, dass ich ein böser Junge war, weil ich im Unterricht geredet hatte, und mich auf die einzige Weise zum Schweigen brachte, die sie kannte – indem sie den Saum dieses Bleistiftrocks hochschob, auf meinen Schoß kletterte und mich ritt.

Fuck. Ich hatte einen Ständer, nur weil ich dabei zusah, wie sie ihr Auto aufschloss. Das war etwas, das mir noch nie zuvor beim Seilspringen passiert war.

Nein, sie war nicht öde. Auf keinen verdammten Fall.

Gray kam herüber, folgte der Richtung meines Blicks und sah aus dem Fenster. Er war zwar mein Trainer und ließ mich täglich leiden, aber er trainierte auch jeden Morgen mit mir. Wir waren bereits unsere übliche Drei-Meilen-Runde auf den Straßen gejoggt, hatten einige Runden im Ring hinter uns gebracht und ich kühlte mich gerade mit dreißig Minuten Seilspringen ab. Es war eine stumpfsinnige Übung, weshalb mir keine bessere Methode einfiel, die Zeit rumzukriegen, als meiner sexy Nachbarin dabei zuzusehen, wie sie zur Arbeit fuhr.

Die Pizza gestern Abend war eine gute Sache gewesen. Abgesehen davon, dass es wenig Aufwand und entspannter für Emory gewesen war, da sie den ganzen Tag in der Notaufnahme gearbeitet hatte, hatte es mir auch eine Gelegenheit gegeben, mich allein mit Harper zu unterhalten. Dass ich sie mitgenommen hatte, um die Bestellung abzuholen, hatte dafür gesorgt, dass es eine ungezwungene

Situation gewesen war. Keine Erwartungen. Aber als sie meine Jacke angezogen und ich gesehen hatte, wie verdammt klein sie im Vergleich zu mir war, war jeder meiner Beschützerinstinkte an die Oberfläche getreten. Ich wollte ihr sämtliche Ängste nehmen, sie beschützen, sogar vor Aufzügen oder was auch immer ihr widerfahren war, dass sie so verdammt große Angst vor ihnen hatte.

Bei Gray und Emory war Harper lustig und gewitzt und entspannt gewesen, während wir uns unterhalten hatten, aber sie war nicht aus sich rausgekommen und hatte erzählt, warum sie vor Aufzügen Angst hatte. Nicht, dass ich erwartet hatte, dass sie das tun würde, aber es hätte eine Menge erklärt. Klaustrophobie? Hatte sie einmal in einem festgesessen? Freier Fall?

Zuerst hatte ich angenommen, dass es eine Lüge war, eine Lüge, um die Tatsache zu verbergen, dass sie sich wirklich vor mir fürchtete. Aber während wir zu der Pizzeria gelaufen waren, hatte ich keine Spur von Furcht in ihren Augen gesehen. Wenn sie wirklich Angst vor mir hätte, wäre sie wieder davongerannt und hätte mir nicht erlaubt, meine Hand in ihr Kreuz zu legen, während wir die Straße entlanggelaufen waren. Nein, stattdessen hatte ich Überraschung und Interesse gesehen. Dieses Interesse, dieser Funken Begehren hatte dazu geführt, dass ich etwas, *Scheiße*, gefühlt hatte. Sie war umwerfend. Sie verdrehte Köpfe, vor allem meinen, was ein verdammtes Problem war. Yeah, ich wollte in ihr Bett gelangen. Die Hälfte der Männer im Studio wollte das vermutlich, nachdem sie sie in diesen Laufshorts gesehen hatten.

Aber das war es nicht. Sie war interessant und spleenig. Wer zum Teufel machte einen Doktor in einem so obskuren Kunstthema? Ich wollte wissen, wie sie ihren Kaffee trank, ob sie den Strand oder die Berge mochte, und ob sie Satin oder Spitze vorzog.

Sie war nicht die Sorte Frau, die man vögelte und vergaß. Sie war mehr und das war schlecht. Ich wollte nicht *mehr*.

Zum Teufel, selbst wenn ich das täte, ich konnte nicht. Ich war falsch für sie. Eine schlechte Wahl. Eine Sackgasse. Würde sie meine Vergangenheit kennen, würde sie förmlich von mir wegsprinten. Sie war verdammt klug, hübsch und verdiente den ganzen zweieinhalb Kinder und Hund und weißen Lattenzaun Scheiß. Sie verdiente alles. Und ich war nichts.

Das hieß jedoch nicht, dass ich nicht schauen, mich wundern und mir vorstellen konnte, wie ich sie über die Motorhaube ihres Autos beugte und in ihre heiße Pussy glitt. Ich stöhnte bei dem Gedanken, dann überspielte ich diesen Laut vor Gray schnell mit einem Husten.

Sie warf ihre Tasche auf den Beifahrersitz und stieg ein, ließ ihr Auto an.

„Was ist mit Harper los?", fragte ich und hob mein Kinn in ihre Richtung. Ich atmete schwer, aber gleichmäßig. Ich war nicht so erschöpft, dass ich kein Gespräch mehr führen konnte, während ich mein Tempo wahrte. Schweiß rann über meine Schläfen und ich hatte keine Möglichkeit, ihn wegzuwischen. Ich hatte meinen Rhythmus und das Plastikseil klackte auf den Betonboden.

Gray zuckte mit den Schultern, lehnte sich an die Wand und verschränkte die Arme. Er trug sein übliches T-Shirt – mit Schweißflecken versehen – und Kämpfershorts, sowie seine Laufschuhe. Niemand, der ihn im Studio sah, würde auf die Idee kommen, dass er Hemden mit Druckknöpfen und Cowboyhüte bevorzugte. Nachdem er dem Kerl, der gerade durch die Tür gekommen war, kurz zugenickt hatte, antwortete er: „Emory verrät es nicht."

Diese Antwort bedeutete, dass er auch wusste, dass etwas mit ihr los war. Ich hatte ihm nicht von dem Aufzug-Ausraster erzählt.

Auch wenn ich Emorys Fähigkeit, Geheimnisse wie ein Tresor zu schützen, zu schätzen wusste, wäre es wirklich hilfreich, sich einen Reim auf Harper machen zu können. War es Klaustrophobie? Es störte sie offenkundig nicht, in einem Auto zu sein. Bedeutete das, dass es ihr nicht gefallen würde, wenn ihre Handgelenke beim Sex fixiert wurden?

Ich atmete tief durch bei der Vorstellung, sie unter mir zu haben. *Scheiße*. Ich steckte in Schwierigkeiten.

„Ich weiß, dass sie Probleme mit ihrer Familie hat und nach einer neuen Bleibe gesucht hat, die sicher ist."

„Sicher?", fragte ich und grübelte darüber nach, was das bedeutete. Sicher im Sinne von, das Haus brach nicht über ihrem Kopf zusammen, oder sicher im Sinne von, ihre Mutter war eine Serienmörderin?

„Nach dem Vorfall in Emorys Haus letzten Sommer." Er unterbrach sich, als er sich daran erinnerte, was passiert war. Irgendein Irrer hatte Frauen verprügelt, um ihre Schmerzmittel einzusacken, und Emory, die als klinische Pflegeexpertin in einer Familienklinik Freiwilligenarbeit leistete, war dem Kerl in die Quere gekommen. Er war in ihr Haus eingebrochen, um sie aufzumischen, und sie war entkommen, indem sie eine beschissene Seilleiter nach unten geklettert war. Ich war dort gewesen, als Gray zu ihr gelangt war. Sie war zwar nicht verletzt gewesen, aber es war eine schlimme Situation gewesen und sie hatte zweifelsohne noch immer Alpträume davon. Gray vermutlich auch. Wenn Harper in der gleichen Straße gewohnt hatte, war es wahrscheinlich, dass sie sich danach um ihre eigene Sicherheit gesorgt hatte.

„Ich dachte, dass das vielleicht der Grund sei, aber als Emory eine irre Familie erwähnte, begann ich, anders zu denken", fügte er hinzu.

„Jeder hat eine verrückte Familie", entgegnete ich. Ich hatte eigentlich keine Eltern, sondern eher verdammte Kriminelle, die mich gezeugt hatten. Sie waren tot, was die Dinge einfacher machte. Ich bezweifelte ernsthaft, dass Harpers Mom eine Drogenabhängige war, und ihr Vater sie zu seinem Fluchtfahrer bei bewaffneten Raubüberfällen gemacht hatte. Nein, wahrscheinlich hatte ihr einziges Problem mit ihren Eltern als Kind darin bestanden, sich darum zu sorgen, ob ihre Eltern zu ihrem Feldhockeyspiel erscheinen würden oder nicht. Sie war eine Prinzessin.

Gray zog auf meine Antwort hin nur eine Augenbraue hoch und ich erinnerte mich an den Mist mit seinem Dad. Nun *er* war ein Arschloch. Ihm gehörte Green Acres, ein Haufen Seniorenheime im ganzen Westen. Er mochte erfolgreich sein, aber er war ein echter Mistkerl. Er hatte seinen Sohn als Kind verprügelt und Schlimmeres gemacht.

Gray wandte den Blick von den Fenstern ab und fokussierte ihn auf mich. „Ich weiß lediglich, dass wir auf sie aufpassen müssen."

Ich stoppte das Seilspringen, obwohl die Zeit noch nicht abgelaufen war, und ließ das Seil vor mir nach unten hängen. Ich holte tief Luft, dann noch einmal und wischte mir mit dem Handrücken über meine Schläfe, um die Schweißtropfen aufzufangen. „Du denkst, dass jemand versucht, ihr wehzutun?"

Nicht unter meiner verdammten Aufsicht.

Er zuckte mit den Achseln und stieß sich von der Wand ab. Anschließend schnappte er sich sein Handtuch von der

Bank in der Nähe und wischte sich damit über seinen verschwitzten Kopf. „Vielleicht, aber auch wenn sie schneller und weiter rennen kann als jeder, den ich jemals gesehen habe, manchmal kann man seinen Problemen nicht entkommen. Ich denke, sie hat einige Dinge, mit denen sie sich momentan herumschlagen muss."

Irgendwie hatte ich so ein Gefühl, dass er nicht von Aufzügen sprach.

5

Harper

"Hast du dir ein neues Outfit für die Weihnachtsfeier gekauft?", fragte Sarah. Sie streckte ihren Kopf durch meine Bürotür, die Augen vor weiblicher Freude über die Aussicht auf ein neues Outfit weit aufgerissen.

"Ich werde nicht hier sein" erwiderte ich und sah zu ihr auf.

Ich saß hinter meinem Schreibtisch, auf dem Aufsätze hoch aufgetürmt waren, die benotet werden mussten, und Notizen für meinen aktuellsten Artikel verstreut waren, für den ich momentan über die Verwendung des Kreuzgrundrisses in späteren Kirchengebäuden in Nordeuropa schrieb. Es war die letzte Semesterwoche und alle steckten in dem Chaos und Klausurenwahnsinn vor der langen Winterpause. Anstatt dieses Wochenende auf die Weihnachtsfeier der Fakultät zu gehen, würde ich nach Großbritannien reisen. Ich musste Recherchen für meinen aktuellsten

Aufsatz, der veröffentlicht werden würde, anstellen und lediglich zwischen den Semestern hatte ich die dafür nötige freie Zeit von der Universität.

Die Aufregung auf ihrem Gesicht verblasste. „Stimmt ja. Das habe ich ganz vergessen." Dann lächelte sie wieder, seufzte. „Gott, ein Urlaub in England. Du kannst dich mit diesem Kerl treffen, wie heißt er noch mal? Giles?"

Giles. Ein Professor an der Universität in London oder Dozent, wie er in Großbritannien genannt wurde. Ein One-Night-Stand, von dem ich Sarah erzählt hatte. Ich hatte ihn vielleicht etwas besser dargestellt, als er wirklich gewesen war. Wir hatten uns auf Anhieb gut verstanden und uns dann in der Besenkammer im zweiten Stock des Kunstgebäudes vergnügt. Ich war nicht geblieben und hatte ihn seitdem nicht gesehen. Ich dachte kaum an ihn.

Aber Sarah war eine kleine Miss Kupplerin und dass ich einen *möglichen* Freund in einem anderen Land hatte, erlaubte mir, sie hinzuhalten und jegliche Blinddates, die sie arrangieren könnte, abzuwehren. Ich ließ sie in dem Glauben, dass Giles und ich uns regelmäßig Emails schrieben und Dinge miteinander unternahmen, wenn ich in Großbritannien war, was recht häufig vorkam.

„Richtig. Giles", entgegnete ich.

„Du wirst über Weihnachten dort sein, oder? Wenn nicht, kommst du zu mir."

Sie war verheiratet, hatte zwei Kinder, die in die Grundschule gingen, und einen hellen Labrador, dessen abgeworfene Haare an sämtlichen Kleidern Sarahs hafteten. Zum Weihnachtsessen zu ihrem Haus zu gehen, wäre ein richtiger Affenzirkus und würde mich an ein Familienleben erinnern, das ich nie hatte.

„Ich werde weg sein, ja", antwortete ich vage.

„Abendessen mit Giles und seiner Familie?", fragte sie hoffnungsvoll.

Eher ein Abendessen mit den Flugbegleiterinnen auf dem Transatlantikflug nach Hause. Ich hatte meine Rückkehr absichtlich auf den Weihnachtstag gelegt. Ich hasste Weihnachten. Es war ein Tag für die Familie und ich hatte keine. Der Tag, an dem ich angegriffen worden war, war der Tag gewesen, an dem ich jegliche Verbindungen gekappt hatte. Sie waren nicht in die Notaufnahme gekommen, um nach mir zu sehen und sich zu mir zu setzen, während ich mit den Detectives gesprochen hatte. Einige Wochen später hatten sie Cam auf Kaution aus dem Gefängnis geholt. Sie hatten ihn unterstützt – nein, versucht, ihn zu retten – als er von einem verdeckt ermittelnden Polizisten beim Drogenverkauf erwischt worden war. Ich war als dramatisch und aufmerksamkeitsheischend bezeichnet worden. Ja, klar.

Das hatte das Fass endgültig zum Überlaufen gebracht. Ich war kein einziges Mal mit ihnen in Kontakt getreten, aber das hatte sie nicht davon abgehalten, mich zu kontaktieren, allein aus egoistischen Gründen.

Ich sollte dankbar für meine Freunde sein, die so freundlich waren, mich in ihre Feier einzuschließen, aber das war nicht das Gleiche wie Familie. Das würde es nie sein, also hatte ich Möglichkeiten gefunden, Weihnachten einfach verschwinden zu lassen. Und auch wenn meine Rechercherreise nach England für die Winterferien geplant gewesen war, so hatte ich doch sichergestellt, dass ich an dem tatsächlichen Feiertag nicht zu Hause war, eigentlich nirgends.

„Wir werden sehen", erwiderte ich. „Was ziehst du zu der Party an?"

Meine Frage lenkte das Gespräch, wie ich gehofft hatte, in eine neue Richtung und ich hörte zu, während sie von dem neuen Oberteil sprach, das sie gekauft hatte und zu dem sie neue Schuhe brauchte.

„Ich habe diese Chandelier-Ohrringe, die du dir ausleihen kannst." Mein Telefon klingelte irgendwo unter den Aufsätzen.

Sarah verdrehte die Augen und winkte mir, während ich es hervorwühlte, dann ranging.

„Harper Lane."

„Dein Bruder versucht, dich zu erreichen, Harper."

Gott.

Ich konnte Sarah nicht ansehen, weshalb ich ihr im Gegenzug nur vage winkte und meinen Stuhl so drehte, dass ich der Wand zugewandt war. Das mochte leicht unhöflich gewesen sein, aber ich würde meine Freundin nicht mein Gesicht sehen lassen. Nicht jetzt. Sieben Worte von meiner Mutter und ich war zerstört. Ich starrte blind auf das große Korkbrett mit Fotos, die ich von verschiedenen Kathedralen in Europa gemacht hatte, sowie Gemälden, über die ich Vorträge hielt. Nahaufnahmen von Mosaikfliesen und Beispiele makellosen Buntglases.

Ich sah nichts davon. Das Mittagessen rumorte in meinem Bauch. Alles nur wegen *ihr*.

„Ja, ich habe von ihm gehört", erwiderte ich. Meine Stimme war monoton. Ich hatte meiner Mutter nichts zu geben, keine Emotionen. *Nichts*. Nach dem, was sie getan hatte, war ich eine versiegte Quelle. Es war sechs Monate her, seit sie mich das letzte Mal angerufen hatte, als Cam bei einem Kampf auf dem Gefängnishof verletzt worden war. Warum sie mich angerufen hatte, um mir davon zu erzählen, wusste ich nicht. Jetzt rief sie an, weil Cam gestern versucht und darin versagt hatte, mich zu einer Unterhaltung zu bewegen.

„Er ist im Gefängnis. Das Mindeste, das du tun kannst, ist ansprechbar zu sein."

Ich zog das Telefon von meinem Kopf weg und starrte es an. „Er hat mich Drogendealern als Bezahlung gegeben, Mutter." Dass ich sie daran erinnern musste, machte sofort klar, dass sie nicht wegen einer Versöhnung anrief. „Ich habe ihm nichts zu sagen." *Oder dir.*

„Dieser… *Vorfall* ist nicht der Grund dafür, dass er im Gefängnis ist – deshalb solltest du Mitgefühl für seine missliche Lage zeigen."

Er war mit dem Angriff auf mich davongekommen, weil die Männer, die mich angegriffen hatten, nie gefunden worden waren. Und der Anwalt meiner Eltern hatte ganze Arbeit geleistet und mich vor dem Staatsanwalt förmlich in der Luft zerrissen, um Cam zu retten. Dennoch hatte er etwas anderes Dummes getan – was, wie sie sagte, nichts mit mir zu tun hatte – und war trotzdem im Gefängnis gelandet.

Ich ließ den Kopf nach vorne fallen und schloss die Augen. „Was willst du?"

„Er wird am dreiundzwanzigsten entlassen. Ein wundervolles Weihnachtsgeschenk. Wir feiern eine kleine Party mit Freunden. 19:30 Uhr. Du wirst kommen und –"

„Nein." Das einzelne Wort glich einer Pistolenkugel. „Ich werde nicht kommen. Ich werde nicht mit ihm reden. Ich werde nicht mit dir reden. Tschüss."

Indem ich mich mit dem Stuhl drehte, knallte ich den Hörer nach unten, gerade als ich mit dem Knie gegen die Unterseite des Schreibtisches schlug.

„Fuck", fluchte ich, zuckte zusammen und atmete tief ein, um den Schmerz zu lindern, während ich über den in Mitleidenschaft gezogenen Knochen rieb.

Langsam fühlte sich mein Knie besser, aber mein Herz

nicht. Was zum Teufel stimmte mit meiner Familie nur nicht? Warum konnten sie nicht einfach normale, nette Leute sein an Stelle von Soziopathen? Ich wollte mich übergeben. Ich wollte all die Blätter von meinem Schreibtisch fegen. Ich wollte schreien.

Ich konnte nichts davon tun. Nicht hier, nicht jetzt. Ich sah hoch auf die Uhr an der Wand und erinnerte mich daran, dass ich den ganzen Nachmittag lang Klausuren hatte. Ich konnte mir das von der Seele rennen. Später. Oder alles wegvögeln. Yeah, das wäre gut. Die Verbindung mit jemand anderem, wenn auch nur für kurze Zeit. Ein Orgasmus war wie eine Dosis irgendeiner harten Droge.

Der Wecker an meinem Handy klingelte, eine tägliche Erinnerung an meinen ersten Kurs des Nachmittags. Fuck. Ich holte tief Luft. Noch einmal. Dachte an die Wand, die ich laut meiner Therapeutin visualisieren sollte. Ich sollte Baustein um Baustein um meine Wut und Frust auf meine Familie, auf das, was mir widerfahren war, bauen, bis sie komplett ummauert waren. Das Konzept war spitze, aber es funktionierte nicht wirklich. Dennoch probierte ich es.

Studenten warteten auf mich und darauf, ihre Semesterklausur über Triptychon und Obergadenfenster zu schreiben. Das Unterrichten war beruhigend, auch wenn die Klausurenzeit etwas hektisch war. Die Vertrautheit meines Unterrichtsstoffs war beinahe tröstlich. Siebenhundert Jahre alte Kathedralen gaben keine Widerworte, versauten einem nicht das Leben. Sie waren beständig, dauerhaft. Sie waren immer da. Immer gleich, immer vertraut, ganz egal, welcher Scheiß auf einen wartete.

6

EED

„Man erzählt sich, dass du zu Boden gehen wirst", sagte Gray. Er lehnte sich auf seinem Schreibtischstuhl zurück und legte seine Fingerspitzen vor sich aneinander, sodass sie eine Pyramide formten. Er trug Jeans und ein T-Shirt mit dem Logo des Fitnessstudios auf der Brust. Sein Stetson befand sich an seiner üblichen Stelle am Haken hinter seinem Schreibtisch. Er hatte die ernste Miene eines Mannes mit gnadenloser Kontrolle aufgesetzt, aber würde viel lieber etwas kurz und klein schlagen. Oder jemanden. In diesem Fall wusste ich, um wen es sich handelte.

„Dominguez."

Es war nicht der Kerl, gegen den ich als Nächstes kämpfen würde. Er war sauber. Oder zumindest würde er im Ring sauber kämpfen. Es waren seine Unterstützer, besonders einer von ihnen. Anstatt Sponsoren zu haben, die das neueste Proteinpulver oder Sneaker bewarben, hatte

Sammy the Sandbag Briggs Dominguez, der berüchtigt dafür war, eine der fieseren Gangs in der Gegend anzuführen, deren Reichweite sich sogar bis nach Denver erstreckte. Da Brant Valleys Kriminalitätsrate stetig anstieg, bewies das nur, dass er ein fieser Drecksack war.

„Wie zur Hölle ist Sammy nur an ihn geraten?", fragte ich kopfschüttelnd. Ich kannte das raue Leben auf der Straße und wusste, wie es dort zuging, aber die Scheiße, die ich getan hatte, kam nicht einmal annähernd an das heran, das Dominguez abzog.

„Ich habe gehört, dass Sammys Schwester die Baby Mama von einem von Dominguez' Männern ist."

„Baby Mama?", fragte ich verblüfft, dass er diesen Begriff verwendet hatte, der auf der Straße allgemein für Frauen verwendet wurde, die nicht in einer Beziehung mit einem Mann waren, aber sein Kind bekamen.

„Was? Ich kenne mich in der Straßensprache auch aus." Gray lächelte mir schnell zu, dann ließ er es verschwinden. „Ich denke nicht, dass Sammy ein großes Mitspracherecht darin hatte, wer ihn sponsort."

„Ich dachte, diese Energieriegel-Firma hätte ihn zum Abendessen eingeladen."

„Das war, bevor Dominguez ihn in die Finger kriegte. Jetzt hat sich alles geändert."

Ich konnte es mir nur vorstellen. Sammy musste sich wegen dieser ganzen Sache in die Hose machen. Würden sie ihn umbringen, wenn er den Kampf nächsten Monat verlor?

„Dominguez wird also auf den Kampf setzen und Kohle machen", sagte ich und drückte das Problem in einfachen Worten aus.

„Wenn du verlierst", fügte er hinzu, beugte sich nach vorne und legte seine Unterarme auf seinen Schreibtisch.

Ich schaute zu Gray. Wir mussten nichts sagen, denn ich

würde den Kampf nicht abschenken und ich würde nicht verlieren. Fuck nein. Ich durfte mir nicht den Kopf über Sammys Hals zerbrechen, wenn mir nur noch wenige Wochen bis zum Kampf blieben.

Ein Klopfen am Bürofenster veranlasste mich dazu, mich umzudrehen. Als Jack meinen Blick auffing, neigte er seinen Kopf an der Rezeption vorbei. Ich schaute in diese Richtung und sah Harper, die mit Larry dem Loser aus dem Fitnessstudio lief.

„Was zum Henker?", fluchte ich.

Harper trug ihre Arbeitskleidung. Ich würde diese heißen Heels nicht vergessen. Sie war nicht zum Trainieren im Studio. Nein. Nach Larrys Gesichtsausdruck zu schließen, hatte sie sein Angebot für einen Quickie angenommen. Ich hatte seine Sprüche gehört und keine Frau, die ich jemals kennengelernt hatte, war darauf hereingefallen. Bei fünfzig Frauen hatte er wahrscheinlich null Treffer. Ich hatte selbst gesehen, wie sie ihn am Vortag abblitzen hatte lassen. Offensichtlich nicht. Mir war scheißegal, wen Larry vögelte, abgesehen von Harper.

Ich stand auf und lief aus Grays Büro, ohne zurückzuschauen. „Bis später."

Wenn Gray das noch weiter besprechen wollte, würde er warten müssen. Auf keinen verdammten Fall würde ich Larry erlauben, sie anzufassen.

Ich lief an Jack vorbei, vor dem ein Haufen sauberer Handtücher zum Falten lag, und hinaus in die Lobby. Keine Harper. Kein Larry. Ich blickte nach draußen zum Parkplatz. Leer. Sie würde nicht den Aufzug zu ihrem Apartment nehmen, was bedeutete –

Nachdem ich die Schlüsselkarte aus meiner Tasche gezogen hatte, klatschte ich sie gegen den Wandsensor, dann öffnete ich die schwere Tür zu der Fluchttreppe. Dort, an der Betonwand, war Harper. Larry schaute auf sie hinab und streichelte mit seinen Fingerknöcheln ihren Oberarm entlang. Die Szene war verdammt merkwürdig. Larry steckte in seinen Trainingsklamotten, einem weißen Achselshirt und schwarzen Shorts. Er war schlaksig und hatte lockige Haare, die wie ein dunkler Mopp auf seinem Kopf wuchsen – und auf seiner Brust. Er hatte die Figur eines Läufers; ganz gleich wie viele Gewichte er auch stemmte, er würde nie die Statur eines Bodybuilders haben.

Für einen Mann war er nicht hässlich, aber seine Persönlichkeit ähnelte der eines toten Fisches. Eines toten Fisches, der mit jeder Frau in die Kiste springen wollte, die bei Bewusstsein war. Er versuchte es vielleicht sogar bei denen, die es nicht waren.

Sie fuhren mit den Köpfen in meine Richtung herum, als ich sie unterbrach. Harper wies nicht das Aussehen einer Frau auf, die vögeln wollte. Kein begehrlicher Blick, kein Lippenbeißen oder gerötete Wangen, keine aggressiven Hände. Sie sah nur verblüfft darüber aus, mich zu sehen.

Larry richtete sich auf und drehte sich zu mir. „Reed, ich wollte gerade –"

„Gehen", beendete ich den Satz für ihn. Die Arme vor der Brust verschränkt, starrte ich ihn nieder. Ich wollte ihn nicht fertigmachen, aber ich würde es tun, wenn er nicht endlich von Harper abrückte.

Er hob seine Hände, als würde er ausgeraubt werden. „Hey, sie hat mich angemacht."

Ich ballte meine Fäuste. Falsche Antwort. Er wälzte die ganze Sache auf Harper ab. Yeah, er hatte eine Schwäche für hübsche Frauen, aber sie hatte ihn nicht an seinem Schwanz aus dem Studio geschleift. Mir war scheißegal, ob eine Frau vögeln wollte. Es war ihr gutes Recht, genauso wie das jeden Mannes, aber Larry musste sich deswegen nicht wie ein Trottel benehmen. Harper zu beschämen, war nicht die richtige Methode, um unter diesen Bleistiftrock zu gelangen.

Larry verengte die Augen zu Schlitzen und musterte mich, dann schaute er zu Harper, dann wieder zu mir. „Bist du –"

„Bereit, dich umzubringen?", fragte ich, wobei meine Stimme eine Schärfe annahm, die sie zuvor nicht besessen hatte. „Das liegt an dir."

Seine Augenbrauen hoben sich, um unter seinen Haaren zu verschwinden. Er seufzte, ließ die Hände an seine Seiten fallen und trat an mir vorbei zu der geöffneten Tür. „Sorry, mein Fehler."

Ich schaute nicht zu, wie er ging, sondern wartete nur auf den lauten Knall, damit ich wusste, dass wir allein waren.

Harper mied meinen Blick. Ihre Hände lagen an ihren Seiten flach an der Betonwand, als würde diese sie aufrecht halten.

Ich betrachtete sie von Kopf bis Fuß, ihre konservativen Arbeitskleider, wie ihre Haare nach vorne fielen, um ihr Gesicht abzuschirmen. „Willst du ihn wirklich, Harper?"

Sie drehte sich zu mir und kniff die dunklen Augen zu Schlitzen zusammen. „Du hast kein Recht."

„Wenn du Larry wirklich ficken willst, werde ich zurückgehen und ihn holen. Ich werde mich sogar entschuldigen." Ich hielt inne, aber sie reagierte nicht. „Möchtest du, dass ich das tue?"

Sie schürzte die Lippen. „Nein."

„Du willst ficken?" Ich legte eine Hand auf meine Brust. „Ich bin gleich hier."

Ihr Mund klappte auf und sie schaute mich wütend an.

Sie musste ihre Fäuste nicht einsetzen, um mich zu Boden zu werfen, ein finsterer Blick genügte.

„Ich will nicht –"

„Was hast du dann mit Larry gemacht?"

„Ich... ich –" Sie wandte den Blick ab, weil sie wusste, dass ich ihre Lüge aufgedeckt hatte. „Lass mich einfach in Ruhe."

Sie machte Anstalten, die Stufen zu erklimmen, doch ich packte ihr Handgelenk, bevor sie weit kam.

„Oh, nein. Du hast Larry aus einem Grund angesprochen." Ich zog an ihrem Arm, sodass sie sich zu mir umdrehte. Da sie auf der Treppe stand, war sie einige Zentimeter größer als ich. „Macht er dich feucht, Prinzessin?"

Ihre Wangen röteten sich und sie zerrte an meinem Griff. Wenn Larry sie nicht scharf machte, warum war sie dann mit ihm mitgegangen?

„Diese Frage beantworte ich nicht", fauchte sie. Jede Faser ihres Körpers war angespannt. Ich musste davon ausgehen, dass sie keine Ahnung von Selbstverteidigung hatte, ansonsten hätte sie mir mittlerweile bereits die Nase gebrochen oder schlimmer, mir in die Eier getreten. Ich drehte meine Hüfte leicht zur Seite, nur für den Fall.

„Weil die Antwort Nein lautet. Du wolltest ihn vögeln, aber warst nicht interessiert."

„Was ist daran so falsch?", konterte sie eindeutig beleidigt. „Was ist so falsch daran, wenn eine Frau eine schnelle Erleichterung will?"

„Rein gar nichts." Die Vorstellung, Harper kommen zu sehen und die Laute zu hören, die sie dabei machte, ließ mich hart werden. „Du willst einen Orgasmus."

Als sie lediglich die Arme verschränkte und mit diesem strengen Bibliothekarinnenblick auf mich hinabsah, hatte ich genug.

Ich trat nach oben, beugte mich nach vorne und warf sie mir über die Schulter. Ich wurde nicht langsamer, während ich die Treppe hochging, obwohl sie auf meinen Rücken trommelte. Ich stellte sie erst ab, als wir in meinem Apartment waren und die Tür hinter uns abgeschlossen.

Ich setzte mich in meinen Polstersessel, nahm ihre Hand und zog sie zu mir, sodass sie vor mir stand. Das Apartment war nur spärlich möbliert. Ich brauchte nicht viel. Es gab keine Andenken von Reisen, keine Familienfotos. Yeah, mein Dad hatte mich das Auto nie für ein gemeinsames Selfie anhalten lassen, nachdem er eine Tankstelle überfallen hatte. Keine gerahmten Drucke an den Wänden. Ich brachte keine Frauen hierher, weshalb es niemanden zu beeindrucken gab.

Nach einem langen Trainingstag saß ich gerne in meinem Sessel vor dem Fernseher, ließ die Gedanken schweifen oder kühlte eine Stelle, die es brauchte. Er war zwar nicht mein Bett, aber kam gleich an zweiter Stelle. Und Harper vor mir stehen zu haben... zum Teufel. Allein sie in dem Apartment zu haben, veränderte das Gefühl der Bude.

Ich ließ ihre Hand nicht los, sondern zog sie näher und meine Knie teilten sich, sodass sie direkt dort war. Wenn ich mich nach vorne beugte, könnte ich meinen Mund auf ihren Busen drücken.

Sie war sauer. Wirklich sauer. Vielleicht wusste sie, dass sie gegen einen Kämpfer nicht gewinnen konnte.

Vielleicht war sie nur geduldig und wartete auf einen Moment zum Zuschlagen – oder zur Flucht. Das war eine kluge Vorgehensweise für einen unausgeglichenen Kampf und ich nahm an, dass das vermutlich ihr Plan war. Aber ich würde das nicht zulassen. Sie würde nirgendwo hingehen, bis ich das Rätsel gelöst hatte. Bis ich *sie* gelöst hatte.

„Ich werde dich zum Orgasmus bringen", versprach ich. „Komm näher."

Ich ruckte an ihr und sie keuchte, als sie nach vorne fiel, wobei ihre Hand auf meiner Schulter landete, damit sie das Gleichgewicht wahren konnte. Eines ihrer Knie ließ sich an der Außenseite meines Schenkels nieder. Ihr Rock war schmal geschnitten, weshalb sie recht unbeholfen über mir kauerte.

„Reed", knurrte sie förmlich und versuchte, sich zurückzuziehen.

Meine Hände umfingen ihre Schenkel gerade oberhalb ihrer Knie und schoben den Stoff ihres Rocks nach oben, bis sie sich absenken und rittlings auf meine Beine setzen konnte. Ich war an willige Frauen auf meinem Schoß gewöhnt. Harper wehrte sich und schrie meinen Namen erneut und das nicht vor Wonne.

Ich musterte sie eindringlich. Ich würde sie gehen lassen, wenn sie wirklich am Durchdrehen war. Gerade war sie einfach nur sauer. Damit kam ich klar. Ich musste wissen, was in ihrem hübschen Kopf vor sich ging. Sie war vermutlich einer der klügsten Menschen, die ich kannte, dennoch war sie bereit gewesen, Larry zu vögeln. Es ergab keinen Sinn.

„Ich will keinen Sex haben", informierte sie mich und machte damit klar, dass sie Nein sagte. Ich sah die Falte, die sich auf ihrer Stirn formte, hörte ihren wütenden Tonfall. Ich ließ sie immer noch nicht hoch.

„Oh? Du wolltest es im Treppenhaus. Liegt es an mir? Tauge ich für dich einfach nicht?" Die sarkastische Note in meiner Stimme blieb nicht unbemerkt.

Ein Seufzen entwich ihr, während sie mich böse ansah. „Lass mich einfach in Frieden."

„Geht nicht, Prinzessin."

Ihre Hand drückte gegen meine Brust, als würde ihr das helfen. Ihre kleine Hand zu fühlen, ließ meinen Schwanz hart werden, aber ich zwang ihn nieder. Jetzt war nicht die Zeit zum Spielen.

„Hör auf, mich so zu nennen."

Ich ließ meinen Blick zu ihrem schnellen, um ihr in die Augen zu blicken. „Im Vergleich zu mir bist du eine Prinzessin."

Sie verdrehte ihre Augen. „Was auch immer. Ich werde einfach zu meinem Apartment gehen."

Mit einer Hand auf ihrem Schenkel hielt ich sie an Ort und Stelle. „Wenn dir Larry scheißegal ist, warum wolltest du dich dann von ihm vögeln lassen?"

„Interessierst du dich für jede Frau, mit der du schläfst?", entgegnete sie, wobei die Worte wie Kugeln aus ihrem Mund schossen. Diese Frage würde ich nicht beantworten. Es war ein Doppelstandard, mit dem Männer davonkamen, aber hier ging es nicht um ihr Sexleben. Es ging um ihre Sicherheit. Ich hatte Größe und Gewicht auf meiner Seite, plus meine Kampfkenntnisse. Ich konnte mich beschützen. Harper war leichte Beute für ein Arschloch, das mehr wollte, als sie zu geben bereit war, vor allem wenn sie diejenige gewesen war, die das Angebot gemacht hatte.

„Ich hab gesehen, wie sich das Mädchen in der Pizzeria dir gegenüber benommen hat", fuhr sie fort. „Sag mir nicht, dass du nach einem Kampf nie irgendein Groupie gevögelt und danach nie wieder gesehen hast."

„Das werde ich nicht." Ich würde sie nicht anlügen. Ich hatte Frauen gevögelt und ihre Namen gleich im Anschluss wieder vergessen. Von einigen hatte ich die Namen nicht einmal *gekannt*. „Aber du bist nicht ich. Ein Quickie ist nicht dein Stil."

„Bist du dir sicher? Du kennst mich nicht einmal."

„Ich kenne dich gut genug. Du würdest das nicht tun, außer –"

Ich stoppte den Rest des Satzes, weil alles Sinn ergab. Urplötzlich wusste ich es und ich sah sie in einem völlig anderen Licht. Es ging nicht um den Sex.

„Es geht dir um den Höhepunkt", sagte ich mit ruhiger Stimme. Leise. „Du willst kommen, dich gut fühlen, nur für einen Moment. Um zu vergessen, stimmt's?"

Sie schaute über meine Schulter und Farbe stieg in ihre Wangen. Ihre Schultern hoben sich. Yeah, ich hatte einen Nerv getroffen und das bedeutete, dass ich der Wahrheit näher kam.

„Hattest du einen harten Tag? Erzähl mir davon." Ich drückte ihre Schenkel leicht und ignorierte, wie weich sich ihre Haut anfühlte. Wie samtig und straff ihre Schenkel waren.

„Warum?"

Ich neigte den Kopf zur Seite und studierte sie. „Weil ich dich mag und ich es wissen will."

„Nein." Ich spürte, wie sich ihr Körper versteifte, und beobachtete, wie ihre Schultern nach hinten gingen. Sie schüttelte den Kopf und ihre Haare fielen wieder vor ihr Gesicht. Sie steckte sie energisch hinter ihre Ohren. „Ich will nicht reden. Ich will ficken, aber ich habe keine Beziehungen."

„Dann Larry also. Was Beziehungen angeht? Gut. Ich habe auch keine."

Ich wollte ehrlich zu ihr sein. Ich würde für eine Beziehung mit ihr töten, aber nein. So ein großes Arschloch war ich nicht. Ich würde sie nicht in meine Welt herabziehen. Sie verdiente so viel mehr. Sie *war* bereits so viel mehr.

Als sie mit ihren Hüften wackelte, ließ ich sie los. Sie

rutschte nach hinten, senkte sich auf ihre Knie und schaute durch ihre Wimpern zu mir auf. Scheiße. Harper auf dem Boden zwischen meinen Beinen war verdammt heiß und mein Schwanz pochte. Die Vorstellung, diese Schmolllippen weit um mich gedehnt zu haben, trieb mich dazu, ein Stöhnen zu unterdrücken. Als ihre Hände meine Schenkel hochglitten, wusste ich, dass ich keinerlei Kontrolle mehr haben würde, wenn sie erst einmal ihre Aufgabe, meinen Schwanz rauszuholen, erfolgreich bewältigt hatte.

„Nein." Das Wort kam schärfer heraus, als ich wollte, aber zum Teufel, sie war kurz davor, meinen Schwanz zu berühren. „Du wirst nicht einfach einen Blowjob benutzen, um nicht mit mir reden zu müssen."

Meine Fingerkraft einsetzend, zog ich sie wieder nach oben auf meinen Schoß, wobei ihr Rock hoch zu ihren Hüften rutschte. Meine Hände gingen wieder zu ihren Schenkeln.

„Nein?", fragte sie, die Stirn finster gerunzelt. „Du willst meinen Mund nicht?"

„Wenn ich bedient werden wollte, würde ich zu einer Hure gehen. Das bist du nicht, Harper."

Wütendes Feuer trat in ihre Augen, ihre Wangen liefen rot an. „Wie kannst du es wagen –"

„Nein", sagte ich abermals. „Du willst meine Aufmerksamkeit? Du sehnst dich danach, mit jemandem zusammen zu sein? Das ist in Ordnung. Ich werde dich sogar zum Höhepunkt bringen. Aber nicht so."

„Na schön, wir werden vögeln", giftete sie.

Meine Daumen glitten auf ihren Innenschenkeln vor und zurück. Langsam bewegte ich sie näher und näher zu ihrer Pussy, die von einem dünnen Fetzen hellrosa Seide und Spitze bedeckt war. Wie gut, dass mein Schwanz noch in meiner Hose war. Das war die einzige Möglichkeit, zu verhindern, dass ich nicht abspritzte. Der Stoff klebte an ihren Falten, die sich deutlich unter der feuchten Seide abzeichneten. Ich wollte berühren, was darunter lag, ihre Hitze fühlen, ihre Feuchtigkeit, herausfinden, wie weich sie war. Aber nicht heute.

„Kein Sex", entgegnete ich.

Ich strich lediglich mit meinen Daumen über die zarten Ränder ihres Höschens, vor und zurück.

„Reed", murmelte sie und ließ ihre Augen zufallen.

Fuck. Ich könnte allein von diesem Laut kommen, weil ich sie fühlte, vom Anblick ihres Höschens, ihrem Geruch.

„Du willst kommen?", wisperte ich.

Sie öffnete ihre Augen nicht, sondern nickte nur. Biss auf ihre Lippe.

Indem ich meinen rechten Daumen zwei Zentimeter nach oben bewegte, glitt er über ihre Klit. Ich presste nicht nach unten, strich nur durch ihr Höschen darüber. Ich wollte Antworten und ich würde sie kriegen. Eine willige und geistlose Harper war der einzige Weg, sie dazu zu bringen, sich zu öffnen.

„Warum Larry?"

Ich wartete, ließ sie tiefer in die Empfindung sinken, dass ihre Klit gestreichelt wurde. Fragte erneut.

„Er... er bot es neulich an. Er ist leicht zu haben."

Das stimmte. Er war eine echte männliche Schlampe.

„Warum bist du nicht zu mir gekommen?"

Als sie nicht antwortete, streichelte ich etwas schneller über ihr Höschen. Ich beobachtete ihr Gesicht, lernte, was sie scharf machte.

„Ich... ich kenne dich nicht."

Schlechte Antwort. „Du kennst Larry nicht. Warum, Prinzessin?"

Sie wimmerte, als ich meinen Daumen stoppte.

„Warum?"

Sie leckte über ihre Lippen. „Weil du nicht leicht zu haben bist. Weil ich mehr wollen würde."

Ich war mir nicht sicher, ob ich davon begeistert oder enttäuscht sein sollte, aber ich belohnte sie, indem ich mit dem Daumen über ihre Klit strich.

„Ja", zischte sie.

„Du bist ein braves Mädchen, Prinzessin. Du verdienst mehr als einen Fick in einem Treppenhaus."

Sie schüttelte den Kopf und drückte ihre Augen zu. „Ich will es nicht."

„Doch, das tust du. Du sehnst dich danach, mit jemandem zusammen zu sein. Du verdienst mehr als einen stumpfsinnigen Höhepunkt. Du verdienst einen ausgeglichenen Austausch." Und sie auf ihren Knien vor mir, wie sie meinen Schwanz blies, war kein ausgeglichener Austausch. „Eine Verbindung."

Ihr Kopf bewegte sich von einer Seite zur anderen, da sie weiterhin meine Worte leugnete. Ich liebte es, wie ihre Haare über ihre Schultern fielen, wie sich ihre Haut rötete. „Nein. Nein! Es ist zu schmerzhaft. Ich will niemandem näherkommen."

Die linke Seite ihrer Klit schien empfindlicher zu sein, weshalb ich meine Zuwendungen darauf konzentrierte. Ich verlangsamte meinen Daumen, sodass er nur über diesen kleinen Punkt strich. Ich sehnte mich nach ihr, danach, die Wahrheit über ihre Gefühle zu hören, zu wissen, warum sie das Gefühl hatte, sie müsse sich bis zu dem Punkt erniedrigen, einen Kerl wie Larry zu vögeln, nur um sich gut zu fühlen.

„Wer hat dir wehgetan?"

Eine Träne rann über ihre Wange. Scheiße. Ich hatte das Problem gefunden, aber es war nichts, das ich in Ordnung bringen konnte. Sie hatte keinen Platten oder war von ihrem Boss getadelt worden. Sie war über die Vergangenheit aufgebracht, etwas Größeres als einen schlechten Tag.

„Erzähl mir, wer dir wehgetan hat, und ich werde dich kommen lassen."

Sie rutschte mit den Hüften hin und her und fing an, sich zu nehmen, was sie wollte, sich der Lust entgegen zu bewegen, und ich berührte sie bloß durch ihr Höschen. „Meine... meine Familie."

Ich wollte stoppen und hören, was sie getan hatten, aber ich konnte ihr den Höhepunkt, nach dem sie sich verzehrte, nicht verwehren. Ich stimulierte sie mit meinem Daumen, bis sich ihre Nägel in meine Schultern gruben, bis ihr Kopf nach hinten kippte, ihre langen Haare über ihren Rücken baumelten, ihr Hals verletzlich und entblößt war.

Fuck, sie war umwerfend und ich wollte ihr mehr als alles andere in meinem Leben beim Kommen zuschauen. „Komm, Prinzessin."

Sie tat es und ich spürte, wie ihre Schenkel bebten, während sie sich gegen meine pressten. Beobachtete, wie sich ihre Brüste unter ihrer Bluse hoben und senkten, während sie ihren Höhepunkt hinausschrie. Fühlte, dass ihr Höschen von einer Flut des Verlangens feucht wurde. Es war das Schönste, das ich jemals gesehen hatte, und das verunsicherte mich. Es hatte mich noch nie zuvor dermaßen berührt, und ich hatte sie nur durch ihr Höschen angefasst und mein Schwanz war – schmerzhaft – in meiner Jeans weggesteckt. Wie hatte etwas, das... das eher eine Sache aus der Highschool war, wie etwas Neues wirken können?

Sie war so gebrochen wie ich. Geld und Privilegien, sogar Gelegenheiten, bewahrten einen nicht vor schlimmem Mist. Am Vorabend hatte sie erwähnt, dass sie eine beschissene Familie hatte, aber was auch immer zwischen ihnen vorgefallen war, hatte sie tief verletzt. Manche Leute tranken, manche nahmen Drogen. Manche machten waghalsigen Mist wie Fallschirmspringen, um den Schmerz zu lindern. Wie es schien verlor sich Harper in bedeutungslosem Sex.

Damit war sie durch. Larry war der letzte Loser, den sie in ein Treppenhaus gezogen hatte, damit sie sich besser fühlte.

Ich fuhr fort, sie zu streicheln, bis die letzten Reste ihrer Wonne abgeklungen waren. Ihre Augen öffneten sich und begegneten meinen. Anstatt dass sie mir ein befriedigtes Lächeln schenkte, weiteten sich ihre Augen, als hätte sie gerade erst realisiert, was sie getan hatte, und dann brach sie zusammen. Sie begann, zu weinen. Ihre Hände verdeckten ihr Gesicht, während sie rittlings auf mir saß und schluchzte. Einen Augenblick war ich erstarrt, vollkommen überrascht von dem schnellen Wechsel, aber ich hätte es wissen sollen.

Sie hatte Erleichterung gewollt, sie hatte kommen und sich besser fühlen wollen. Larry hätte ihr das gegeben, aber ich bezweifelte, dass sie sich sicher genug gefühlt hätte, um vollkommen loszulassen. Was ihr vermutlich nicht einmal bewusst war, war, dass sie weinen musste, und Larry hätte ihr das nicht geben können. Ich schon. Denn sie vertraute mir, fühlte sich bei mir so beschützt, dass sie jede einzelne dieser verdammten Wände heruntergelassen hatte. Ich fühlte mich geehrt und als stecke ich gewaltig in Schwierigkeiten. Diese Frau würde mich dazu bringen, über Dinge nachzudenken, die ich nie haben konnte.

7

Harper

Das hier war nicht so abgelaufen, wie ich es erwartet hatte. Ich saß auf Reeds Schoß, weinte und mein Rock war mehr oder weniger um meine Taille gerafft.

Ich weinte nicht. Es waren von vor zwei Jahren keine Tränen mehr übrig gewesen. Ich hatte gedacht, sie wären alle weg, doch nein. Irgendwie hatte mich Reed – Gott, der eine Mann, mit dem ich nie gerechnet hatte – in einen verdammten Springbrunnen verwandelt. Und das nur, weil er sich geweigert hatte, mich zu vögeln.

Ich hatte keinen blassen Schimmer, wie lange ich weinte. Minuten? Stunden? Die gesamte Zeit saß er einfach nur da und streichelte meinen Rücken, während ich meine Wange an seine Brust presste. Er war warm, seine großen Hände tröstlich und ich fühlte mich... beschützt. Er erlaubte mir, meine Schutzwälle zu senken, und er sah mich in meiner schlimmsten Verfassung. Ich konnte mir nur ausmalen, was er über mich dachte.

Ich setzte mich rasch auf, wobei ich fast gegen sein Kinn stieß. Mit den Fingern wischte ich die Tränen von meinen Wangen. Ich war mir sicher, das Mascara hatte sie geschwärzt. Gott, ich sah wahrscheinlich fürchterlich aus. „Es tut mir leid. Ich... ich mache das normalerweise nicht."

„Nein, das habe ich auch nicht gedacht", erwiderte er leise.

Ich wagte einen Blick zu ihm und war überrascht. Er zeigte keine Abscheu oder auch nur Langeweile. Er sah besorgt aus. Das war keine Miene, die ich bei einem taffen Kämpfer zu sehen erwartet hatte. In diesen hellen Augen lag nichts mehr von der kalten Wut, die er auf Larry gerichtet hatte. Nur Sorge. Geduld. Neugierde.

Ich schniefte und versuchte, meine Scham in den Griff zu kriegen. „Ich sollte gehen."

Seine Hände lagen wieder auf meinen Schenkeln. Dieses Mal war die Berührung nicht sexuell, sondern sanft. Ich konnte raue Schwielen spüren und rief mir in Erinnerung, dass sie bei anderen Waffen sein konnten. Aber nicht bei mir. Für mich war seine Berührung zärtlich und tröstlich.

„Noch nicht. So kann ich dich nicht gehen lassen." Seiner Stimme fehlte die Schärfe von vorhin.

„Mir geht's prima", wiegelte ich ab und holte tief Luft. Ich war jetzt ruhiger, wenn ich mich doch nur von seinem Schoß lösen, aus seinem Apartment fliehen und allein vor Scham sterben könnte. Ich war auf die Knie gegangen in der Absicht, ihn zu blasen. Meinen Nachbarn! Das würde mich immer wieder einholen, ich könnte ihm nie wieder in die Augen blicken.

„Dir wird es prima gehen. Gib dir nur eine Minute."

Er war viel zu geduldig, verflixt und zugenäht. Wie kam es, dass ein Raufbold wie er so süß war? Ich wagte es nicht, zu fragen. Ich wusste, er war erregt gewesen. Ich hatte seine harte Länge an mich gepresst gefühlt, und wenn ich nach unten blicken würde, würde ich den dicken Umriss durch seine Jeans sehen. Aber er unternahm diesbezüglich nichts. Warum?

„Möchtest du nicht, dass ich..." Ich konnte den Rest nicht aussprechen, weshalb ich bloß meinen Kopf nach unten neigte.

„Nicht heute Abend."

Nicht heute Abend? Ich runzelte die Stirn. „Aber das hier war nur eine einmalige Sache."

Seine hellen Augen hielten meine, während er nach oben griff und mir die Haare aus dem Gesicht strich, die noch an meinen feuchten Wangen klebten. „Auf keinen Fall."

„Aber du willst nicht *mehr*."

„Ich bin nicht auf der Suche nach einer Beziehung, nein. Aber ich werde nicht zulassen, dass du deine Bedürfnisse von irgendeinem beliebigen Kerl befriedigen lässt. Er könnte ein Arschloch sein oder schlimmeres. Es ist zu gefährlich. Wie ich zuvor schon sagte, kommst du einfach zu mir, wenn du kommen musst."

„Oder weinen", sagte ich beschämt.

„Oder weinen" wiederholte er. „Eine Erleichterung ist eine Erleichterung, Prinzessin. Fühlst du dich besser?"

Das tat ich. Yeah, was er mit seinem Daumen getan hatte, war irgendwie schon fast ein Wunder gewesen, und er hatte mich kaum berührt. Ich konnte mir nur ausmalen, wie es erst wäre, wenn wir unsere Kleider auszogen und Hautkontakt hatten. Zu sagen, dass zwischen uns eine Chemie herrschte, wäre eine Untertreibung.

Es war nur seine Sorge, seine ruhige Präsenz gewesen, die mich beruhigt hatte. Er wusste jetzt, dass ich einige ernste Probleme mit meiner Familie hatte, aber wer hatte die nicht? Zum Glück hatte ich ihm nicht von Cam oder meiner Mutter erzählt. Er hatte nicht von meinem Bedürfnis nach Verbindung gewusst, das meine Therapeutin selbstzerstörerisch nannte. Nun, er wusste es jetzt. Und trotzdem verurteilte er mich nicht, benutzte mich nicht für seine Zwecke. Er hatte einen Blowjob abgelehnt. Er könnte mich bitten, ihm einen Orgasmus zu verschaffen – er war immerhin an der Reihe – aber er tat es nicht. Er litt vermutlich unter dem schlimmsten Fall blauer Eier und schien sich nicht daran zu stören.

„Ich soll einfach an deine Tür klopfen und wir werden was... ficken?"

Er wölbte eine dunkle Braue, aber schluckte den Köder nicht. Ich *versuchte*, ihn aufzuregen, herauszufinden, wie weit ich ihn damit treiben konnte. Es funktionierte nicht. „Eines schönen Tages, Prinzessin, werde ich in dich dringen. Wenn die Zeit reif ist."

Seine Worte ließen mich erschaudern. Ich hatte nicht gelogen, als ich ihm gesagt hatte, dass ich mehr wollen würde, wenn ich mit ihm zusammen wäre. Und nicht nur Sex. Er war gefährlich für meine sorgfältig aufgebauten Mauern. Er war bereits an den meisten vorbeigekommen; ich weinte nicht vor jedem. Jemals. Wenn ich ihn ließ, würde er alle niederreißen und dann wäre ich verletzlich. Ich könnte wieder verletzt werden. Könnte von denjenigen, die sich um mich sorgen hätten sollen, wertlos gemacht werden.

Ich neigte meinen Kopf zur Seite und musterte ihn. „Wie kämpfst du bloß im Ring, wenn du so verdammt gelassen bist?", fragte ich.

Das entlockte ihm ein Lächeln. Er hob lediglich seine Mundwinkel an und schon änderte sich sein ganzes Auftreten. Fort war der harte Hund, der rücksichtslose Kämpfer. Er hatte Ecken und Kanten und sah so verflucht gut aus. Meine Augen sanken auf diese Lippen und ich fragte mich, wie ein Kuss wohl sein würde.

„Ich dachte, du würdest ein Cowboy wie Gray sein."

Er schüttelte den Kopf. „Ich bin mehr als ein Cowboy, Prinzessin. Ich bin ein Kämpfer. Das ist mein Job. Aber du bist nicht mein Gegner", informierte er mich. „Wir werden das gemeinsam tun. Ich will keinen Quickie mit dir. Ich will *mehr*. Du bist mehr, Harper, auch wenn du es nicht glaubst."

Daraufhin machte etwas in meiner Brust einen Purzelbaum und es war in der Nähe meines Herzens. Es war so lange eingemauert gewesen, dass mich die Empfindung erschreckte. Dass es mich verängstigte, sie zu fühlen.

Dieses Mal, als ich aufzusehen versuchte, ließ er mich. Ich strich meinen Rock nach unten und dachte darüber nach, dass ich so anzüglich auf seinem Schoß entblößt gewesen war – obwohl ich ursprünglich zum Vögeln dort gewesen war.

„Ich werde gehen." Ich blickte auf ihn hinab, selbst als ich mit den Händen über meine Schenkel strich, um den Stoff zu glätten. „Ähm, nun, danke."

Er nickte nur leicht mit dem Kopf, während er aufstand und mir zur Tür folgte, die er für mich öffnete. Ich trat hinaus auf den Gang und drehte mich zu ihm.

„Man sieht sich." Was sagte man zu einem Mann, der dein Sexangebot ausgeschlagen, dich mit seinem Daumen zum Kommen gebracht und an sich weinen lassen hatte? Als sich sein Mundwinkel nach oben bog und ihn weniger gefährlich und zugleich schrecklich gut aussehen ließ, wusste ich, dass es das Richtige gewesen war.

Er wartete, bis ich meine Tür aufgeschlossen hatte, bevor er seine schloss. Reed war, auch wenn er es vermutlich abstreiten würde, ein Gentleman. Ein Kämpfer, Bad Boy, Gentleman.

Nachdem ich die Tür hinter mir geschlossen hatte, schaltete ich das Licht an, betrachtete mein nicht eingeräumtes Apartment und verspürte eine Woge der Einsamkeit. Es lag daran, dass ich mich geöffnet hatte und bei Reed verletzlich gewesen war, dass ich mich wie ausgeweidet fühlte. Ich wollte wieder auf seinen Schoß krabbeln und dort bleiben. Es würde vergehen, dieses Verlangen nach jemand anderem. Gehalten und getröstet zu werden. Das musste es. Aber wie? Der Mann, der jeden einzelnen meiner Risse zu sehen schien, wohnte nur drei Meter entfernt. Er kam mir zu nahe und nicht nur körperlich. Ich brauchte Raum, Zeit, mich neu zu sortieren, und ich konnte das nicht tun, wenn ich ihm dabei über den Weg laufen könnte.

Es gab nur eine Möglichkeit, das zu tun. Zu gehen. Meine Therapeutin würde sagen, dass Vermeidung nicht die richtige Taktik sei, aber sie war Reed auch nie begegnet, war nie nur von seinem Daumen auf ihrem Slip gekommen, wie ich es getan hatte. Ich schnappte mir mein Handy, um meine Flugzeugreservierung aufzurufen, aber ließ es fast fallen, als ich das Display sah. Ich hatte einen Anruf verpasst und ich erkannte die Nummer. Das Büro meines Vaters. Die Nummer hatte sich in all den Jahren, die er schon als Partner in der Rechtskanzlei in Denver arbeitete, nie geändert. Meine *hatte* sich hingegen geändert. Mehrere Male in den vergangen zwei Jahren. Es gab nur eine Möglichkeit, wie er ihrer habhaft geworden war.

Cam.

Fuck. Sie waren alle gegen mich. Jegliche Anspannung, die ich durch Reeds emsigen Daumen oder meinen Heulanfall losgeworden war, war zurück. Ich wollte nicht mit ihnen reden. Ich wollte nicht daran denken, dass Cam aus dem Gefängnis kam, oder dass meine Eltern ihn auch noch unterstützten. Zum Glück würde ich an seinem Entlassungstag nicht in der Stadt – oder auch nur im Land – sein. Ich musste einfach von ihnen wegkommen und von dem, was auch immer Reed in mir erweckt hatte.

Es war nicht fair, ihn mit meiner Familie in einen Topf zu werfen. Da bestand keinerlei Vergleich. Meine Eltern und Bruder förderten alte Emotionen zu Tage und rissen die Kruste von kaum verheilten mentalen Narben. Reed hingegen kam aus einer anderen Richtung auf mich zu, die genauso überwältigend war. Vielleicht noch überwältigender, weil ich es nicht verstand. Ich kannte meine Eltern. Ich kannte Cam. Ich kannte ihre Strategie und ich hatte einen Plan ersonnen, mich vor ihren ständigen Angriffen zu verteidigen. Ich hatte Verteidigungswälle, ganz gleich wie schwach sie waren.

Doch Reed? Ich hatte so ein Gefühl, dass es schwer werden würde, ihn abzuwehren.

Es gab eine einfache Lösung, von meiner Familie wegzukommen, zumindest eine temporäre. Um mir Raum zu verschaffen, damit ich über Reed nachdenken konnte. Ich rief meine Reservierung in der App der Fluggesellschaft auf und änderte sie.

8

EED

Ich sah nicht wie gehofft, wie Harper zur Arbeit aufbrach. Ich hatte kaum geschlafen, weil ich stattdessen über sie nachgedacht hatte. Ich hatte meinen Schwanz nicht nur einmal, sondern zweimal in die Hand nehmen müssen, um die Sehnsucht nach ihr zu lindern. Mich daran zu erinnern, wie sie beim Kommen ausgesehen hatte, hatte mich in Rekordzeit zum Höhepunkt gebracht.

Als Gray und ich von unserem morgendlichen Drei-Meilen-Lauf zurückkamen, bemerkte ich, dass ihr Auto nicht mehr auf dem Parkplatz stand. Yeah, ich achtete auf ihr Auto, als wäre ich ihr hoffnungslos verfallen. 06:30 Uhr war früh, um ins Büro zu fahren, aber es war die letzte Semesterwoche – sie hatte das während des Pizzaessens neulich erzählt – und ihr Terminplan war irrsinnig voll.

Sie in diesen himmelhohen Heels herumlaufen zu sehen, die sie gerne zu tragen schien, hätte meine halbe

Stunde Seilspringen sehr viel angenehmer gestaltet. Stattdessen dachte ich daran, wie sich ihre straffen Schenkel unter meinen Händen angefühlt hatten, die Seide ihres Höschens, die Weichheit ihrer Falten und ihre geschwollene Klit durch den feuchten Stoff. Wie ihre Augen von tosendem Feuer zu glasiger Leidenschaft gewechselt waren. Wie sie allein wegen meines Daumens für mich gekommen war, fuck, sie war unglaublich reaktionsfreudig. Es war der zweite Tag hintereinander, in dem ich einen Ständer beim Seilspringen hatte.

Der Verstand einer Frau war etwas, das ich nie zu enträtseln versucht hatte, doch Harpers? Zur Hölle, sie war komplex. Und sie hatte einige ernste Probleme. Probleme, von denen ich wünschte, ich könnte sie für sie lösen, damit ich sie nie wieder weinen sehen musste.

Das war mir schwer auf den Magen geschlagen und ich hatte keine Ahnung gehabt, wie ich dafür sorgen könnte, dass sie sich besser fühlte. In der einen Minute war sie auf den Knien gewesen, bereit, meinen Schwanz zu blasen, in der nächsten war sie in meinen Armen gekommen, dann waren ihr Tränen übers Gesicht geströmt.

Es hatte noch nie zuvor eine Frau auf meinem Schoß geschluchzt. Einige Sekunden war ich verblüfft gewesen. Sogar verwirrt. Aber sie hatte nicht geweint, weil ich ihr wehgetan oder sie auf eine Weise berührt hatte, die ihr nicht gefallen hatte. Nein, sie hatte geweint, weil ich ihr einen sicheren Ort dafür geboten hatte. Ich hatte sie gerade so weit gedrängt, dass sie die Scheiße loslassen hatte können, die sie in sich angestaut hatte, damit ich ihr die Erleichterung verschaffen hatte können, die sie wirklich gewollt hatte. Es hatte den Anschein gemacht, als würde sie nur weinen müssen, weshalb ich sie das hatte tun lassen. Sie hatte sich gut in meinen Armen angefühlt, so weich und warm. Ich hatte ihren Geruch eingeatmet. Erdbeere. Verdammte Erdbeeren hatten mich um den Verstand gebracht.

Sie hatte mehr als nur meine übliche Aufwärmroutine versaut, denn als ich zum Sparring im Ring überging, verlief die erste Runde gar nicht gut. Ich hatte null Fokus und mein Gegner nutzte das aus. Mein linkes Knie war aufgeschürft und schwoll an, weil ich mich von ihm auf die Matte befördern hatte lassen. Nach einer verbalen Trachtprügel von Gray konzentrierte ich mich wieder und verscheuchte die Laute von Harper beim Kommen aus meinen Gedanken, bis ich in die Dusche gelangte, wo ich meinen Schwanz massierte und hart von der Erinnerung an ihr atemloses Stöhnen und daran, dass der Geruch ihrer Pussy noch lange an meinem Daumen gehaftet hatte, kam.

Ich gab ihr zwei Tage, in denen sie mir aus dem Weg gehen konnte. Gab ihr den Raum, ihre Emotionen zu verarbeiten, weil sie in nur wenigen Minuten eine ganze Wagenladung davon durchgemacht hatte. Ich war mir unsicher, ob sie sich schämte oder wütend war. Traurig oder geil oder alles von dem Genannten.

Falls sie mich abgrundtief hasste, war das in Ordnung. Wenigstens vögelte sie nicht den beschissenen Larry den Loser in einem Treppenhaus.

Doch mittlerweile waren zwei Tage vergangen und ich hatte sie nicht gesehen. Nichts. Ich musste wissen, ob es ihr gut ging. Nachdem ich an ihre Tür geklopft und keine Antwort erhalten hatte, ging ich zu Emory. Sie bedachte mich mit einem komischen Blick, als ich sie um Harpers Handynummer bat, aber sagte nichts, als sie sie in mein Handy eintippte.

Wieder in meinem Sessel bemühte ich mich, nicht daran zu denken, wie richtig sie sich auf meinem Schoß angefühlt hatte. Vielleicht war es eine dumme Idee, aber ich wollte mit ihr reden. Und mehr. Ich sollte es nicht tun. Sie war zu gut für mich, zu verdammt perfekt, selbst mit dem Scheiß, mit dem sie sich rumschlug. Ich konnte ihr nichts geben. Ich hatte etwas Geld – ich sparte den Großteil meiner Gewinne und erhielt allmählich Unterstützung von anderen. Selbst wenn ich eine fette Geldbörse mitbrachte und einen ganzen Haufen Kohle scheffelte, würde ich dennoch nie in ihren Country Club Lebensstil passen, die öden Fakultätstreffen. Ich wäre nie klug genug für sie. Ich war nicht *genug* für sie.

Aber das hielt meine Daumen nicht davon ab, sich unbeholfen über die winzige Tastatur meines Handys zu bewegen. Ich hatte noch nie zuvor eine SMS an eine Frau geschickt. Ich hatte es nie tun müssen. Viel wichtiger, ich hatte es nie tun wollen. Ich seufzte, denn ich wusste, dass es eine dumme Idee war, aber ich drückte trotzdem auf Senden.

Ich: Ich will dich wieder auf meinem Schoß haben.

DAS TAT ICH. Das war die verdammte Wahrheit. Ich würde keinen romantischen Scheiß über Blumen und Regenbögen verzapfen, vor allem nicht in einer SMS. Das war ich nicht. Aber ich würde ihr auch nicht erzählen, was ich gerne mit ihr machen würde. *Zusammen.* Sie beim Kommen zu beobachten, hatte alle möglichen Hammerfantasien in mir hervorgerufen und alle drehten sich darum, dass sie in meinem Bett war.

Nachdem ich zwei Stunden mieses Fernsehen geschaut und mein Knie gekühlt hatte, gab ich es auf, auf eine

Antwort zu hoffen, und ging ins Bett. Hatte ich es bei ihr vollkommen vermasselt, indem ich sie neulich so bedrängt hatte? Hatte ich sie mit meiner verdammten SMS verschreckt? Ich klang wahrscheinlich wie ein verdammter Middleschool-Schüler, aber das waren die Gedanken, wegen denen ich mich die ganze Nacht hin und her warf. Erneut.

Als mein Handywecker zur üblichen Zeit um 05:30 Uhr klingelte, wischte ich mir den Schlaf aus den Augen und sah, dass sie geantwortet hatte. Zwei Stunden zuvor, als ich das Handy auf lautlos gehabt hatte. Warum zur Hölle war sie so spät noch auf?

HARPER: *Habe ich mich beim ersten Mal noch nicht genug blamiert?*

ICH FUHR mit einer Hand über mein Gesicht und spürte den Bart, der dort zu wachsen begann.

ICH: *Das ist nicht das, woran ich mich erinnere. Geh mit mir aus.*

ICH DRÜCKTE auf Senden und dann realisierte ich, was ich getan hatte. Ich war noch nicht ganz wach. Warum zum Teufel textete ich, bevor die Sonne aufgegangen war? Einer Frau? Ich hatte Harper gerade um ein Date gebeten. Ein Date. Ich *ging* nicht auf Dates, fiel mir ein, während ich mein Handy auf mein ungemachtes Bett fallen ließ und mir meine Sportklamotten überstreifte. Ich zog Jogginghosen und einen Hoodie darüber und schnappte mir meine Laufschuhe.

Ich wartete auf den Aufzug. Yeah, es war einfach nur stinkfaul von mir, dass ich stattdessen nicht die Treppe nahm, aber ich zögerte meinen Lauf hinaus und verschaffte mir Zeit, um auf ihre Antwort zu warten. Mein Handy piepte, als ich in den Aufzug trat und auf den Knopf zum Erdgeschoss drückte. Ich blickte nach unten auf das Display.

Harper: Kann nicht.

Ich stoppte auf halbem Weg aus dem Aufzug und die Türen stießen gegen meine Schultern, womit sie mich dazu drängten, mich zu bewegen. Gray wartete in der Lobby auf mich und schnürte gerade seine Laufschuhe. Er war für die bittere Kälte in Jogginghosen, eine isolierte Jacke und eine Mütze gekleidet.

Ich: Kannst oder wirst nicht?

Harper: Kann nicht. Bin in London.

Ich runzelte die Stirn. „Warum zum Henker ist Harper in London?", fragte ich Gray und hielt mein Handy hoch.

Er sah auf und zog eine Braue hoch, während er sich aufrichtete. Wir redeten normalerweise nicht, bevor wir die erste Meile unseres Laufs hinter uns gebracht hatten.

„Arbeit, glaube ich", antwortete er.

Deswegen hatte sie letzte Nacht nicht geantwortet. England war uns, wie viele, sieben Stunden voraus? Sie hatte geschlafen. Ich fuhr mit den Daumen über mein Display.

Iᴄʜ: *Läufst du vor mir weg?*

Sɪᴇ ʜᴀᴛᴛᴇ ᴋᴇɪɴᴇ Gᴇsᴄʜäғᴛsʀᴇɪsᴇ ᴇʀᴡäʜɴᴛ, aber andererseits hatte sie allgemein nicht viel von sich erzählt. Ich wusste, womit sie ihr Geld verdiente und dass sie die Ausdauer eines Ultramarathonläufers hatte. Ich war mir ein Stück weit einer beschissenen Familie bewusst sowie ihrer unangebrachten Methode, sich durch Sex mit gesichtslosen Männern zu trösten. Das war nicht viel und ich hatte das Gefühl, dass das alles irgendwie zusammenhing. Und der verdammte Aufzug. Die Frau war verflucht kompliziert. Auf kompliziert ließ ich mich nicht ein, wusste nicht mal, wie das ging. Aber ich wusste, dass ich mir einen Reim auf sie machen musste. Ich musste sie dazu bringen, sich bei mir sicher zu fühlen, nicht nur in Bezug auf ihre persönliche Sicherheit, sondern auch dass sie ihre Schutzwälle senkte und sich jemandem vollständig hingab. *Mir* vollständig hingab.

Yeah, ich war ein Heuchler. Ich war ein Kämpfer und es war mein Job, stets wachsam zu sein. Ich ließ niemanden rein, ob nun im oder außerhalb des Rings. Ich hatte eine beschissene Kindheit mit wirklich, wirklich beschissenen Eltern gehabt. Ich schleppte selbst genug Gepäck mit mir herum, das ich mich weigerte, mit irgendjemandem zu teilen. Gray mochte im Verlauf der Jahre dies und das erfahren haben, aber er wusste nicht alles. Wusste nicht, wie schlimm es wirklich gewesen war. Doch Harper, hatte mich das erste Mal, als ich sie erblickt hatte, mit einer Links-rechts-Kombination niedergestreckt, und ich rang noch immer um Atem. Ich machte mir nur Sorgen, dass ich das immer tun würde.

HARPER: Ich laufe vor allem weg.

SCHEISSE.

Gray zog seine Mütze tiefer in seine Stirn und ging nach draußen, woraufhin ich in den Lichtern des Hauseingangs sah, wie sein Atem eine weiße Wolke formte. Ich konnte Harper nicht zurückschreiben. Ich war kein dreizehnjähriges Mädchen und besaß nicht das Geschick in meinen Daumen. Außerdem wartete Gray auf mich und was da vor sich ging, war zu groß für eine verdammte SMS. Ich schob mein Handy in das Band an meinem Bizeps, zog meine Laufschuhe an, gesellte mich draußen zu ihm und atmete die beißende Luft ein. Harper war etwas, das ich enträtseln würde. Später.

9

EED

„Wer zum Henker ist das?", fragte ich und deutete aus dem Fenster des Fitnessstudios.

Ein Auto, in dem zwei Männer saßen, stand auf dem Parkplatz. Ein schwarzer Cadillac, aber es war keine Limo. Die Räder waren aufgemotzt und es hatte kein Nummernschild, das es als eine Leihlimousine ausgewiesen hätte. Sie kamen nicht ins Studio und sie sahen nicht wie die Sorte Mann aus, der beim Floristen nebenan Blumen für seine Freundin kaufen würde.

Gray kam herüber und verschränkte die Arme vor der Brust. Ich schnappte mir mein Handtuch von einer Bank und wischte mir über das verschwitzte Gesicht. Meine Hände waren getaped und meine Füße barfuß. Wir machten gerade eine Pause zwischen Sparring-Runden. Thor war direkt von der Arbeit hergekommen und wir warteten darauf, dass er sich umzog. Ich wusste, dass ich groß war, aber Thor ließ mich wie ein schlaksiger Teenager aussehen. Er hätte Profi-Football spielen können, hätte er die Sportart gemocht. Er nahm an dem BJJ-Kurs teil und machte Übungskämpfe, aber ließ die brutaleren Aspekte des MMA aus. Seine Ehefrau hielt ihn an einer so kurzen Leine, dass er es vermied, sich verletzen zu lassen.

„Sie sind nicht wegen Mitgliedschaften hier", stellte Gray fest.

Ich lachte schnaubend. Nach dem zu urteilen, was ich sehen konnte, stemmten sie mehr Donuts und Biere als Gewichte.

„Mitte zwanzig, teure Sonnenbrillen", beobachtete ich. Die Sonne war gerade am Untergehen und auch wenn es draußen bitterkalt war, schien die Sonne hell. „Teures Auto."

„Punkeinstellung."

Ich stimmte Grays Einschätzung zu. Punks hatten etwas Offensichtliches und Arrogantes an sich. Sie dachten, ihre Scheiße rieche nach Blumen. Im Ring dachten sie, sie könnten jeden plattmachen, und sie verzapften so viel Scheiße, dass ihnen die Leute glaubten. Aber ihr hartes Auftreten dauerte nur dreißig Sekunden, bis sie abklopften und sich dann über einen unfairen Kampf beschwerten. Was auch immer.

Wir kannten beide diese Arschlöcher. Sie kamen gelegentlich ins Studio und versuchten, zu beweisen, dass sie besser als Gray, ich, all seine Kämpfer waren. Wie der Sohn des Doktors neulich. Gray bewies ihnen gerne – und schnell – das Gegenteil. Sie blieben nicht lange im Studio. So eine Art Fitnessstudio war das hier nicht.

„Sie könnten aus meiner Vergangenheit sein."

Ich sagte es nüchtern, emotionslos. Ich brachte es nicht zur Sprache, aber es war durchaus möglich. Diese Kerle stammten von der falschen Seite der Stadt. Manchmal hatte ich das Gefühl, dass ich das ebenfalls tat. Meine Vergangenheit war eine verdammte Jauchegrube. Ich war aus dem beschissensten Viertel Denvers rausgekommen und hatte nie zurückgesehen. Ich hatte versucht, das zu tun, und viel zu viele Mühen hineingesteckt, aber wie es schien, spielte es anscheinend keine Rolle, wie sehr ich mich anstrengte, alles hinter mir zu lassen, denn manchmal kam es zu einem zurück. Wie die zwei, die in dem Caddy saßen und über den Parkplatz schauten. Hatte mich meine Vergangenheit eingeholt? Niemand in keinem der baufälligen Häuser in meiner Straße hatte damals über das nötige Bargeld für eine aufgemotzte Karre wie diese verfügt. Die Zeiten hatten sich geändert. Drogen und anderer Scheiß waren eingezogen. Ich war durch meine Kämpfe zu Bekanntheit gelangt, aber der guten Sorte. Keine Drogen, kein Alkohol, keine wilden Partys. Ich kämpfte sauber und ich lebte sauber und ich würde mein sauer verdientes Geld nicht auf eine Angeberkarre verschwenden. Mir reichte mein Pickup-Truck.

„Du gehst zu diesem Scheiß nicht zurück, warum sollten sie also jetzt hier sein?", fragte er.

Meine Eltern waren tot. Ich hatte all meine Verbindungen zu meinem alten Viertel gekappt, als ich ins Jugendgefängnis gekommen war, dann war ich direkt zur Armee gegangen. Ich war nicht einmal dorthin zurückgegangen, als ich aus der Armee entlassen worden war, sondern war direkt im Anschluss Grays Kämpfer geworden. Zum damaligen Zeitpunkt hatte ich es nicht so gesehen, aber der Jugendknast war das Beste für mich gewesen. Vielleicht hatte der Richter das gewusst. Vielleicht hatte er gewusst, dass ich eine zweite Chance bekommen würde, wenn ich aus meinem alten Leben geholt wurde und weg von den Leuten war, die mich runtergezogen hatten. Ansonsten wäre ich vermutlich entweder den Drogen verfallen wie meine Mutter oder hätte für einen bewaffneten Überfall fünfzehn Jahre absitzen müssen wie mein Dad, bevor er gestorben war. Vielleicht wäre ich jetzt auch tot. Fuck, nein das war kein Vielleicht.

Hier war ich weit weg von der Gewalt, den Drogen, dem Trinken, der Kriminalität. Dem Tod. Zur Hölle, dieser Tage aß ich selten auch nur Kohlenhydrate. Im Vergleich zu meinen Teenagerjahren war ich ein echter Pfadfinder.

„Ich habe keine verdammte Ahnung. Ich werde rausgehen und es in Erfahrung bringen."

Ich warf das benutzte Handtuch in einen Wäschekorb neben der Bank.

Grays Hand auf meinem Arm stoppte mich. „Lass sie in Ruhe. Behalt sie einfach im Auge und wir werden sehen, was sie tun, wegen wem sie hier sind. Ich werde den anderen Bescheid geben, dass sie auch aufpassen sollen."

Die anderen waren seine Stammkunden, Männer, auf deren Hilfe im Fitnessstudio er sich verlassen konnte und die ihm den Rücken deckten. Die wussten, worauf sie achten mussten, wenn es Ärger gab.

„Warum sitzen sie dort?" Ich wischte mir mit der Hand übers Gesicht. „Wenn sie nicht wegen mir hier sind, meinst du dann, dass es Dominguez' Männer sind?"

Gray zuckte mit den Achseln. „Zuzutrauen wär's ihm. Mir gefällt das nicht", fügte er nach einer Minute hinzu. Die Männer hatten sich nicht von der Stelle gerührt. Sie sahen uns, aber es war ihnen scheißegal. Wenn sie hier waren, um einen Gegner einzuschüchtern, um mich vor Furcht vor dem Kampf mit Sammy zum Zittern zu bringen, funktionierte es nicht. Diese zwei Schlägertypen? Ich könnte es mit beiden aufnehmen, während eine meiner Hände hinter meinen Rücken gebunden war. Ich nahm an, Dominguez wusste das ebenfalls. Vielleicht war das der Grund dafür, dass sie draußen blieben.

„Einschüchterung, Glücksspiel, sogar den anderen schlecht machen, das ist alles Teil des Spiels. So zum Studio zu kommen... das ist neu, sogar für mich", ergänzte Gray.

Yeah, mir gefiel es auch nicht, aber ich konnte mich verteidigen, im Ring und auf der Straße. Ich bezweifelte, dass sie hier warteten, um mich auf dem Parkplatz zu überfallen. Wenn ich verletzt wurde, gab es keinen Kampf. Keine Kohle. Mich zu verletzen, würde ihnen nichts bringen.

„Wir passen auf die Frauen auf", sagte er und wandte sich ab. Ich wusste, dass er in sein Büro ging, um Emory anzurufen. Falls sie draußen war, würde er sich mit ihr auf dem Parkplatz treffen und sie nach drinnen begleiten, wenn sie zurückkam. Er hatte ‚Frauen' gesagt, was bedeutete, dass er auch wollte, dass wir auf Harper aufpassten.

Ausnahmsweise war ich erleichtert, dass sie in einem anderen Land war. In Sicherheit vor der Gefahr, die meine Schuld sein könnte.

10

*H*ARPER

Der Jetlag brachte mich um. Das tat er jedes Mal und ich hatte bisher keine Möglichkeit gefunden, ihm entgegenzuwirken. Ich hatte die letzten Vorlesungen des Semesters und die Belegschaftsversammlungen nur mit Mühe und Not überstanden und das war gewesen, bevor ich abgereist war. Jetzt lehnte ich in England all die höflichen Einladungen zum Abendessen ab, um stattdessen in mein Hotelzimmer zurückzukehren und zu schlafen. Ich kam ungefähr dreimal im Jahr nach England und übernachtete stets in der gleichen urigen Unterkunft, traf mich mit den gleichen Professoren der kunsthistorischen Fakultät. Es war vertraut. Die Gesichter waren mir bekannt und ich zählte viele von ihnen zu meinen Freunden. In letzter Zeit war London zu einem sicheren Hafen für mich geworden. Ich war einen Ozean von Cam und meinem Leben entfernt. Ich konnte eine Pause davon machen, alles in meinem Kopf aufgliedern und es ziehen lassen in dem Wissen, dass es so weit weg war.

In England war ich in Sicherheit. Ich *fühlte* mich sicher, als wäre ich eine andere Person. Ich war schon mehrere Male dazu gedrängt und umschmeichelt worden, eine dauerhafte Lehrstelle an der Universität hier anzunehmen, aber ich hatte ihnen stets eine Absage erteilt. Doch jetzt, da Cam aus dem Gefängnis rauskam und mich unter Druck setzte, war es vielleicht an der Zeit irgendwo hinzugehen, wo er mich nicht kriegen konnte. Da es eine Verletzung seiner Bewährungsauflagen darstellen würde, würde er mir nicht folgen.

Ich wäre in Sicherheit.

Mein Kopf ratterte unaufhörlich, meine Gedanken kreisten und kreisten. Es war mitten in der Nacht und ich war hellwach. Die Straßenlichter schienen durch einen Spalt im Vorhang meines Hotelzimmers, die Straßengeräusche wurden jedoch von den dicken Fenstern gedämpft. Ich fühlte mich in der Dunkelheit wohl, hatte es gemütlich in dem Zimmer mit der abgeschrägten Decke und den freiliegenden Balken.

Dennoch hatte ich mich noch nie einsamer gefühlt. Ich nahm mein Handy vom Nachttisch und warf einen Blick auf die Uhr. 02:30 Uhr. Von meinem letzten Meeting war ich geradewegs hierhergekommen, hatte geduscht und ganze acht Stunden durchgeschlafen. Es bestand keine Chance, dass ich wieder einschlafen würde. Ich fand eine SMS von Giles, die ich zuvor übersehen hatte. Giles Armstrong-Smythe, der Dozent, der auf normannische Architektur spezialisiert war. Diese hatte es einige Jahrhunderte vor meinem Fachgebiet gegeben, aber wir befanden uns in der gleichen Fakultät.

Ich sah sein Gesicht vor meinem inneren Auge, die

dunklen Haare, die aristokratische Nase. Hörte seinen scharfen, klaren englischen Akzent. Er war gut aussehend und ein paar Jahre älter als ich. Er war einmal verheiratet gewesen, jetzt geschieden. Ich war die Fremde, die Frau, die er vögeln und jedes Mal, wenn ich nach Hause flog, vergessen konnte. Mich hätte die Zwanglosigkeit des Ganzen stören sollen, aber ich mochte es so. Er realisierte vermutlich nicht einmal wie sehr. Es war nur zweimal geschehen und beide Male in der muffigen Besenkammer neben seinem Büro im Kunstgebäude. Nur die notwendige Kleidung war entfernt worden, um zum Ziel zu kommen. Mehr nicht. Ich war beide Male nicht gekommen, aber ich hatte die Verbindung hergestellt, die die Einsamkeit linderte, die ich verspürt hatte, wenn auch nur für kurze Zeit. Die die Bürden der Erinnerung daran linderte, was mir widerfahren war, sowie die ausbleibende Unterstützung meiner Familie.

Natürlich wusste er, dass ich von den Meetings und Präsentationen zurück war, und wollte noch mehr verpflichtungslose Action. Warum sollte er das auch nicht wollen? Ich bot ihm Sex ohne Bedingungen an. Ich war nicht anhänglich, ich war für ihn eigentlich nichts. Er war nichts für mich.

Das Bild von ihm verwandelte sich in Reed. Seine dunklen Haare. Seine eisblauen Augen. Wie sich sein Mundwinkel hob, wenn er amüsiert war. Die hitzige Wut, als er mich mit Larry gesehen hatte. Seine Stimme, als er mich allein durch die Bewegung seines Daumens zum Höhepunkt gebracht hatte. Er hatte mir gesimst, während ich in einem Morgenmeeting gewesen war. Mir wurde ganz heiß, nur wenn ich an die Worte dachte.

. . .

REED: *Ich will dich wieder auf meinem Schoß haben.*

GOTT, das klang wirklich, wirklich reizvoll, dennoch jagte es mir eine Heidenangst ein. Männern wie Giles hatte ich zwar erlaubt, mich zu berühren und zu vögeln, aber sie hatten mich nicht gesehen. Ich hatte keinem von ihnen meinen Körper oder meine Seele entblößt. Sie wussten nichts über mich, sahen nichts außer ihrer eigenen Erregung und Sehnsüchten. Sie wollten nur kommen. Und ich wollte es so. Ich wollte nicht, dass jemand meine Makel sah, jeglichen Schmutz aus meiner Vergangenheit. In meinem Leben.

Bei Reed, als ich auf seinem Schoß gesessen hatte, war ich vollständig bekleidet gewesen. Er hatte mich durch meinen Slip berührt, doch ich war noch nie zuvor so entblößt gewesen. Verletzlich. *Er* war nicht zum Höhepunkt gekommen. Er hatte nicht einmal einen Kuss bekommen.

Dennoch hatte er mich gesehen. Hatte in mich geblickt, in die tiefen Stellen, die ich versteckt hielt und wegen denen ich fünftausend Meilen reiste, nur um ihnen zu entkommen. In seinen Nachrichten hatte er mich gefragt, ob ich vor ihm weglief, und ich hatte ihm ehrlich geantwortet. Die Distanz half dabei, die Wahrheit zu erzählen. Ich *lief* vor allem weg und es war das erste Mal gewesen, dass ich es zugegeben hatte, sogar vor mir selbst.

Ich lief vor meinem Leben weg und genau wie auf dem Laufband im Fitnessstudio gelangte ich nirgendwohin. Ich steckte fest. War gefangen. Nicht nur von Cam, sondern durch mein eigenes Zutun.

Ich rechnete nach. Biss auf meine Lippe. 02:30 Uhr hier, 07:30 Uhr in Colorado. Reed hatte das Gespräch offengelassen und mich um ein Date gebeten, was bedeutete, dass er mehr über mich wissen wollte. Ich wollte das, das tat ich, aber dann würde er vielleicht die Risse in meiner Fassade sehen. Er würde vielleicht die Wahrheit sehen und dann wäre er fort. Wer würde schon mit jemandem wie mir zusammenbleiben?

Ich stand auf und füllte ein Glas beim Waschbecken im Bad mit Wasser. Starrte mich in dem alten Spiegel über dem schmalen Waschbecken an. Würde ich so leben? Mich nach der Präsentation am Morgen für einen Quickie mit Giles treffen, nur damit ich mich besser fühlte? Würde ich mich besser fühlen? Früher hatte das funktioniert, aber ich glaubte nicht, dass es das jetzt noch tun würde. Daran zu denken, vor Giles auf die Knie zu fallen, rief Übelkeit in mir hervor. Scham.

Was stimmte nur nicht mit mir? Ich schloss die Augen und seufzte. Gott, ich hatte einem Fremden aus irgendeinem verkorksten Bedürfnis nach Bestätigung erlaubt, seinen Penis in mich zu stecken.

Nein. Reed hatte recht. Nicht mehr. Ich blickte hinab auf mein Handy, das auf dem Waschbeckenrand lag. Ich musste bloß auf seinen Namen auf meinem Display drücken.

Reden. Eine Verbindung herstellen. Dann wäre ich nicht allein.

Ich nahm das Handy in die Hand und drückte auf das kleine Telefonicon neben seinem Namen.

„Harper."

Allein seine Stimme brachte mein Herz dazu, hektisch zu schlagen.

„Reed", sagte ich. Meine Stimme war atemlos. „Ich, ähm... sorry, habe ich dich im Studio erwischt?"

„Es ist dort drüben mitten in der Nacht. Bist du okay?"

Ich atmete aus, entspannte mich, zumindest ein kleines bisschen. „Jetlag."

„Ich wusste nicht, dass du verreisen würdest." Nein, ich

hatte es ihm nicht erzählt, allerdings hatten wir auch nicht viel geredet. „Arbeit?"

Ich schaltete das Licht im Bad aus und stieg ins Bett, wo ich mit meiner freien Hand die Kissen an dem Mahagonikopfbrett stapelte, damit ich aufrecht sitzen konnte.

„Ich bin Gastdozentin an der Universität hier, weshalb ich an gemeinsamen Forschungsprojekten teilnehme und Seminare führe. Bei dieser Reise gibt es eine Gruppenpräsentation über die neuesten Ausgrabungen der Ruinen der Kathedrale in –" Ich seufzte, weil mir bewusst wurde, dass ich wie eine Idiotin klang. „Vergiss das. Es geht um einen Haufen wirklich alter Steine."

Ich hörte ihn leise lachen. „Ich muss die komplizierten Einzelheiten nicht wissen. Ich höre nur gerne die Aufregung in deiner Stimme."

Eine Sekunde habe ich keine Ahnung, wie ich antworten soll.

„Du magst, was du tust", fährt er fort.

„Ja", bestätige ich und stecke meine nackten Beine unter die dicken Decken. Ich hatte nur ein altes T-Shirt und einen Slip an und es war kühl, da der Raum nur von einer alten Heizung unter dem Fenster geheizt wurde. Die kuschelige Bettwäsche und Flanellbetttücher machten den Unterschied.

„Ich kann es hören, wenn du darüber sprichst. Ich dachte, du müsstest dich hier um die Abschlussprüfungen kümmern."

„Das musste ich, aber die letzte fand neulich statt. Mein Lehrassistent hat sich um die Noten gekümmert."

„Sind die Kurse dort drüben wegen der Feiertage nicht auch vorbei?"

„Ihr Semester hat heute geendet."

„Wirst du zurückkommen, um Weihnachten mit deiner Familie zu verbringen?"

„Bald."

Mehr würde ich ihm nicht erzählen oder dass ich Weihnachten allein verbringen würde. Ihm zu verraten, warum ich allein feiern würde, war nichts, das ich tun wollte, und ich wollte sein Mitleid nicht. Byzantinische Kunst und eine dysfunktionale Familie waren keine Themen, die irgendeine Frau mit einem Mann bereden sollte, außer sie wollte ihn verjagen.

Er schwieg eine Minute, aber es störte mich nicht. „Also, du bist weggelaufen."

Ich lehnte mich zurück und sank tiefer in die Kissen. „Ja."

„Vor mir?", fragte er und ich erinnerte mich an seine Nachricht von vorhin.

„Dir? Nein." Ich biss auf meine Lippe. Ging ein Risiko ein. „Vor den Empfindungen, die du in mir ausgelöst hast? Definitiv."

„Kommst du nicht gerne so heftig, dass du schreist?"

Ich spürte, dass meine Wangen heiß wurden, und stöhnte vor Scham.

„Reed", sagte ich und flehte ihn allein mit seinem Namen an, aufzuhören.

„So hast du es neulich abends nicht gesagt."

Darüber musste ich einfach lachen. „Du bist schrecklich."

Ich hörte ihn ebenfalls lachen. „Ich hatte gedacht, du würdest sagen, dass ich wirklich, wirklich gut war."

„Du bist wirklich von dir selbst überzeugt."

„Ich wette, ich könnte dich wieder dazu bringen."

Ich rutschte weiter im Bett nach unten und rieb meine Schenkel aneinander. Da war ein Ziehen in meiner Pussy, weil er recht hatte. Denn ich erinnerte mich daran, wie gut es sich angefühlt hatte, als er mich berührt hatte. Ich hegte keinerlei Zweifel daran, dass er es noch einmal tun könnte. „Zu blöd, dass ich so weit weg bin", erwiderte ich.

„Prinzessin, zweifelst du an meinen Fähigkeiten?" Ich schwieg. „Bist du im Bett?"

„Ja."

Ich hörte sein Stöhnen durchs Handy. „Was hast du an?"

„Reed", sagte ich erneut, leicht verblüfft, aber hauptsächlich erregt. Wie konnte mich allein seine Stimme über tausende Meilen hinweg so sehr erregen? „Das verrate ich dir nicht."

„Du schläfst nackt, oder?"

Ich lachte leise. „Diese Frage beantworte ich *nicht*."

„Das bedeutet Ja. Meine Fresse, ich bin hart, wenn ich nur daran denke."

Und das machte mich feucht. Zu wissen, dass ich ihn angetörnt hatte, sorgte dafür, dass ich mich gut fühlte. Gut auf eine Weise, wie ich mich lange nicht gefühlt hatte. Aber ich war nicht bereit für das hier, für ihn. Er hatte mich an jenem Abend überrumpelt. Er überrumpelte mich auch jetzt nur mit seiner... Nettigkeit. „Ich werde keinen Telefonsex mit dir haben."

„Okay." Das eine Wort war gelassen, ruhig.

Ich erstarrte, da mir bewusst wurde, dass er mich nicht drängte, dass er mich nicht dazu brachte, etwas zu tun, das ich nicht tun wollte. Nun, ich wollte es tun. Ich wollte es wirklich, wirklich gerne tun, aber es wäre genauso klinisch, wie Sex mit Larry gewesen wäre.

Dennoch akzeptierte er mein Nein genau als das. Ein Nein.

„Aber Prinzessin, denk daran, was ich zuvor gesagt habe. Wenn du kommen musst, werde ich dir dabei helfen. Sogar von weit weg. Such nicht den Engländer auf, den du dort drüben hast."

Ich versteifte mich und meine Finger packten das Handy fester. „Ich weiß nicht, wovon du –"

„Harper. Mir ist scheißegal, was du in der Vergangenheit gemacht hast, zum Teufel, mit *wem* du es in der Vergangenheit gemacht hast. Wünsche ich mir, dass dich nie jemand angefasst hätte? Natürlich. Aber ich werde kein Arschloch sein, wenn ich selbst auch eine Vergangenheit habe. Ich lasse mich davon nicht abhalten und ich werde mich auch nicht von dem abhalten lassen, was du zuvor getan hast. Aber ich werde dir geben, was du jetzt brauchst, und dabei für deine Sicherheit sorgen."

Er konnte zu viel sehen. Er konnte nicht wirklich über Giles Bescheid wissen – er hatte nicht einmal gewusst, dass ich das Land verlassen würde – aber er hatte mich mit Larry gesehen. Wusste, was ich mit ihm hatte tun wollen, dass es mir nichts bedeutet hatte, sondern nur eine Gelegenheit für mich gewesen wäre, einige Minuten lang zu vergessen. Reed hatte das im Treppenhaus gesehen und wusste, dass ich wahrscheinlich auch hier in Großbritannien jemanden hatte. Ich wollte ihm nicht sagen, dass er recht hatte. Dazu war ich nicht bereit, auch wenn ich auf seinem Schoß zusammengebrochen war. Obwohl er mir Erleichterung verschafft hatte auf eine Weise, die fast besser als ein Orgasmus gewesen war.

Ich wusste nicht, wie ich antworten sollte, ohne mehr von mir preiszugeben, weshalb ich den Anruf beendete, ohne irgendetwas zu sagen.

11

Nachdem ich das Handy auf den Beifahrersitz geworfen hatte, schloss ich die Augen und schlang meine Finger um das Lenkrad. Ich parkte auf der anderen Straßenseite von dem Ort, an dem ich in diesem erbärmlichen Stadtteil aufgewachsen war. Das Haus war ausgeräumt worden. Die Fenster im ersten Stock waren zersplittert, die unteren mit krummem Holz zugenagelt, das mit Graffiti besprüht worden war. Die Backsteinfassade hatte Risse und begann, zusammenzufallen. Es war zu dunkel, um den Rauchschaden zu sehen, aber ich wusste, dass er da war. Die Häuser zu beiden Seiten standen ebenfalls leer und waren verlassen worden. Zur Hölle, fast jedes Haus in der Straße war ausgeräumt worden.

Alles war ruhig, aber das täuschte. Dampf stieg von den Gullideckeln auf und bewies, dass es zu kalt war, um draußen zu sein, sogar für die Ratten, die normalerweise nach draußen huschten, um nach Essen zu suchen. Nicht, dass irgendjemand, der noch alle Tassen im Schrank hatte, nach Sonnenuntergang über die Straßen in diesem Teil der Stadt lief. Es war kein sicherer Ort. Nein, er war brutal wie ich. Hier musste man auf alles vorbereitet sein. Brutal und bereit, das war ich. Alte Autos säumten beide Straßenseiten, die Straßenlaterne an der Straßenecke war kaputt und ich fragte mich, ob das eine neue Entwicklung war, oder ob sich die Stadtarbeiter weigerten, hierherzukommen, um sie zu reparieren.

Dieser Straßenblock war meine Vergangenheit. Meine verkorkste Kindheit. Brutale Straßen, noch brutaleres Leben zu Hause. In meinen Gedanken sah ich das wütende Gesicht meines Vaters, hörte seine bösartigen Worte, spürte das heiße Brennen seines Gürtels. Den betrunkenen Blick meiner Mutter, während sie einfach alles geschehen ließ, würde ich nie vergessen. Das Fitnessstudio befand sich eine Stunde entfernt von hier, aber es hätte eine Welt entfernt sein können. Es war jetzt mein Leben, dennoch war dieses Drecksloch noch so nah, dass es ohne Weiteres zurückkommen konnte, um mich heimzusuchen. Ich wollte nicht wieder hier sein, aber die zwei Männer, die auf dem Parkplatz des Studios campiert hatten, wollten mir einfach nicht mehr aus dem Kopf. Sie hatten nichts getan, sondern nur dort gesessen und uns beobachtet, dann waren sie irgendwann gegangen. In der einen Minute waren sie noch dagewesen, das nächste Mal, als ich mich umgedreht hatte, waren sie fort gewesen.

Es konnte keine einmalige Sache gewesen sein. Auf keinen verdammten Fall.

Gray hatte wegen seinem Dad Scheiß am Hals. Alten Scheiß. Ich war dem Mann nie begegnet, aber ich wusste, dass er Gray aus heiterem Himmel anrief, einfach nur um ihn aufzuregen. Das Arschloch hatte ihn beobachten lassen. Leute auf ihn angesetzt. Er wettete gegen seine Kämpfe. Und das war alles geschehen, seit Gray von seinen Armeeeinsätzen zurückgekehrt war. Was passiert war, als er ein Kind gewesen war... er sprach genauso selten darüber wie ich über meine Vergangenheit, aber es war verkorkst gewesen.

Doch nach der Sache mit Emory und dem Drogendealer, der sie im letzten Sommer angreifen hatte wollen, hatte der Mann Gray in Ruhe gelassen. Vermutlich hatte Quake Baker etwas gegen seinen Dad in der Hand, was ausreichte, dass der Mistkerl Angst hatte. So viel Angst, dass er seinen Sohn in Ruhe ließ. Es half, dass der ältere Quake Baker Präsident des *No Holds Barred* MC war. Ich konnte mir nicht vorstellen, dass Grays Dad jetzt einfach aus heiterem Himmel Stunk machen würde. Daher blieb nur ich übrig. Die Männer in dem Auto mussten wegen mir dagewesen sein. Aber wieso?

Mein Dad war tot. Dafür hatte ich gesorgt. Meine Mutter war vor ein paar Jahren gestorben. Ihre Leber hatte schließlich in irgendeinem Frauenhaus aufgegeben. Die Leute, mit denen ich mich damals herumgetrieben hatte, gehörten nicht zu einer Gang, zumindest hatten sie das seit Jahren nicht. Die Männer im Auto? Keine Gangmitglieder.

Dieser Ort war beschmutzt. *Ich* war beschmutzt und ich hatte Harpers Anruf hier angenommen, während ich nach draußen gestarrt und meine Vergangenheit gesehen hatte. Als ihr Name auf meinem Handy aufgeleuchtet war, hatte ich... Freude verspürt. Freude in diesem Höllenloch. Das hatte mir nur all die Unterschiede zwischen uns vor Augen geführt. Privileg und Armut. Gehirn und Muskeln.

Ich wollte Harper. Fuck, jeder lebende Mann würde einen Blick auf ihre langen Beine werfen und sich wünschen, sie wären um seine Taille geschlungen. Es war mehr als das. Ich wollte ihre Stimme hören, ihr Lächeln sehen. Sie verdammt glücklich machen.

Ich hatte ihr erzählt, dass ich nicht auf der Suche nach einer Beziehung war. Das war ich auch nicht gewesen, ich hatte mich nie für mehr als einen leicht zu habenden Kerl für eine Frau gehalten, die Spaß haben wollte. Jetzt übte das keinerlei Reiz mehr auf mich aus. Keine andere Frau als Harper interessierte mich. Irgendwie änderte es meine Meinung, dass sie weit weg und unerreichbar war. Ich mochte nicht auf der Suche nach einer gewesen sein, aber eine Beziehung hatte mich gefunden. Ich würde vor Harper oder ihren vielen Problemen nicht davonrennen. Ich würde sie ihr abnehmen und zu meinen machen. Sie konnten nicht schlimmer sein als irgendetwas, das ich gesehen oder erlebt hatte. Ich könnte damit umgehen. Hieß das, dass ich bis über beide Ohren auf sie stand? Fuck, ja. Ich hatte keine Ahnung, wie es passiert war, oder warum ich meine Meinung so verdammt schnell geändert hatte, aber ich wollte *mehr* von Harper.

Ein Auto fuhr vorbei, eine Zigarette wurde aus dem Fenster geworfen. Das rote Glimmen der Spitze war die einzige Farbe auf der Straße. Harper verdiente mehr als das. Sie verdiente einen Mann aus dem Country Club, der Polohemden trug und an den Wochenenden Squash spielte. Einen Anwalt oder irgendeinen anderen hochbezahlten Karrieremann, der ihr den Lebensstil bieten konnte, an den sie gewöhnt war.

Das hier? Ich? Ein Kämpfer aus einer schlechten Gegend, der ein Vorstrafenregister hatte und sein Geld mit den Fäusten verdiente? Während ich ein letztes Mal aus dem Fenster sah, bevor ich davonfuhr, fragte ich mich, ob ich sie ruinieren würde.

12

*ℋ*ARPER

Cam: Wo bist du?

Die SMS meines Bruders ruinierte meinen Morgen. Seine drei Worte lenkten mich ab und ich trug nichts zu dem Meeting bei, in dem ich mich befand. Als sich meine Kollegen in Erwartung einer Antwort zu mir drehten, schenkte ich ihnen ein falsches Lächeln und schob meinen mangelnden Fokus auf den Jetlag. Ich hatte überraschenderweise geschlafen, nachdem ich mit Reed telefoniert hatte, aber der Morgen war zu schnell gekommen. Die drei Tassen Kaffee, die ich getrunken hatte, hatten mich auch nicht munterer werden lassen. Doch eine SMS von Cam sorgte dafür, dass sich meine Gedanken im Kreis drehten und mein Herz wie verrückt hämmerte. Selbst wenn ich den Kopf auf den Tisch legen würde, wäre ich nicht in der Lage, zu schlafen.

Ich weigerte mich, zu antworten. Dazu bestand kein Bedarf. Cam wusste nicht, wo ich war, konnte mich nicht erreichen.

CAM: *Dein Apartment ist dunkel.*

ICH UMKLAMMERTE MEIN HANDY, als ein paar Stunden später die zweite Nachricht einging. Wir waren gerade vom Mittagessen im nahegelegenen Pub zurückgekehrt. Ich stand im Gang und starrte hinab auf die Worte. Mein Herz hämmerte so heftig, dass es wehtat. Mein Mittagessen debattierte, ob es wieder hochkommen sollte. Cam war noch im Gefängnis. Ich hätte es gehört, wäre er früher entlassen worden. Meine Mutter hätte angerufen und mich ein weiteres Mal gedrängt, zu ihrer bescheuerten Party zu kommen.

Nein, er war noch im Gefängnis. Bis morgen.

Woher wusste er dann von meinem Apartment? Wenn er es nicht beobachtete, dann tat es jemand anderes. Hatte er jemanden von draußen angeheuert, damit er mir hinterherspionierte? War jemand anderes auf der Suche nach mir und drangsalierte meinen Bruder? Ich würde es den Männern, denen er Geld schuldete, durchaus zutrauen und ich würde es meinem Bruder zutrauen, dass er mich erneut anbot. Aber warum war ich bis jetzt in Sicherheit gewesen? Es war fast zwei Jahre her. Ich erschauderte, da mir sogar in meinem Kaschmirrollkragenpullover kalt war.

„Ich bin überrascht, dass du nach Semesterende hier bist."

Ich schrak beim Erklingen der Stimme zusammen. Ich drehte mich auf dem Absatz um und schaute zu Giles auf. Ja, er sah gut aus. Seine dunklen Haare fielen ihm lässig in die Stirn und der leichte Schwung seiner Lippen, wenn er lächelte, war attraktiv. Er trug einen Tweedmantel mit Flicken an den Ellbogen zusammen mit waldgrünen Wollhosen. Ich wusste nicht, ob er damit das Stereotyp eines überdurchschnittlich intelligenten Engländers oder eines ranghohen Dozenten verkörperte. Ich erinnerte mich an den Abend, an dem ich mit Reed die Pizzen holen gegangen war. Er hatte damals Flicken an den Ellbogen erwähnt und lag mit seinem Bild eines kunsthistorischen Professors ziemlich richtig.

Ich zuckte mit den Achseln und versuchte, Cams Nachricht abzuschütteln, aber das war wirklich schwer. Er hatte jemanden auf mich angesetzt und der Gedanke, dass mein Apartment nicht mehr sicher war, ließ mich völlig ausflippen.

Ich realisierte, dass Giles darauf wartete, dass ich etwas sagte. Ich setzte ein brüchiges Lächeln auf. „Diese Präsentation ist wichtig für die Fakultät. Ich mag zwar nur eine Gastdozentin sein, aber ich helfe gerne."

Seine Lippen bogen sich nach oben, doch sein Blick glitt nach unten über meinen Körper, ehe er mir in die Augen sah.

„Du könntest mehr als nur ein Gast sein. Du könntest die Stelle annehmen, von der ich weiß, dass sie dir angeboten wurde."

Ich könnte und aufgrund von Cams neuester SMS war die Vorstellung immer reizvoller für mich.

„Alle gehen nach der Präsentation über die Feiertage nach Hause. Wirst du dich auf den Weg zum Flughafen machen", er trat näher, so nahe, dass jeder, der vorbeiging, denken würde, wir wären mehr als nur Kollegen, "oder bleibst du ein paar Tage?"

Ein paar Tage bedeutete Zeit in seinem Bett. Nicht nur die Besenkammer im Gang. Gott, es wäre so leicht, anzunehmen, was er mir anbot, mich jemandem hinzugeben und Cam und mein verkorkstes Leben zu vergessen. Giles war harmlos. Er würde mir nicht wehtun. Mit ihm zu schlafen, würde mir nur geben, wonach ich mich sehnte. Arme, die mich halten würden, während ich mit meinen Problemen kämpfte. Ein befriedigter Mann, damit ich wusste, dass ich etwas zu bieten hatte. Die Anziehungskraft zwischen uns war so groß gewesen, dass ich immerhin feucht geworden war, wenn wir gevögelt hatten, aber nicht groß genug, dass ich auch gekommen wäre. Das war nicht seine Schuld gewesen. Niemand brachte mich zum Kommen. Und niemand nahm mich mit in sein Bett.

Ich dachte an Reed. Sein Bad Boy Aussehen, das nicht zu der Art und Weise passte, wie er mich berührt hatte. Dass er nichts von mir genommen hatte. Wie *er* mich zu Kommen gebracht hatte. *Er* war der Einzige, der das bisher geschafft hatte.

Giles Finger drückten meine Schulter und rissen mich so aus meinen Überlegungen. Seine Berührung war sanft, aber erweckte mich nicht so, wie er es wahrscheinlich wollte. Wie er es einst getan hatte. Ich atmete sein frisches Rasierwasser ein und vermisste Reeds sauberen Geruch: Seife, Schweiß und Mann.

"Ich... ich weiß es noch nicht."

Ich log. Ich würde bleiben. Mein Rückflug ging am Weihnachtstag, aber ich wusste nicht, ob ich davor Zeit mit ihm verbringen wollte. Ich verzehrte mich nach dem Gedanken, dass er mich berührte, nach der Verbindung, die ich spüren würde, wenn er in mir war. Ich hatte Kummer und ich wusste, ich würde getröstet werden, wenn auch nur temporär. Ich verzehrte mich nach dem *Gedanken*. Nicht ihm.

„Oder." Er zog das Wort in die Länge, sodass ich ihm in die Augen schauen musste. Erst dann beugte er sich nach vorne und wisperte: „Oder wir könnten, zu einem der Lernräume den Gang runter gehen. Sie stehen leer, da das Semester vorbei ist."

Mein Blick huschte zu dem Seitenkorridor, wo es eine Reihe kleiner Zimmer gab, die als ruhige Arbeitsbereiche genutzt wurden. Das Gebäude war im Viktorianischen Zeitalter mit Holzverkleidungen und Steinböden erbaut worden und es war mit der Denkweise eines Architekten des 19. Jahrhunderts geplant worden. Die einzigen Leute im Gebäude waren die Dozenten und Gäste, die bei dem Meeting dabei waren. Es gab eine ganze Reihe Orte, die wir für einen Quickie aufsuchen könnten, ohne gesehen oder gehört zu werden. Bevor ich antworten konnte, winkte uns jemand vom anderen Ende des Ganges und machte uns so darauf aufmerksam, dass es an der Zeit war, zur Arbeit zurückzukehren. Giles seufzte wegen der verpassten Gelegenheit. Nicht, dass ich zugestimmt hätte, aber ich hatte es zuvor getan.

Ich betrat das Konferenzzimmer, dessen Tür mir Giles geöffnet hatte. Mir entging der Blick, mit dem er mich bedachte, nicht. Das letzte Wort war noch nicht zwischen uns gesprochen worden. Ich nahm Platz und die Diskussion über die vorgeschlagenen Fundamentarbeiten wurde wieder aufgenommen, aber ich schaute auf das Handy in meinem Schoß, auf Cams letzte Nachricht. Ich spürte, wie sich die Wut und der Frust wieder in mir aufbauten.

Das war der Moment, von dem Reed geredet hatte. Der Moment, in dem ich Giles packen und in einen Lernraum zerren und vögeln wollte. Ich würde nicht zum Höhepunkt kommen, ich würde nur das zufriedene Lächeln auf seinem Gesicht sehen, während er das benutzte Kondom zuknotete und in den Müll warf. Ich würde mich gut fühlen wegen des Wissens, dass ich dafür gesorgt hatte, dass er sich gut fühlte, aber das wäre auch schon alles. Für mich war nicht mehr drin. Keine Befriedigung. Ich würde warten müssen, bis ich wieder in meinem Hotelzimmer wäre und mich berühren, mich selbst zum Kommen bringen könnte. Dann wäre es nur eine leere Erleichterung. Aber ich würde Cam vergessen, würde vergessen, dass er morgen frei sein würde. Wenn er mir schon aus dem Gefängnis derartig zusetzen konnte, konnte ich mir nur ausmalen, was er erst tun würde, wenn er rauskam. Dann waren da noch meine Eltern. Er hatte sie bereits gegen mich aufgestachelt.

Ich ließ meine Augen zugleiten, denn ich sehnte mich nach einer Verbindung, obwohl ich wusste, dass es erbärmlich war. Ich benutzte Sex als eine Methode, mir meinen Wert bestätigten zu lassen, und das funktionierte nicht. Es machte es nur schlimmer. Ein schmerzhafter Kloß blockierte meine Kehle. Tränen. Ich war keine Heulsuse. Nein. Ich weinte nicht. Ich *würde* hier *nicht* weinen. Nicht in einem Raum voller Leute. Kollegen.

Mit zitternden Fingern tippte ich eine Nachricht an Reed.

Iᴄʜ: *Wach?*

Iᴄʜ ʜᴏʙ meinen Kopf und lauschte der Frau am gegenüberliegenden Tischende, die über englische Denkmalschutzgesetze referierte, bis ich mein Handy in meiner Hand vibrieren fühlte.

REED: *Wie gut, dass du keine Matheprofessorin bist. Deine Zeitzonenberechnungen sind schrecklich. Es ist 9:00 Uhr. Hab gerade mein Morgentraining beendet.*

MEIN MUNDWINKEL HOB sich und irgendwie fühlte ich mich besser. Ich konnte ihn vor meinem inneren Auge in diesen MMA-Shorts sehen, die er immer anhatte, die Schwarzen, die tief auf seinen schmalen Hüften saßen, die mit den kleinen Schlitzen an den Seiten seiner Schenkel. Die harten Muskeln dort waren nicht zu übersehen, wann immer er sich bewegte. Er würde auch ein T-Shirt tragen, dass feucht von Schweiß wäre, seine dunklen Haare wären zerzaust, Bartstoppeln stünden auf seinem Kiefer. Ich rutschte auf dem harten Stuhl herum wegen des Bildes in meinem Kopf.

REED: *Wie sind die Fish & Chips? Schon das Monster von Loch Ness gesehen?*

ICH BISS AUF MEINE LIPPE, damit ich nicht breit lächelte.

ICH: *Langweiliges Meeting.*
Reed: *Das ist das Problem, wenn man so klug ist. Du musst dein Gehirn benutzen. Ich darf mit meinen Fäusten arbeiten.*

. . .

Ich dachte an diese Hände und was er mit ihnen hatte tun können. Dass sie mich so sanft berührt hatten, obwohl ich wusste, wie gefährlich sie sein konnten.

Ich: Ich achte gar nicht auf das Meeting.
   Reed: Bist du ein böses Mädchen, Prinzessin?

Ich verkniff mir ein Lachen.

Ich: Ich?
   Reed: Bei mir kannst du sein, was auch immer du willst.
   Ich: Ich glaube nicht, dass ich weiß wie. Wie man böse ist, meine ich.

Reed antwortete nicht sofort und ich geriet in Panik, dass ich das Falsche gesagt hatte. Ich fühlte mich entblößt und verletzlich, obwohl Reed nicht einmal im gleichen Land war. Was dachte er gerade? Ich sah, dass Giles zu mir sah, woraufhin ich mich aufrichtete und so tat, als würde ich den Regeln heutiger Neuerungen und Rückschritte lauschen. Ich studierte die Vergangenheit, die Kunst und die Gebäude. Es war zwar wichtig, zu bewahren, was mir so sehr am Herzen lag, aber das englische Juristenlatein war etwas, das ich mühelos ausblenden konnte.

Reed: Entschuldige dich von dem Meeting und geh auf die Damentoilette.

. . .

ICH SAH AUF, schaute zu den acht anderen Leuten im Raum, die alle der Diskussion eindringlich lauschten.

ICH: Was?
Reed: Du hast einen Doktor. Ich weiß, dass du lesen kannst. Geh.

ICH SAß einen Augenblick verblüfft da. Sollte ich tun, was Reed verlangte? Warum wollte er, dass ich auf die Damentoilette ging? Ich nahm mir einen Moment und realisierte, dass niemand von meinem Gespräch wusste. Ein Schauder der Aufregung durchfuhr mich. Reed machte mich neugierig, gab mir das Gefühl, ein wenig verrucht zu sein.

Ich schob meinen Stuhl nach hinten, stand auf und entschuldigte mich leise. Anschließend ging ich nach draußen in den Gang und an der nächstgelegenen Damentoilette vorbei und betrat eine am anderen Ende des Ganges.

ICH: OK.

ALS DAS HANDY ERNEUT VIBRIERTE, tat es das nicht, um mich auf eine weitere SMS hinzuweisen, sondern einen Anruf von Reed. Ich beeilte mich, auf die richtige Taste zu drücken, dann hob ich es an mein Ohr. „Hi."

„Was ist los?"

Ich lehnte mich an die Wand. „Was meinst du?"

Die Toilette war seit Jahrzehnten nicht modernisiert worden, das Waschbecken und die Kabinen stammten direkt aus den Fünfzigern. Die uralte Heizung bullerte wie verrückt und machte den kleinen Raum trocken und stickig.

„Ich weiß, dass du mir nicht geschrieben hast, um mir mitzuteilen, dass du meine Einladung zum Abendessen annimmst. Was ist los, Prinzessin?"

„Warum nennst du mich so?"

„Weil du im Vergleich zu mir eine Prinzessin bist."

„Du weißt nichts über mich."

Ja, ich wuchs in einer reichen Familie auf, aber das war es auch schon. Ich war nicht verwöhnt. Ich wurde definitiv nicht verhätschelt oder beschützt.

„Dann erzähl mir etwas." Seine Worte waren ruhig, als hätte er den abwehrenden Tonfall in meiner Antwort nicht gehört.

Ich seufzte. „Was willst du wissen?"

„Alles."

Ich antwortete nicht. Machte er Witze?

„Ich meine es ernst."

„Warum?" Ich drehte mich zur Seite und presste meine Schulter gegen die Wand, während ich das Handy an mein Ohr drückte.

„Warum?", wiederholte er.

„Warum willst du alles über mich wissen?"

Er seufzte. „Ich habe keine verdammte Ahnung. Es ist einfach so. Ich will wissen, was in deinem Kopf vor sich geht."

Da lachte ich und der Laut hallte von den Wänden wider. „Das tust du bereits."

„Das tue ich?" In der Frage schwang eine ernste Note mit.

„Gott, du hast mich zum Weinen gebracht. Ich erzähle dir das nicht, damit du dich schlecht fühlst, aber ich habe seit zwei Jahren nicht geweint."

„Warum nicht?"

„Weil keine Tränen mehr übrig waren."

Scheiße. Ich hatte ziemlich viel gesagt, vielleicht zu viel. Als er nichts erwiderte, sagte ich seinen Namen, um die Stille zu füllen. „Jetzt musst du mir etwas über dich erzählen. Das ist nur fair."

„In Ordnung. Lass mich nachdenken." Er schwieg einige Sekunden und ich hörte das Knistern der Leitung. „Bei meinem ersten Mal war ich vierzehn."

Ich konnte ihn mir nicht als dürres, schlaksiges Kind vorstellen.

„Sie war älter, sechzehn. Amanda Carter. Ich war zu nervös, zu aufgeregt, um das Kondom überzustreifen, weshalb sie mir half. Ich, nun", ich konnte den Verdruss in seiner Stimme hören, „lass uns einfach sagen, ich hielt nicht lange durch."

„Du hast nicht –"

„Dreimal. Ich habe mich dreimal in sie gestoßen und dann kam ich. Ich glaube, es hat ganze zwölf Sekunden gedauert."

Ich legte mir eine Hand aufs Gesicht und spürte mein Lächeln.

„Ich fürchte, Prinzessin, wenn ich endlich in dich sinke, werde ich nicht einmal so lange durchhalten."

Mein Mund klappte auf. „Du meinst, du hast ein Problem?"

Er gluckste. „Nein, es bedeutet, dass du mich so scharf machst, dass ich mich vermutlich schrecklich blamieren werde."

Ich hatte keinen blassen Schimmer, was ich darauf antworten sollte.

„Was ist mit dir?", fragte er.

„Mir?"

„Dein erstes Mal."

Ich hing noch immer an seiner selbstbewussten Aussage fest, dass wir Sex haben würden. „Oh, ähm, der Freund meines Bruders."

„Wie alt warst du?"

„Dreizehn."

Ich meinte, ihn fluchen zu hören, aber es war kaum mehr als ein Flüstern. „Wie alt war er?"

„Achtzehn."

„Habt ihr einander gedatet oder seid miteinander gegangen oder wie auch immer man es in deiner Privatschulenwelt genannt hat?"

„Oh, ähm. Nein. Cam – mein Bruder – und sein Freund schauten Filme an und sie kamen in die Küche, wo ich gerade lernte. Sie luden mich ein, mich ihnen anzuschließen, also tat ich das. Dann nach der Hälfte des Films sagte mir Cam, dass ich mit Brad mitgehen und etwas Spaß haben soll."

„Wohin gehen?" Reeds Stimme war düster, fast schon schwarz.

„Ins Zimmer meines Bruders. Es war nicht so schlimm. Ich hatte gehört, dass es jedem Mädchen beim ersten Mal wehtut. Er war... nett. Ich habe gehört, er ist vor ein paar Jahren gestorben. Autounfall."

Ich hörte einen Knall, vielleicht eine Tür, die geschlossen wurde. „Prinzessin, das ist, ähm, ich denke, ich muss mal ein ernstes Wörtchen mit deinem Bruder reden."

Ich drehte mich zur Wand und lehnte meine Stirn dagegen. Zupfte an einem Stück abgeplatzter beiger Farbe. „Das kannst du nicht. Er ist im Gefängnis." Da mir bewusst wurde, dass ich zu viel verraten hatte, ruderte ich zurück. „Das alles interessiert dich nicht. Schau mal, ich sollte vermutlich zu dem Meeting zurückgehen."

„Richtig."

Ich wollte den Anruf nicht beenden, aber ich wollte auch nicht über meine Vergangenheit reden. Mein Leben war, was es war. Es würde sich nicht ändern, vor allem nicht meine Vergangenheit. „Danke, Reed."

„Wofür?"

„Dass du da bist."

13

EED

Ich war froh, dass Harper so weit weg war. Wenn sie mich jetzt sähe, hätte sie Angst. Ich war so wütend gewesen, als sie mir erzählt hatte, was ihr widerfahren war, dass ich mit dem Handballen gegen die Betonziegelwand geschlagen hatte. Der pochende Schmerz dämpfte mein Verlangen, ihren Bruder grün und blau zu schlagen, und ich schüttelte mein Handgelenk aus, um es zu entspannen. Ich wusste es besser, als mich selbst zu verletzen, aber fuck, diese Frau rief jeden meiner Beschützerinstinkte in mir hervor. Ich war zum Kämpfen geboren worden. Zur Hölle, ich hatte durch Kämpfen überlebt und ich würde nicht zögern, jemanden zu verteidigen, der mir wichtig war.

War mir Harper wichtig? Fuck, ja.

Warum? Ich hatte keine Ahnung. Ich hatte einfach in dem Moment, in dem ich sie gesehen hatte, gewusst, dass sie anders war.

Mehr.

Als ich ihre Nachricht gesehen hatte, hatte ich mein Workout schon beendet gehabt und war gerade auf dem Weg nach oben zum Duschen gewesen. Schweiß war mir übers Gesicht gelaufen und hatte dafür gesorgt, dass das T-Shirt an mir geklebt hatte. Ich hatte gestunken und war bereit für einen Proteinshake und mein übliches Mittagessen aus Lachs und braunem Reis gewesen.

Ich war aus dem Fitnessstudio gelaufen und zu der Fluchttreppe, die zu unseren Apartments führte. Während wir geredet hatten, hatte ich mich auf die harten Stufen gesetzt, doch als sie mir erzählt hatte, was ihr Bruder getan hatte, dass er sie seinem Freund *gegeben* hatte, hatte ich mich nicht zurückhalten können. Ich hatte etwas schlagen müssen. Ich hatte den Scheißkerl Brad schlagen wollen. Wie gut, dass er bereits tot war. Nein, ihren Bruder wollte ich sogar noch dringender schlagen. Ein älterer Bruder sollte auf seine Schwester aufpassen, nicht sie einem Freund *geben*. Fuck!

Ich hatte meine Ruhe bewahren und den Zorn verbergen müssen, der wie der Schweiß von meinem Morgentraining aus mir geströmt war. Harper hatte nichts Falsches getan und sie musste wegen dem, was ihr passiert war, kein schlechtes Gewissen haben. Sie war im Grunde genommen noch ein Kind gewesen. Dreizehn! Was zum Teufel hatte sie mit dreizehn schon über Sex gewusst? So wie es sich angehört hatte, spielte sie es als etwas runter, das keine Vergewaltigung gewesen war. Es hatte nicht geklungen, als hätte der Junge sie gezwungen, aber welche Art von Zustimmung hätte sie schon geben können? Sie mochte nicht Nein gesagt haben, aber ich bezweifelte, dass sie es gewollt hatte, dass sie Ja gesagt hatte. Sie war *dreizehn* gewesen.

Meine Fresse.

Vielleicht war das ihre Methode, damit klarzukommen, obwohl – sie war bereit gewesen, Larry in diesem beschissenen Treppenhaus zu vögeln, was bedeutete, dass sie noch nicht ihren Frieden damit gemacht hatte. Sie hatte das Land verlassen. War nach London geflohen. Vielleicht hatte das, was wir in meinem Apartment getan hatten, sie verschreckt, aber ich war mir sicher, dass es nicht der einzige Grund war, aus dem sie geflohen war. Irgendetwas ging bei ihr vor sich. Doch sie hatte mir geschrieben – und das nicht, weil ihr langweilig gewesen war. Wenn ich allerdings ein Meeting über eine siebenhundert Jahre alte Kathedrale durchstehen müsste, würde ich den Verstand verlieren. Nein, sie wusste nichts über mich abgesehen davon, dass ich sicher war. Dass ich ihr zuhören, sie halten und beschützen würde.

Dass ihr gerade rausgerutscht war, dass ihr Bruder sie seinem Freund gegeben hatte, war ein Zeichen dafür, dass sie mir vertraute, zumindest ein bisschen und auf eine Weise, mit der sie nie gerechnet hätte. Unsere Freundschaft, was auch immer zum Teufel das war, war unerwartet. Die Prinzessin und der Typ aus dem Armenviertel. Irgendwie konnte ich ihr Dinge geben, die ihr niemand sonst zu geben vermochte. Ich war mir nicht so sicher, was das war, da ich keine Ahnung hatte, was zum Henker ich eigentlich machte. Wenn es um Frauen ging, führte ich keine Beziehungen. Ich ließ mich auf nichts Tiefergehendes ein, denn ich wollte nicht, dass jemand hinter die Kämpferfassade blickte, da niemandem gefallen würde, was er dort fände.

Ich wusste nur, dass ich für sie da sein musste. Über den Rest würde ich mir noch klar werden.

Ich ging wieder ins Fitnessstudio und suchte Gray, der gerade mit einem Kunden bei den Boxsäcken war und

Aufwärmübungen mit ihm machte. Der Typ, Wiley, dachte darüber nach, zukünftig bei den Profis mitzumischen. Er war gut und wenn ihn irgendjemand dorthin bringen würde, dann wäre es Gray. Wiley trat gerade wie ein Besessener auf den Boxsack ein, ein Tritt nach dem anderen. Der dumpfe Laut, den er damit erzeugte, war lauter als die Musik, die durch die Lautsprecher über unseren Köpfen drang.

„Gut, jetzt roll deine Hüfte rüber. Ja, genau so. Noch einmal."

Gray hielt den Blick unverwandt auf seinen Kunden gerichtet, aber hob das Kinn leicht an, ein Zeichen, dass ich unterbrechen konnte.

Ich trat näher zu ihm und murmelte: „Wer ist der Cop, der zu den BJJ-Kursen kommt?"

Gray zog eine dunkle Braue hoch und verschränkte die Arme vor der Brust. Er trug ein Sport-T-Shirt und seine schwarzen Sportshorts. Er war barfuß, da er auf den Matten war. „Jasper?"

Ich nickte. „Das ist er. Er muss für mich etwas über jemanden herausfinden."

„Geh etwas trinken, hol deine Handschuhe und wir treffen uns im Ring", sagte Gray zu Wiley.

Wiley grüßte mich auf dem Weg zur Bank, wo er sich den Schweiß vom Gesicht wischte, während er seine Wasserflasche holte.

Gray und ich standen allein auf der gegenüberliegenden Seite des Studios. „Jemanden?"

„Harpers Bruder. Sie sagte, sein Name sei Cam, und er ist im Gefängnis."

„Nach deinem Tonfall zu urteilen, klingt es schlimm."

Ich begegnete dem Blick seiner stahlfarbenen Augen. „Wirklich schlimm."

„Dann lass uns die Cops raushalten. Ich werde Quake Baker anrufen."

Der Mann hatte Emory unter seinen Schutz gestellt. Er führte ein Diner am anderen Ende der Stadt, ein legitimes Geschäft, aber ich hegte keinerlei Zweifel daran, dass er als Präsident eines Motorradclubs seine Finger auch in weniger legalen Unternehmungen hatte. Ich würde nicht nach diesen fragen, aber ich hatte von Gray erfahren, dass er sich um das Arschloch gekümmert hatte, das in Emorys Haus eingebrochen war. Es war gut, Quake als Verbündeten zu haben, insbesondere in Situationen wie dieser. Er war der gleichen Meinung wie Gray und ich – niemand legte sich mit irgendjemandes Frau an.

„Gut."

„Willst du wieder in den Ring?", erkundigte er sich, während wir zu Wiley liefen.

Ich schaute zu Gray und grinste. Meine kochende Wut war offensichtlich und es gab eine Möglichkeit, einen Teil davon zu verbrennen. Mit meinen Fäusten, genau so wie ich es wollte. Wiley würde ein guter Konkurrent sein. „Definitiv."

14

Harper

REED: *Magst du thailändisches Essen?*
    Ich: Ja. Warum?
    Reed: Ich will wissen, was dir schmeckt, wenn wir ausgehen.
    Ich: Ich habe nie Ja gesagt.
    Reed: Sag Ja.
    Ich: Zu thailändischem Essen?
    Reed: Zu mir.
    Ich: In Bezug auf was?
    Reed: Das habe ich dir schon gesagt. Alles.
    Ich: Ich habe Nein zu Telefonsex gesagt.
    Reed: OK. Wie wäre es mit Sexting?
    Ich: Ich habe keine Ahnung, wie man das macht.
    Reed: Was hast du an?
    Ich: Es ist Mitternacht.
    Reed: Ich habe nicht nach der Uhrzeit gefragt.
    Ich: Ein T-Shirt und Unterwäsche.

Reed: Unterwäsche? Im Sinne von Boxershorts?

Ich: Slip. Im Sinne von Spitze.

Reed: Scheiße. Schieb deine Hand in dieses rattenscharfe Spitzenhöschen und spiel mit deiner Klit.

Ich: Das kann ich nicht.

Reed: Was? Kommen? Du bist zuvor schon für mich gekommen.

Ich: Nein, ich kann kein Sexting.

Reed: Warum nicht? Es macht mehr Spaß, als ich dachte. Berühr dich, Prinzessin.

Ich: Ist bei dir alles einseitig?

Reed: Sex?

Ich: Ja.

Reed: Prinzessin, ich habe meine Hand an meinem Schwanz und Lusttropfen quellen daraus hervor wie aus einem Wasserhahn. Das ist nicht einseitig.

OH MEIN GOTT. Ich lag im Bett und las. Ich stemmte mich nach oben, lehnte mich an das Kopfbrett und starrte auf die Nachrichten. Reed mochte mich auf seinem Schoß zum Höhepunkt gebracht haben, und ich wusste, dass er auf mich stand, aber er hatte noch nie zuvor tatsächlich irgendetwas so... Sexuelles zu mir gesagt. Ich stellte mir vor, dass Reed auf seinem Sessel saß und seine Hände in seinen Trainingsshorts hatte. Ich stellte ihn mir groß und dick vor. Perfekt.

REED: Prinzessin? Habe ich dich verschreckt?

. . .

ICH BLINZELTE, dann geriet ich in Panik, dass er sich Sorgen darüber machen könnte, dass ich gerade durchdrehte.

Ich: Nein. Ich habe nur... darüber nachgedacht, was du gesagt hast.
Reed: Dass ich mir einen runterhole, während ich an dich denke?
Ich: Ja.
Reed: Ich will, dass du mit mir kommst. In deinem Höschen wie zuvor, wenn du willst.

ICH WOLLTE. Gott, wollte ich. Ich war fünftausend Meilen entfernt von Reed. Er konnte mich nicht sehen. Er konnte mich nicht hören. Er würde mich nicht verurteilen. Ich dachte nicht nach, sondern ließ einfach das Handy auf mein Bett fallen und zog mir das T-Shirt aus. Im Anschluss schob ich meinen Slip meine Beine hinab und warf ihn auf den Boden. Ich lehnte mich auf dem Bett zurück und spreizte die Beine.

Ich: OK.
Reed: Sorry, hab das Handy fallen gelassen. Fuck, ok.

ICH LÄCHELTE UND FÜHLTE MICH... albern. Leicht. Als würde ich ein Geheimnis teilen. Das hier war eines der intimsten Dinge, die ich jemals mit jemandem gemacht hatte, und er war nicht einmal hier. Ich begann, mich auf eine Weise zu berühren, von der ich wusste, dass sie mich zum Höhepunkt bringen würde. Ich spielte nicht, sondern drückte nur meine drei Finger zusammen und rieb in Kreisen auf die genau richtige Weise über meine Klit. Meine Füße rutschten nach oben und meine Knie spreizten sich. Ich schrie in dem leeren Hotelzimmer auf, als ich kam, heftiger, als ich mich erinnern konnte, jemals gekommen zu sein. Ich war verschwitzt und atmete schwer und ich war... glücklich. Ich schlug meine Hand nach unten auf das Bett und suchte nach dem Handy, ehe ich es packte.

Ich: Ok.
  Reed: Du bist gekommen?
  Ich: Ja.
  Reed: Scheiße... kde*d. S ksdfs we2

Ich starrte das Display an und versuchte, aus dem schlau zu werden, was er sagte.

Reed: Fuck, sorry. Kann nicht mit einer Hand tippen und kann überhaupt nicht tippen, wenn ich in meiner Hand komme.
  Ich: Oh.

Ich errötete, weil ich an ihn dachte. Er war wegen mir gekommen. Weil er an mich *gedacht* hatte. Ich hatte ihn so gemacht. Es war mächtig. Berauschend.

Reed: Schlaf, Prinzessin. Wenn du mich brauchst, bin ich hier.

REED

„SIE SIND zurück." Gray stand vor der Fensterwand, die auf den Parkplatz hinausschaute. Seine Arme waren verschränkt, sein Blick ernst. Er war immer ernst. Die einzige Person, von der ich wusste, dass sie ihn zum Lächeln bringen konnte, war Emory.

Ich stellte mich neben ihn, wobei mein Springseil von meinen Fingern baumelte.

„Scheiße."

Der Himmel war bleigrau, die Luft beinahe neblig, was bedeutete, dass es draußen arschkalt war. Schneeflocken begannen, zu fallen. Bis morgen früh würden einige Zentimeter davon auf dem Boden liegen. Das Fitnessstudio war warm und ich schwitzte von meinem Workout. „Ich denke, dass es an der Zeit ist, Hallo zu sagen."

Gray schaute zu mir. Nickte.

Wir liefen aus den Türen zum Parkplatz, woraufhin mich die kalte Luft traf und meine Haut sofort trocknete. Mein T-Shirt würde gefrieren, wenn ich zu lange draußen blieb. Ich hatte es nicht vor.

Ich lief zum Fahrerfenster, während sich Gray vor dem Auto aufbaute. Der Mann rollte das Fenster runter, als ich mich näherte, wodurch mir heiße Luft und der Gestank von Zigaretten entgegenschlugen.

„Sag Rodriguez Hallo von mir."

Der Punk war in den Dreißigern und trug eine dicke, schwarze Mütze auf dem Kopf, auf deren Vorderseite das Broncos-Logo zu sehen war. Er war weiß und teigig, hatte fettige Haare und als er mich angrinste, sah ich einen Goldzahn.

„Wer zum Geier ist Rodriguez?", frage er. „Wenn du dir was von uns erhoffst, bist du beim falschen Auto."

Ich schüttelte langsam den Kopf. „So willst du also spielen?" Ich ließ die Schultern kreisen und das Lächeln des Kerls verblasste.

Der, der mit mindestens fünfzig Pfund Übergewicht auf dem Beifahrersitz saß und mit seiner verschwitzten Glatze wie Jabba der Hutte aussah, meldete sich zu Wort: „Alter, wir wollen rein gar nichts mit dir zu tun haben."

Ich blickte zu Gray. „Ach ja? Und warum nicht? Ich bin derjenige, der kämpft."

„Kämpft? Wovon zum Geier redest du?"

Ich runzelte die Stirn. „Warum zum Henker seid ihr hier?", fragte ich, wobei ich den angriffslustigen Tonfall zurückdrängte.

„Nicht wegen dir, Arschloch." Er sah zu dem Gebäude hoch, dann wieder zu mir.

Ich schaute erneut zu Gray. Dieses Mal war er nicht nur ein Beobachter. Er kam um den Wagen herum, um sich neben mich zu stellen. „Wenn du auch nur an mein Mädchen denkst, werden sie nicht einmal wissen, wo sie deine Leiche finden können."

Nach dem Scheiß, der im Sommer bei Emory los war, war Grays Beschützerinstinkt überdimensional groß. Niemand würde ihr auch nur ein Haar krümmen. Der letzte Kerl? Ich wusste nicht so genau, was mit ihm passiert war, aber ich wusste, dass Quake Baker involviert gewesen war. Wenn sich ein MC um ihn kümmerte, dann war er tot und irgendwo vergraben, wo ihn niemand finden konnte. Dennoch würde Gray nicht in seiner Wachsamkeit nachlassen.

Der Fahrer, zur Hölle, beide hielten ihre Hände zum Zeichen ihrer Ergebung hoch. „Wir wissen, wer du bist.

Denkst du, wir würden uns mit dem Outlaw anlegen? Wir wollen nichts mit deiner Frau zu tun haben."

„Mit wem dann?", fragte Gray, dessen Stimme so kalt und eisig wie die Luft war.

„Alter, wir müssen die Fliege machen." Jabba der Hutte schlug seinem Freund auf den Arm und der befolgte den Hinweis. Er legte den Gang ein und fuhr so schnell rückwärts, dass die Räder auf dem Asphalt quietschten.

„Hast du dir das Nummernschild gemerkt?", fragte Gray.

Ich nickte und beobachtete, wie sich der ramponierte Sedan in den Verkehr einfädelte.

„Sie sind nicht wegen Emory hier", sagte ich, die Augen auf die Straße gerichtet, obwohl sie schon längst fort waren. Wenn sie nicht wegen ihr hier waren, warum waren sie dann –

„Nein. Aber ich werde trotzdem vorsichtiger sein. Könnte an der Zeit sein, einen Freund anzurufen."

Ich ging davon aus, dass der *Freund* Quake war, und das war für mich völlig in Ordnung. Dieser Kerl konnte die Informationen zu dem Nummernschild einfacher rauskriegen als die Cops. Zum Teufel, die Cops würden uns nichts verraten, aber Quake schon.

Diese Arschlöcher waren Schlägertypen, ganz einfach. Sie machten Leuten Angst, knöpften ihnen Geld ab, sprachen Drohungen aus. Ich hatte keine Angst vor ihnen. Genauso wenig wie Gray. Wir mussten nur herausfinden, was zum Henker sie wollten. Diese zwei Scheißkerle waren nicht der Drahtzieher. Auf keinen Fall. Sie nahmen Befehle entgegen. Aber wer gab sie und warum?

15

EED

HARPER: Du wirst stolz auf mich sein.

ICH SAH die SMS und grinste. Die Kneipe war rappelvoll und die Musik so laut, dass ich die Vibrationen durch den Boden spürte. Ich hatte kein Interesse an der Szene. Ich trank nicht, da ich trainierte, und ich war nicht wie die anderen auf der Suche nach Pussy. Ich fühlte mich bei den anderen Kämpfern, mit denen ich hier war, wie ein alter Mann. Einer tanzte mit einer kurvigen Blondine, wobei seine Hand auf ihrer Taille immer tiefer wanderte, während sie sich praktisch an seinem Bein rieb. Yeah, ihn würde ich heute Nacht nicht nach Hause fahren. Zwei andere saßen neben mir an dem Bartisch, aber sie hatten sich zur Tanzfläche gedreht und betrachteten die Frauen.

Nach dem Abend-BJJ-Kurs war ich dazu überredet

worden, in eine Kneipe zu gehen und die Kämpfe anzuschauen, die Konkurrenz abzuchecken. Dann waren wir in eine andere Kneipe gegangen, dann diese hier. Es war spät, nach zwei Uhr. Ich fühlte mich wie ein alter Mann, da ich nicht an diese späte Uhrzeit gewöhnt war. Scheiße, normalerweise schlief ich schon um zehn. Lange Nächte des Partymachens passten nicht zu meinen Workouts, die ich noch vor der Morgendämmerung absolvierte.

Ich hatte gespürt, dass mein Handy in meiner Tasche vibriert hatte, und als ich Harpers SMS sah, wirbelte ich herum und drehte mich von allen anderen weg.

Ich: Ach ja?
Harper: Du bist wach. Dachte, du würdest das sehen, wenn du aufstehst.
Ich: Keine Sorge, Prinzessin. Warum bin ich stolz auf dich?
Harper: Ein paar von meinen Kollegen unterhielten sich über MMA und ich konnte mithalten. Ich sprach ihre Sprache.
Ich: Ich dachte, sie sprechen dort drüben Englisch.
Harper: Ich meinte MMA-Sprache. Ich wusste, was ein RNC ist.

Daraufhin lachte ich und stellte mir vor, wie sie die Armbewegungen für den Rear Naked Choke machte, eine der vielen Würgetechniken der Sportart, um den Gegner zur Aufgabe zu zwingen.

Ich: Und woher weißt du von alldem?
Harper: Ich habe dich auf YouTube angeschaut.
Ich: Zehn Minuten. Ruf mich an.

Harper: Oh. Es tut mir leid. Mir war nicht klar, dass du mit jemandem zusammen bist. Sorry.
Ich: Das muss dir nicht leidtun. Und ich bin mit den Jungs unterwegs, nicht mit jemandem. Ruf mich in zehn Minuten an, Prinzessin.

ICH STAND AUF, dann klopfte ich einem meiner Freunde auf die Schulter und signalisierte, dass ich gehen würde. Ich klatschte mit beiden ab – es war zu laut zum Reden – und stürmte davon.

Meine Apartmenttür schloss sich hinter mir, als mein Handy klingelte.

„Hey."

„Hey."

„Es tut mir leid, dass ich dich gestört habe, als du mit –"

„Prinzessin", sagte ich mit einer ganzen Menge Frustration.

Sie seufzte und ich hörte es über die ganzen Meilen. „Was machen wir nur?", fragte sie.

Ich zog meine Schuhe aus und schlüpfte aus meiner Jacke, während ich mir das Handy mit der Schulter ans Ohr presste.

„Reden."

Ich hörte ihr Seufzen. „Das hier ist viel mehr als reden."

Ich hegte keinerlei Absicht, ihr von den Männern auf dem Parkplatz zu erzählen. Wenn sie nicht wegen ihr hier waren, dann spielte es keine Rolle. Wenn sie wegen ihr hier waren, wollte ich nicht, dass sie ausflippte, während sie so weit weg war. Ich wollte, dass sie ausflippte, während ich direkt neben ihr war.

„Willst du Telefonsex haben?", fragte ich und versuchte es erneut, auch wenn ich es nicht sonderlich ernst meinte.

Eines Tages würde es mir gelingen, dass sie bei mir so entspannt war, dass sie Ja sagen würde.

Sie hielt inne. „Nein."

Ich blieb im Türrahmen zu meinem Schlafzimmer stehen. „Meinst du dieses Nein ernst?"

Noch eine Pause. „Nein. Du sagtest... du sagtest, dass ich nicht mit irgendeinem Typen zum Höhepunkt kommen sollte."

Ihrer Stimme fehlte die übliche Entschlossenheit. Ich fuhr mit einer Hand durch meine Haare, frustriert, dass sie es noch immer nicht kapierte. Fuck, jemand hatte sie wirklich fertiggemacht. Ich musste davon ausgehen, dass es ihr Bruder gewesen war, oder *zumindest* hatte ihr Bruder angefangen. „Ich bin nicht irgendein Typ, Prinzessin. Wir haben gestern Nacht gesextet. Und ich sagte, wenn du kommen musst, bin ich derjenige, der dir helfen wird."

Sie schwieg und ich füllte die Stille nicht. Ich wartete, bis sie so weit war. „Ich habe darüber nachgedacht", gestand sie schließlich. „Mit jemand anderem, meine ich. Habe vorhin darüber nachgedacht. Es wurde mir angeboten."

Ich schaltete meine Nachttischlampe an, woraufhin ein sanftes Glühen den Raum erfüllte.

Ärger blubberte in mir hoch. Sexting bedeutete keine Verpflichtung, aber sie hatte in Erwägung gezogen, einen Engländer zu vögeln nach dem, was wir getan hatten? „Ein beliebiger Kerl wollte einen Quickie mit dir?"

„Nicht so beliebig, aber ja."

„Was hast du entschieden?"

Wir waren nichts. Sie konnte mit jedem vögeln, den sie wollte, und ich hatte keinerlei Recht, wütend zu werden. Es bedeutete jedoch nicht, dass ich die Vorstellung mögen musste. Ich kannte den Typen nicht einmal und ich wollte ihn zu Brei schlagen, weil er ihr keinen Wert zusprach, wenn er lediglich ein williges Loch für seinen Schwanz wollte.

„Und?", fragte ich und hielt die Luft an.

„Und ich habe ihm eine Absage erteilt."

Fuck sei Dank. „Weil..."

Sie schwieg ein Weilchen. „Weil Sexting mit dir besser ist als ein Quickie mit ihm."

Ich konnte mir das Seufzen nicht verkneifen, als ich mich aufs Bett fallen ließ. „Dann musst du wieder kommen?"

„Möchtest du, dass ich auflege, damit wir sexten können?"

„Zum Teufel, nein", entgegnete ich. „Ich will dich hören." Fuck, ich wollte unbedingt den Lauten lauschen, die sie machte, während sie kam.

Ich wartete, wobei das Knistern der Leitung beinahe ohrenbetäubend war.

„Es fühlt sich so unpersönlich an", gestand sie.

„Was? Telefonsex? Im Vergleich zu Sexting? Oder Larry?" Es war harsch, aber ich wollte es wissen. Musste ihre Gedanken dazu kennen.

„Vielleicht mehr, als wenn ich Larry gevögelt hätte."

Ich knurrte und mir war scheißegal, ob sie es hörte. „Das hier zwischen uns, Prinzessin? Es ist völlig anders als das, was du mit Larry getan hättest oder diesem englischen Dreckskerl, der dich benutzen wollte, um seine Ladung zu verspritzen. Was wir teilen, ist besonders. Sexting oder alles andere, das wir tun. Ich möchte dich bitten, deine Kleider auszuziehen, dich vor deinen Hotelspiegel zu stellen und deinen umwerfenden Körper anzuschauen. Ich will, dass du mir beschreibst, was du siehst. Die Farbe deiner Nippel, wie sie hart werden. Ich will, dass du mir erzählst, wie feucht du bist, ob deine Schenkel mit deinem Verlangen überzogen sind. Ich will hören, wie geschwollen deine Klit ist, dann möchte ich das Stöhnen hören, das du machst, wenn du dich anfasst."

Sie wimmerte.

„All das?", sagte ich und fuhr mit einer Hand über mein Gesicht. „Es ist nicht unpersönlich, weil du dir die ganze Zeit wünschen wirst, dass es meine Hände auf dir wären, mein Mund."

„Das hier... das hier ist besonders?"

Von allem, das ich sagte, war es das, wonach sie fragte. „Fuck, Prinzessin." Ich packte mein Shirt hinten am Nacken, zog es mir über den Kopf und ließ es zu Boden fallen. Im Anschluss beugte ich mich nach vorne und legte die Ellbogen auf meine Knie. Saß nur in meiner Jeans da.

„Ich frage, weil ich... ich habe mich noch nie so gefühlt, und wir haben uns kaum gesehen. Miteinander geredet. Ich dachte nur, dass es für dich so mit den anderen war."

Yeah, ich hatte andere Frauen gehabt, aber dieses Thema würde ich nicht weiter vertiefen. Ich wollte nicht einmal an eine von ihnen denken, denn das einzige Gesicht, das ich in meinen Gedanken sah, war ihres. „Ich wollte keine Beziehung", gestand ich.

„Mir... mir war nicht bewusst, dass ich dir eine aufzwinge." Ich hörte, wie die Steifheit in ihre Stimme trat. Ich hatte einen ihrer wunden Punkte erwischt und gerade etwas von dem Boden verloren, den ich gutgemacht hatte. Sie hatte mir mehr erzählt, als ich zu träumen gewagt hätte, und jetzt trat sie zum Rückzug an.

„Whoa, Prinzessin." Ich streckte meine Hand aus. „Ich sagte, dass ich keine Beziehung wollte."

„Ich hörte dich schon beim ersten Mal", giftete sie. „Du musst es nicht wiederholen."

„Doch, das muss ich." Ich seufzte und legte eine Hand in den Nacken. „Ich tue es jetzt."

„Was tust du jetzt?"

Ich realisierte, dass ich ziemlichen Unfug redete. „Ich will eine Beziehung. Jetzt. Mit dir."

Noch eine Pause. „Oh."

„Yeah, oh. Diese", ich kreiste mit dem Finger in der Luft, obwohl sie mich von der anderen Seite des Atlantiks nicht sehen konnte, „Sache, die da zwischen uns ist, ist... fuck, ist mehr, Harper. Ich habe mich schnell in dich verliebt. Dir kann man sich nur schwer erwehren."

„Warum ich?", flüsterte sie mehr oder weniger. „Wir verkehren nicht in denselben Personenkreisen. Du hattest recht."

„Womit? Dass ich nicht gut genug für dich bin?"

„Was? Nein."

Ich rutschte auf meinem Bett nach hinten und lehnte mich an das Kopfbrett.

„Die Flicken am Ärmel. Weißt du noch, als wir zur Pizzeria liefen? Da beschriebst du mir, wie du dir das Aussehen eines Kunsthistorikers vorstellst. Der Mann, der... Larry hier drüben, er trug gestern eine Jacke mit Flicken am Ellbogen."

Ich konnte es vor mir sehen. Vielleicht sogar eine Pfeife zwischen seine Zähne geklemmt. Scheiß auf ihn wegen seinem beschissenen Quickie.

„Ich habe einen Doktor in mittelalterlicher Kunst, um Himmels willen. Ich habe Angst vor Aufzügen und ich jogge, um zu entkommen, aber gelange nirgendwohin. Warum, warum in aller Welt würdest du mit mir zusammen sein wollen?"

Ich hörte die Verwirrung in ihrer Stimme. Sie glaubte ehrlich –

Ich wollte jede einzelne Person ungespitzt in den Boden rammen, die dafür gesorgt hatte, dass sie an sich zweifelte. Dieser Ellbogen-Flicken-Arsch wäre der Erste, weil er unterstrichen hatte, dass sie seine Zeit oder Aufmerksamkeit nur wert war, wenn sie ihn in irgendeiner dunklen Ecke zum Orgasmus brachte.

„Zuerst einmal, *du* bist zu gut für mich. Ich habe nur die allgemeine Hochschulreife, die ich im Jugendgefängnis gemacht habe. Mit Hängen und Würgen. Ich werde dir gar nicht von all dem Scheiß erzählen, den ich gemacht habe. Prinzessin, ich habe ein Vorstrafenregister. Meine Fresse, Baby, ich kämpfe, um mich durchs Leben schlagen zu können, auch wenn es heutzutage im Ring stattfindet. Was die Aufzüge angeht, wir können immer die Treppe nehmen. Und joggen? Solange du mit mir joggst, wird alles andere gut werden."

Daraufhin schwieg sie und ich fühlte mich beschissen.

„Prinzessin, weine nicht."

Ich hörte, wie sie tief einatmete. „Ich weine nicht. Ich hab dir doch gesagt, ich weine nicht."

Außer bei mir. Sie *weinte*, aber ich würde mich deswegen nicht mit ihr streiten. Sie war die stärkste Frau, die ich kannte, und ich würde nicht schlechter von ihr denken, wenn sie ein paar Tränchen verdrückte. Aber sie schien das noch nicht zu wissen.

„Wann kommst du nach Hause? Ich habe es satt, nur mit dir zu telefonieren, und vielleicht hast du recht und wir überspringen das mit dem Telefonsex. Komm nach Hause und ich werde dich unter mich ziehen. Echter Sex wird ohnehin besser sein. Er wird mit mir sein", fügte ich hinzu, nur damit sie wusste, dass ich anders war, dass *wir* anders waren. „Ich werde dich am Flughafen abholen."

„Ich habe mein Auto dort gelassen."

„Wann?"

„Bald."

„Prinzessin", sagte ich in warnendem Tonfall. Sie wich meiner Frage aus.

„Bald", wiederholte sie, dann legte sie auf.

Fuck.

16

Harper

Meine Reifen waren platt. Das war nicht zu übersehen, als ich zu meinem Auto in der Tiefgarage lief.

Es war Weihnachten. Während alle anderen im Flugzeug fröhlich und guter Stimmung gewesen waren, weil sie auf dem Weg zu einem Familienbesuch gewesen waren, hatte ich gewusst, dass ich zu einem leeren Apartment zurückkehren würde. Kein großes Weihnachtsessen. Kein Mistelzweig oder Strümpfe, kein Norman Rockwell Zusammensein. Nein, ich kam aus der Zollabfertigung und fand keine Großeltern vor, die mit glitzernden Postern auf mich warteten. Stattdessen fand ich ein besonderes Geschenk, meine zerstörten Reifen. Nicht nur platt, sondern aufgeschlitzt. Wenn das kein Zeichen war, dass Cam aus dem Gefängnis war, dann wusste ich nicht, was eines war.

Ich hätte den Flug damit verbringen sollen, über das Gespräch mit Reed nachzudenken. Ich hegte keinerlei

Zweifel daran, dass er wirklich gut beim Telefonsex wäre. Noch besser bei echtem Sex. Was er von mir verlangt hatte... es machte mich noch immer scharf.

Aber anstatt an seine großen Hände auf mir zu denken, hatte ich an Cam gedacht, und das zurecht. Ich hatte acht Stunden gehabt, um Filme zu schauen und zu grübeln. Er war aus dem Gefängnis raus und ich hegte keinen Zweifel daran, dass er mir schon bald einen Besuch abstatten würde. Ich hatte nur nicht damit gerechnet, dass er meine Reifen aufschlitzen würde. Ich seufzte und debattierte, was ich deswegen unternehmen sollte.

„Wir haben auf dich gewartet."

Ich wirbelte auf dem Absatz herum, meine Finger glitten von dem Griff meines Rollkoffers und er fiel auf dem Langzeitparkplatz des Flughafens zu Boden. Das Geräusch von Metall auf Beton hallte durch das riesige Gebäude.

Das Herz sprang mir beim Anblick der zwei Männer in die Kehle. Ich hatte sie noch nie zuvor gesehen, aber ich wusste, wer sie waren. Für wen sie arbeiteten. Sie trugen dicke, bauschige Jacken und schwarze Mützen. Ihr Atem entwich ihnen als weiße Wölkchen. Sie konnten nicht viel älter als ich sein, nicht viel älter als die zwei, die versucht hatten, mich in dem Aufzug zu missbrauchen.

Hier war es viel kälter als in London, aber ich schwitzte.

Ich sah mich um und entdeckte andere Leute auf der weiter entfernten Seite der Parkgarage. Ein Auto fuhr hinter mir die Rampe hinab. Es war früher Nachmittag, weshalb das Gebäude gut beleuchtet und gut besucht war, aber trotzdem könnten sie mir schaden, wenn sie das wollten. Ich trat einen Schritt zurück. Dann noch einen. Sie waren weit außerhalb meiner Reichweite, aber da sich eine Reihe Autos in meinem Rücken befand, könnten sie mich ohne Weiteres packen.

„Du musstest natürlich an Weihnachten nach Hause kommen, was? Meine Mutter wird mich umbringen, weil ich zu spät zum Mittagessen komme." Der Kerl links blickte zu seinem Freund, der zustimmend nickte.

„Was wollt ihr?"

„Wir wollen nichts", erwiderte der Kerl zur Linken und verengte die Augen zu Schlitzen. „Wir sind hier, um dir einen Rat zu geben."

Ich konnte nicht atmen. Konnte nicht denken. Nur in ihre Augen starren. Augen, die keine Seele zu haben schienen.

„Hier gibt es Kameras", platzte ich heraus und deutete zu dem Treppenhaus, aus dem ich gerade gekommen war.

„Wir führen doch nur ein Gespräch", sagte der gleiche Kerl und streckte seine Hände vor mir aus, als wolle er, dass ich zu ihm gehe und ihn umarme. Da ich wusste, dass das nicht der Fall war, diente es dazu, jedem, der die Bänder der Sicherheitskameras zurückspielen wollte, zu zeigen, dass er nicht bewaffnet war, dass er nicht mehr getan hatte, als mit mir zu plaudern.

„Ich kann schreien. Leute werden kommen."

Beide lächelten nur. „Hier ist der Rat, Schätzchen. Dann werden wir dich dein Leben weiterleben lassen. Gib Cam, was er will. Ansonsten, der Aufzug? Das nächste Mal wirst du nicht entkommen." Damit machten sie sich daran, wegzulaufen, dann drehte sich der Sprecher um. „Ach, deine neue Bude? Das Gebäude sieht hübsch aus."

Ich blieb, wo ich war, und beobachtete, wie sie die lange Reihe Autos hinabliefen und in das Treppenhaus traten. Mein Herz hämmerte und Adrenalin brachte mich zum Schaudern. Fuck.

Cam. Das führte alles zurück zu Cam. Er war aus dem Gefängnis und sie wollten noch immer etwas von ihm. Sie wollten Geld. Und Cams Geld war an mich gegangen. *Ich hatte, was sie wollten.* Wenn ich ihnen das Geld nicht gab, würde Cam wahrscheinlich sterben. Genauso wie ich. Und genauso wie diejenigen in meinem Wohngebäude. Sie wussten, wo ich wohnte. Sie waren dort gewesen. Galle stieg in meiner Kehle auf bei der Vorstellung, dass sie nach mir Ausschau gehalten und die anderen gesehen hatten. Gott, sie würden nicht zögern Reed oder Gray oder Emory zu verletzen.

Ein Auto fuhr vorbei und erschreckte mich so, dass ich mich in Bewegung setzte. Ich hob meinen Koffer auf, lief zügig zum Treppenhaus – das auf der gegenüberliegenden Parkhausseite von dem, in das die Männer getreten waren – und ging wieder nach draußen zum Abholbereich der Fluggäste. Mein Auto war mir scheißegal. Es war möglich, dass ich es nach dieser Aktion verkaufen musste, weil ich nicht wusste, ob ich das Fahrzeug jemals wieder für zuverlässig oder sicher halten würde.

Es waren eine Menge Leute in der Nähe und die Flughafen-Security befand sich gerade am Ende des Terminals. Ich könnte schreien und die Leute würden zu mir gerannt kommen. Aber ich konnte es nicht tun. Niemand würde irgendetwas von dem glauben, das ich sagte, und außerdem war es nicht so, als könnte die Polizei mehr tun, als einen Bericht zu erstellen. Aufgeschlitzte Reifen waren nichts, wegen dem jemand verhaftet wurde, und keiner der Männer hatte irgendetwas Illegales getan. Mir Angst einzujagen, war nicht illegal. Es war auch nicht so, als könnte ich einen von ihnen identifizieren. Selbst wenn es Aufnahmen der Sicherheitskameras gäbe, würde es keine Rolle spielen.

Aufgeschlitzte Reifen würden Cam nicht zurück ins Gefängnis schicken oder diese Männer davon abhalten, mich woanders zu erwischen. Sie wussten von meinem

Apartment, aber nach dem zu schließen, was sie gesagt hatten, waren sie dort nicht reingekommen. Wenn die Mutter des einen Typen irgendetwas zu sagen hatte, dann würde ihr Sohn den Rest des Tages nicht mehr draußen sein und Frauen verängstigen. Er wäre zu beschäftigt damit, Eierpunsch zu trinken und Truthahn zu essen. Ich musste davon ausgehen, dass ich in meinem Apartment in Sicherheit sein würde, oder vielleicht sollte ich einfach in den nächsten Flieger zurück nach Heathrow steigen.

Mein Herzschlag hatte sich nicht beruhigt. Ich sah mich um, hektische und eifrige Reisende hasteten umher. Familien mit kleinen Kindern, Geschäftsleute auf dem Weg zu ihrem Zuhause. Zuhause. Ich hatte kaum ein Zuhause. Ich hatte meine Kartons nicht ausgepackt, vielleicht weil ich unbewusst darauf gewartet hatte, dass so etwas passieren würde, und um mich daran zu erinnern, dass ich nicht bleiben würde, dass ich nie in der Lage sein würde, mich irgendwo niederzulassen.

Mit zitternden Fingern bestellte ich mir ein Auto und wartete.

Ich war taub. Ich spürte den kalten Wind nicht. Ich spürte nichts. Darin war ich gut. Ich hatte jede Menge Zeit gehabt, den Akt zu perfektionieren, meine Emotionen zu nehmen und sie in eine abgeschlossene Box zu stecken, ehe ich den Schlüssel wegwarf.

Ich sah mich erneut um. Ich war von Leuten umringt, aber ich war so verdammt allein. Ich hatte niemanden. Meine Eltern wählten Cam. Ich hatte meine Freunde, aber ich konnte sie nicht in diese Sache ziehen. Und ich würde sie nicht an Weihnachten anrufen. Ich hatte Reed. Oder? Mein Herz schlug schneller bei dem Gedanken an ihn, aber ich realisierte, dass ich ihn nicht haben konnte. Auf keinen Fall.

Nicht, solange diese Männer hinter mir her waren. Wenn sie wüssten, dass ich auf Reed stand, wenn sie uns zusammen sähen, würden sie ihm wehtun. Ihn benutzen, um mich in die Finger zu kriegen. Und das hier waren nur die verdammten Schlägertypen. Gott, wenn Cam von Reed erfuhr? Er war verzweifelt. Was würde *er* tun, jetzt da er frei war? Wenn *er* von Reed wüsste… mir wurde schlecht bei dem Gedanken. Cam wäre rücksichtslos und grausam, genau so wie immer.

Die Männer, die mich im Aufzug angegriffen hatten, hatten zwei Jahre auf ihre Bezahlung von Cam gewartet, und er würde alles Erdenkliche tun, um am Leben zu bleiben. Er hatte mich ihnen einmal gegeben und ich wusste, dass er es wieder tun würde.

Ich musste Reed gehen lassen. Das würde nicht schwer sein. Wir waren ohnehin nie richtig zusammen gewesen. Nur ein emotionaler Moment meinerseits. Auf seinem Schoß zu sitzen, um einen Orgasmus zu erhalten, war etwas, das Teenager taten. Es war schnell. Bedeutungslos. Und die Telefonanrufe und SMS? Das Sexting? Eine Schwärmerei. Nicht mehr.

Ich wollte das alles glauben, aber es war alles Schwachsinn. Schwachsinn, damit mein Herz nicht so sehr wehtun würde, wenn ich realisierte, dass ich mich irgendwie in ihn verliebt hatte. Ich dachte an Reeds Gesicht, die eindringlichen blauen Augen, das selten aufblitzende Lächeln. Die groben Hände, dennoch sanften Berührungen. Ich schluckte den Tränenkloß, der in meiner Kehle steckte.

Ich würde den Job in London annehmen. Sie hatten ihn mir erneut angeboten, während ich dort gewesen war. Es würde leicht sein. Meine Sachen waren alle gepackt. Mein Koffer, sogar mein Apartment. Ich müsste mich nur mit der Personalabteilung an der Universität auseinandersetzen. Ich könnte alles über die Bühne bringen, noch bevor das nächste Semester anfing. Ich wäre in Sicherheit. Niemand könnte mich erreichen, wenn ein Ozean im Weg war. Nicht einmal Reed. Ich musste mich nur von ihm fernhalten, bis ich wieder umzog.

Kinderleicht.

Ich hatte nur keinen blassen Schimmer, wie ich das tun würde.

17

EED

Ich wachte zur üblichen Zeit vor der Morgendämmerung auf, obwohl ich meinen Wecker ausgeschaltet hatte, damit ich ausschlafen konnte. Ausnahmsweise. Fröhliche Weihnachten an mich. Anstatt aus dem Bett zu rollen, rollte ich mich herum.

Vier Stunden später war das Apartment hell, obwohl dicke, graue Wolken am Himmel hingen. Indem ich einen Arm ausstreckte, schnappte ich mir mein Handy, das neben dem Bett lag, und schaute nach einer Nachricht von Harper.

Nichts. Seufzend fuhr ich mit einer Hand über mein Gesicht und wischte den Schlaf sowie den Frust weg.

Ich war so was von in sie verliebt. Fuck, diese Frau hatte mich um ihren kleinen Finger gewickelt. Und ich wollte um ihren Finger gewickelt sein. Ich wollte *sie*. Wo zum Henker war sie und warum beantwortete sie meine verdammten Nachrichten nicht? Gestern hatte sie überhaupt nicht geantwortet. Und heute war Weihnachten, verdammt. Das sah ihr nicht ähnlich. Nicht in letzter Zeit. Ich hatte sie dazu gebracht, sich zu öffnen. Zur Hölle, ich hatte sie zum Sexten gebracht.

Sie hatte sich geweigert, Telefonsex zu haben, was in Ordnung war, auch wenn meine Eier anderer Meinung waren. Mir war die dämliche Idee gekommen, stattdessen zu sexten. Dafür war sie zu haben gewesen. Ich hatte nicht ihr leises Keuchen gehört, bevor sie gekommen war, oder wie sie vielleicht meinen Namen geschrien hatte, aber es war besser gewesen als nichts. Sie wusste, dass ich im Bett verdammt herrisch war, oder auch in SMS, und es hatte ihr gefallen.

Für Fern-Sexting war es zahm gewesen. Zur Hölle, sie hatte noch ihr verfluchtes Höschen angehabt. Ich hatte ihr nur gesagt, dass sie sich zum Höhepunkt bringen sollte. Das war alles gewesen. Ich hatte keinen Dirty Talk benutzt, hatte ihr nicht gesagt, was ich mit ihr tun würde, wenn ich sie erst einmal in die Finger kriegte. Nichts davon.

Harper war keine Jungfrau, aber mir gegenüber hatte sie sich unschuldig verhalten. Als hätte zwar schon jemand zuvor ihren Körper gehabt, aber sie würde mir mehr geben. Alles von sich.

Sie wusste, wie ich über uns... das hier dachte, wusste, dass es besonders war. Ich hatte das Wort sogar benutzt. Dennoch rief sie mich nicht an. Der Flug war nicht so lang. Das letzte Mal, als wir miteinander telefoniert hatten, hatte sie *bald* gesagt. Wir würden ein kleines Gespräch über die Definition des beschissenen Bald führen müssen.

Ich stieg aus dem Bett und ging ins Bad, wo ich meine Zähne putzte, während ich über das nachdachte, was sie mir erzählt hatte. Dass sie ihre Jungfräulichkeit mit dreizehn verloren hatte. Ich spuckte ins Waschbecken und spülte es weg. Verdammte Vergewaltigung.

Ich fischte mir einige Sportkleider aus dem Wäschekorb und zog sie an. Ließ mich auf mein Bett fallen, um die Schnürsenkel meiner Laufschuhe zu binden. Es spielte keine Rolle, dass Weihnachten war. Ich hatte in zwei Wochen einen Kampf und musste joggen. Vor allem, wenn ich später Emorys Kartoffelbrei essen würde. Und Kürbiskuchen.

Ich zog meine Mütze an, steckte die Kopfhörer in meine Ohren, startete meine Musik und lief los. Fünf Meilen später waren meine Beine müde und ich schwitzte, obwohl es Minustemperaturen hatte. Ich entfernte meinen Hut und Jacke und ging in die Küche, um ein Wasser zu trinken und mir etwas Zeit zum Abkühlen zu gönnen, bevor ich duschen ging. Es machte keinen Sinn, sofort zu duschen, denn ich würde noch immer schwitzen, wenn ich fertig war, und müsste dann gleich wieder unter die Dusche steigen.

Während ich mir ein Glas aus dem Küchenschrank holte, hörte ich laufendes Wasser. Nicht so laut, als käme es aus meinem Bad, sondern durch die Wände. Gelegentlich hörte ich es, die Rohre, die von Grays Apartment kamen verliefen hinter der Zentralwand. Das Gebäude war zwar solide gebaut, aber wenn ich aufpasste, war es bemerkbar. Wie jetzt. Ich ging davon aus, dass Gray mit Emory im Bett geblieben war und den ruhigen Weihnachtsmorgen mit seinem Mädel genossen hatte. Das ließ mich an Harper denken. Wenn sie hier und in meinem Bett wäre, würde ich es auf keinen Fall für nichts in der Welt verlassen. Vor allem nicht für einen Fünf-Meilen-Lauf.

Von Grays und Emorys Apartment nahm ich die Treppe nach unten. Es war zwar nur ein Stockwerk, aber ich hatte das Gefühl, dass die fünfzehn Stufen oder so dabei helfen könnten, die drei Stücke Kürbiskuchen und das Pfund Kartoffelbrei abzutrainieren. Ich hatte seit einer Weile nicht mehr so viel gegessen und war nicht nur vollgefressen, sondern auch schläfrig. Ich hatte mir das karierte Flanellhemd, das Emory mir besorgt hatte, über meine Schulter geworfen. Es war von ihr und Gray, aber ich hatte in letzter Zeit den Großteil meiner wachen Stunden mit Gray verbracht und wusste, dass er nicht einmal in die Nähe des Shoppingzentrums gekommen war, um es auszusuchen.

In dem Betontreppenhaus zu stehen, rief nur Gedanken an Harper in mir hervor. Wo sie war, was sie machte. Vielleicht war sie zu ihren Eltern gegangen, hatte Heiligabend mit ihnen verbracht und war dortgeblieben. Ihr Auto stand nicht auf dem Parkplatz – ich hatte wie ein beschissener Stalker nachgeschaut. Ich zog mein Handy aus meiner Tasche und scrollte zu ihrem Namen. Rief an. Ich trat hinaus in den Gang des ersten Stocks und schnappte mir den Schlüssel von der langen Kette, die um meinen Hals hing, um meine Tür zu öffnen. Ich hörte ein schwaches Klingeln, aber es kam nicht aus meinem Apartment. Ich hatte kein Festnetztelefon. Es kam aus Harpers Apartment. Ich blickte zu ihrer Tür und lief zu dieser. Ich schaute auf mein Handy und sah, dass es noch klingelte, sie aber nicht ranging. Ich beendete den Anruf.

Das Klingeln stoppte. Ich drückte abermals auf ihren Namen. Ich hörte erneut das Klingeln. Ich klopfte an die Tür. Wartete.

„Harper", sagte ich und klopfte noch mal.

Nichts.

Ich rief sie ein drittes Mal an. Das Klingeln erklang wieder.

Ich hämmerte lauter gegen die Tür. „Harper. Mach die Tür auf."

Ich begann, durchzudrehen, da ich mir alle möglichen Horrorszenarien ausmalte. Sie war in der Dusche hingefallen und hatte sich den Kopf angeschlagen. Sie hatte sich die Grippe eingefangen und war zu krank, um an die Tür zu gehen. Auf keinen Fall würde ich das hier einfach ignorieren. Ich musste wissen, dass es ihr gut ging.

„Harper!" Ich machte eine Faust und hämmerte damit gegen die Tür. „Ich höre dein Handy klingeln. Lass mich rein oder ich gehe hoch zu Gray, um den Schlüssel zu holen."

Ich hörte zuerst, wie das Schloss gedreht wurde, dann öffnete sie die Tür.

Mein Herz ließ sich wieder an seinem rechtmäßigen Ort nieder. „Meine Fresse, du hast mir eine Heidenangst eingejagt", sagte ich, ohne sie richtig anzuschauen, aber als ich ihrem Blick begegnete, trat ich in ihr Apartment, womit ich sie zwang, nach hinten zu treten.

Ich runzelte die Stirn. Sie hielt die Tür umklammert und geöffnet, benutzte sie als Schild zwischen uns.

„Was ist los?", fragte ich. Ich wollte sie packen und in meine Arme ziehen, aber das letzte Mal, als ich das getan hatte, hatte sie auf meinem Schoß geschluchzt. Natürlich hatte ich sie auch zum Kommen gebracht, weshalb ich jetzt hin und her gerissen war. Ich wollte das noch einmal tun, aber anstatt wütend zu sein, wie sie das beim letzten Mal gewesen war, sah sie... furchtbar mitgenommen aus. Ihre Haare, die normalerweise glatt und lang nach unten fielen, waren zu einem schlampigen Dutt nach oben gebunden. Sie trug kein Makeup und dunkle Flecken prangten unter ihren umwerfenden Augen. Es war zwar Dezember und alle in Colorado waren momentan bleich, aber sie sah kränklich aus.

Sie räusperte sich. „Nichts."

„Bist du krank?", fragte ich und streckte meine Hand aus, um ihre Stirn zu berühren, aber sie trat zurück und zog die Tür mit sich. Ich sah mehr von dem Gang als von ihr. Ich konnte ein kleines Stück von einem alten Pullover und pinke, karierte Flanellschlafanzughosen sehen. Ihre Füße steckten in dicken Socken. Es war das am wenigsten sexy Outfit, das ich mir an einer Frau vorstellen konnte. Jede ihrer Kurven war unter den dicken Schichten verborgen, aber für mich sah sie heiß aus. Es weckte in mir nur den Wunsch, sie auszupacken, um zu sehen, was sich darunter befand.

Sie schüttelte den Kopf, woraufhin lose Haarsträhnen um ihren Kopf wirbelten.

„Wann bist du zurückgekommen?"

„Heute Morgen." Ihre Stimme war flach.

„Ich dachte, du wärst vielleicht bei deinen Eltern oder so etwas."

„Nein."

Ich runzelte die Stirn.

„Warum hast du mir nicht Bescheid gesagt, dass du zu Hause bist? Ich war nur oben bei Gray und Emory. Du hättest dich uns anschließen können."

„Ich war müde von der Reise."

„Warum kommst du nicht rüber zu meinem Apartment? Ich habe nicht viel, aber ich kann dir etwas Toast und Tee machen. Das kann ich nicht anbrennen."

Sie lächelte nicht einmal über meine beschissenen Kochkünste.

„Wir können zusammen ein Nickerchen machen." Die

Vorstellung, in mein Bett zu steigen und sie in meine Arme zu ziehen, klang himmlisch. Wenn wir dabei nackt wären, umso besser.

„Nein. Es ist am besten, wenn du gehst."

Ich machte einen Schritt auf sie zu, aber sie hielt eine Hand hoch und ich stoppte. Das Letzte, das ich wollte, war sie zu verschrecken.

„Bitte." Mir entging ihr panischer Tonfall nicht, die Wildheit in ihren Augen.

Ich blickte in ihr Apartment. Es sah aus, als hätte sie keinen ihrer Kartons oder Möbelstücke angerührt, seit die Umzugshelfer sie hier abgestellt hatten, als sie eingezogen war. Es hingen keine Fotos an den Wänden, keine Lampen waren entzündet, um die zunehmende Dunkelheit draußen zu bekämpfen. Sie war fort gewesen, aber ich sah nicht einmal einen Fernseher.

„Du wirst Weihnachten einfach allein verbringen?" Ich hatte den Nachmittag mit Gray und Emory und ihrem Sohn Chris genossen. Sogar ihr alter Nachbar Simon war gekommen, um Football zu schauen und zu essen. Sie waren mir mehr eine Familie als jegliche Blutsverwandten, die ich jemals gehabt hatte. Aber Harper so zu sehen, während sie irgendetwas belastete und sie allein war, machte mich sauer. Nicht auf sie, aber sie sollte nicht allein sein. Niemand sollte an Weihnachten allein sein.

„Ja."

Ich schüttelte den Kopf. „Prinzessin, das kann ich nicht zulassen. Komm rüber, okay? Außerdem habe ich ein Geschenk für dich."

Es war nicht viel, etwas wirklich Albernes, aber ich konnte ihr auch nicht einfach nichts besorgen.

Jetzt schüttelte sie den Kopf noch heftiger. „Nein. Ich

werde schlafen. Wir sind hier sieben Stunden voraus und ich bin seit einer Ewigkeit auf den Beinen."

„Das ist es nicht." Das war es nicht.

Sie presste die Lippen zu einem schmalen Strich zusammen.

„Nach all den Anrufen, den SMS, wirst du mich einfach ausschließen?"

Ich beobachtete ihre Kehle, während sie schluckte und heftig blinzelte. Über meine Schulter blickte. Überallhin nur nicht zu mir. „Du solltest gehen. Ich... ich nehme eine Stelle in London an. Es wäre am besten, wenn wir es jetzt... beenden."

Ich fühlte mich, als wäre mir mit einem fiesen Seitentritt in den Magen getreten worden.

„Es?"

„Unsere", sie räusperte sich, „Freundschaft."

„Das denkst du, dass das hier ist?" Ich bemühte mich, mit ruhiger Stimme zu sprechen, aber es war verdammt schwer. Ich wollte ihr keine Angst machen, aber ich vibrierte beinahe vor Frust. „Eine einfache Freundschaft?"

Ich konnte es in ihren Augen sehen und wusste, dass sie eigentlich auf einer Wellenlänge mit mir war, aber irgendetwas war im Busch.

„Hat dir jemand wehgetan?"

Sie wandte den Blick ab. Nicht wie zuvor, als ihre Augen durch den Raum gehuscht waren. Sie drehte den Kopf zur Seite und sperrte mich aus.

„Harper. Was zum Henker ist passiert?" Yeah, ich hatte nicht vorgehabt, zu fluchen, aber wenn ich sie anfasste, würde sie vielleicht ausflippen. Ich musste meinem Frust irgendwie Luft machen, als würde ich allmählich die Luft aus einem prallen Luftballon ablassen, damit er nicht platzte. Jemand hatte ihr wehgetan, aber sie wollte es nicht sagen. „Erzähl es mir."

„Nein. Du musst gehen."

Mein Blick glitt über sie, aber die einzige Haut, die ich sehen konnte war ihr Gesicht und Hals, ihre Hände. „Hat dich jemand angefasst? Professor Ellbogen-Flicken?"

„Nein!", sagte sie, die Stimme endlich voller Leben. Es war Zorn, aber es war auch noch etwas anderes.

Ich holte tief Luft und stieß sie aus. „Jemand hat dir in England wehgetan und du wirst dort drüben einen Job annehmen?"

Die Vorstellung, dass sie wieder zurück über den Ozean ging, weckte den Wunsch in mir, die beschissene Tür auszureißen und Harper in meine Arme zu ziehen, damit sie spüren konnte, wie es sein könnte, wenn wir im gleichen Raum waren. Wenn sie an mich gepresst war, könnte sie hören, dass mein Herz unkontrolliert schlug.

„So ist es nicht."

„Dann erzähl es mir."

Ich beobachtete, wie sich ihr Griff um den Türgriff anspannte, als wäre er das Einzige, das sie davon abhielt, zu mir zu kommen. „Nein. Du musst gehen. Danke, dass... du für mich da warst. Ich werde dich nicht mehr belästigen."

„Mich belästigen? Du denkst, du *belästigst* mich?", ächzte ich, fuhr mit einer Hand durch meine Haare und trat zu ihr.

Sie deutete auf den Gang. „Geh."

Die Kontrolle entglitt ihr allmählich. Ich konnte es sehen. Irgendwie kannte ich jede kleine Nuance von ihr, selbst wenn sie eine verdammte Backsteinmauer hochzog. Mit rasiermesserscharfem Draht darauf.

„Na schön. Ich gehe, aber das hier ist nicht vorbei."

Ich trat in den Gang und versuchte, mir etwas einfallen zulassen, dass ich sagen könnte, damit sie sich mir öffnete, damit sie mir erzählte, was zum Teufel los war. Sie hob endlich ihren Blick zu meinem. Dort sah ich Schmerz. Verzweiflung. Verlangen. Sehnsucht.

Es war in ihren Augen und in meinem Herzen. Ich hatte mich ihr geöffnet, jemandem, und sie zog diese Scheiße ab. Fuck nein. Sie war der erste Mensch, zu dem ich eine Verbindung gefunden hatte, der mir wichtig war, und sie schloss mich aus? Ich wollte, dass das hier funktionierte. Brauchte es, dass es funktionierte, denn ich brauchte sie. Zur Hölle, dass sie mich jetzt zurückwies, fühlte sich schlimmer an, als jegliche Prügel, die ich je eingesteckt hatte, egal ob im Ring oder in einer dunklen Gasse.

„Harper –"

Ich hob meine Hand, um nach ihr zu greifen, aber ich riss sie zurück, als sie mir die Tür vor der Nase zuknallte.

18

Harper

Ich weinte. Ich hatte gedacht, dass ich zuvor schon allein gewesen wäre, aber als ich Reed aus meinem Apartment ausgesperrt hatte, hatte es sich angefühlt, als hätte ich mehr als nur eine Tür zwischen uns geschlossen. Er hatte mir am Telefon erklärt, dass mehr an dieser... dieser Sache zwischen uns war. Er hatte zunächst nicht einmal eine Beziehung gewollt und dann hatte er seine Meinung geändert. Reed, der Mann, dem sich Nummerngirls an den Hals warfen, wollte mich. *Mich!* Irgendwie, obwohl ich auf der anderen Seite des Atlantiks gewesen war, hatte er seine Meinung geändert. Wollte etwas Reales.

Er war der erste Mann, der mich jemals für mehr als einen Quickie gewollt hatte, und ich hatte ihn von mir gestoßen. Alles nur wegen Cam. Ich konnte nicht riskieren, dass Reed wegen mir verletzt wurde. Ich könnte nicht mit mir leben, sollte ihm etwas zustoßen. Ich *könnte* mit dem

Wissen leben, dass er in Sicherheit war. Geradeso. Ich hatte mich gegen die Tür gelehnt, um sicherzustellen, dass ich sie nicht aufriss und zu Reed rannte, mich bei ihm entschuldigte und in seine Arme sprang. Ich rutschte auf den Boden, saß dort und weinte einfach nur. Weinte wie ich das getan hatte, als ich vor zwei Jahren aus dem Aufzug entkommen war.

Ich hatte Reed gesagt, dass ich nicht weinte, dass keine Tränen mehr übrig waren. Ich hatte mich geirrt. So sehr geirrt.

Mein Handy klingelte erneut. Ich schaute auf, denn ich wusste, dass es auf einem kleinen Tisch neben der Tür lag. Verräter. Reed hatte es gehört und deswegen gewusst, dass ich zu Hause war. Mein Herz machte bei der Vorstellung, dass es Reed war, einen Satz, weshalb ich mich auf die Füße rappelte, um es zu holen.

Er war es nicht. Irgendeine örtliche Nummer, die ich nicht kannte. Ich drückte auf Ignorieren, dann scrollte ich durch die verpassten Anrufe. Neun Stück. Drei waren vor einer kleinen Weile von Reed gemacht worden, aber davor waren noch mehr.

Cam. Und er hatte nicht an Weihnachten angerufen, um mir fröhliche Weihnachten zu wünschen.

Er musste es sein. Da die Typen am Flughafen gesagt hatten, dass ich Cam geben sollte, was er wollte, rief er mich jetzt an, damit er es an sich nehmen konnte. Vor allem jetzt, da er aus dem Gefängnis draußen war.

Das Klingeln stoppte. Aber er würde nicht stoppen. Cam würde nicht stoppen, bis er bekam, was er von mir wollte. Geld. Es ging ihm nur um das verdammte Geld. Ich könnte es ihm einfach geben und ihn zum Gehen zwingen. Aber das würde er nicht tun. Das würde er niemals tun. Er würde mich sein ganzes Leben lang benutzen.

Ich dachte darüber nach, was ich Reed erzählt hatte, über mein erstes Mal. Ich hatte nicht viel darüber nachgedacht, nicht bis ich die Worte laut ausgesprochen hatte. Ich erinnerte mich. Cam hatte mich seinem Freund gegeben. Für Sex. Ich fragte mich, ob Cam ihm auch etwas geschuldet hatte und ich die Bezahlung gewesen war. Sogar mit dreizehn.

Ich rieb über meine Arme, da sich Kälte über mich legte. Cam hatte mich verkauft, genauso wie er es vor zwei Jahren getan hatte. Reed hatte das sofort erkannt, aber ich nicht. Vielleicht hatte ich es verdrängt, es zu weniger gemacht, als es gewesen war, um meine Psyche zu retten. Aber das war jetzt fort. *Alles* war jetzt fort.

Irgendwie krabbelte ich ins Bett und zog mir die Decke über den Kopf. Suhlte mich in meinem Elend. Weinte noch ein bisschen mehr. Dunkelheit legte sich über das Apartment, aber ich hatte Angst, das Licht anzuschalten, weil ich mir Sorgen machte, dass die Typen vom Flughafen draußen waren, hochschauten und mich vielleicht überrumpeln wollten. An irgendeinem Punkt schlief ich ein. Ich träumte nicht, regte mich nicht einmal, vielleicht dank des Jetlags. Obgleich ich tief und fest geschlafen hatte, wachte ich vor fünf Uhr auf, hellwach. Die Zeitumstellung setzte mir zu und ich wusste, dass sie das noch mehrere Tage lang tun würde. Es war noch dunkel und ich hatte noch immer Angst, mein Licht anzuschalten.

Zwischen den Semestern gab es keine Arbeit zu erledigen. Keine Hausarbeiten zu benoten, keine Meetings zu besuchen. Ich konnte nicht einmal zur Personalabteilung gehen und kündigen. Sämtliche Büros waren bis nach Neujahr geschlossen. Ich dachte an Reed, der gerade eine Wand entfernt war. Fragte mich, was er wohl über mich dachte. Wie sollte ich ihm gegenübertreten? In dem Wissen, dass er mehr wollte und ich lügen müsste, damit er mich hasste und ich ihn mir vom Leib halten konnte. Wenn mich diese Schlägertypen mit ihm sahen... ich erschauderte bei dem Gedanken daran, was sie tun könnten.

Ich musste etwas tun oder ich würde vollkommen verrückt werden. Ich würde den Verstand verlieren. Schlimmer, ich würde noch mehr weinen. Indem ich mir einige Sportkleider von dem Haufen auf dem Boden schnappte, zog ich mich an und schlüpfte in meine Laufschuhe. Ohne zu Reeds Apartmenttür zu schauen, rannte ich die Fluchttreppe nach unten und zum Studio. Der Rezeptionist sah auf, als ich reinkam. Er fuhr gerade den Computer hoch, denn sie hatten erst um fünf Uhr aufgemacht. Da der frühe Morgen nicht meine übliche Trainingszeit war, hatte ich ihn noch nie zuvor gesehen. Ich stellte mich vor, schnappte mir ein Handtuch und ging hinüber zu der Reihe Laufbänder. Ich steckte meine Kopfhörer in die Ohren, stellte das Programm ein und begann, verlor mich in dem Rhythmus der Musik, dem Tempo meiner Füße, die auf das sich bewegende Band trommelten.

Gray trat vorsichtig in mein Sichtfeld, als wolle er mich nicht erschrecken. Er war zum Trainieren gekleidet. Draußen. Laufhosen, ein Fleecepullover, eine Mütze anstatt seines Stetson. Nichts davon verbarg seine Kämpferstatur oder die Stunden, die er damit verbrachte, an der Seite seiner Kunden zu trainieren. Mit Reed. Seine hellen Augen begegneten meinen und er wartete geduldig, dass ich meine Kopfhörer aus den Ohren zog und auf die Knöpfe drückte, um die Geschwindigkeit des Laufbands zu verlangsamen.

„Wir gehen draußen joggen. Schließ dich uns an."

Ich blickte über meine Schulter. Einige Leute trainierten an den Maschinen im Studio. Ich konnte einen Yogakurs in dem Privatraum sehen, bei dem alle im Schneidersitz dasaßen, die Rücken nach rechts verdreht. Aber mich interessierte nichts davon, als meine Augen auf Reed landeten. Ich stolperte fast bei seinem Anblick. Er war ebenfalls passend für das Wetter gekleidet und lehnte an der Rezeption.

„Mir geht's hier prima", sagte ich. Ich war aufgewärmt und meine Haut feucht von Schweiß.

Er schüttelte den Kopf. „Wir brauchen dich, damit du das Tempo festlegst. Uns an unsere Grenzen bringst. Drei Meilen." Er schenkte mir ein leichtes Lächeln. „Du kannst das, ohne auch nur ins Schnaufen zu geraten."

Er blickte hinab auf das Display auf meinem Laufband. Ich folgte seinem Blick und sah, dass ich bereits fast drei Meilen gejoggt war.

So wie er mich ansah, hatte ich das Gefühl, als könnte ich nicht ablehnen. Als wäre ich einer seiner Kunden. Das war ich nicht. Weit davon entfernt. Ich rannte vor einem Kampf davon. Wie ich Reed erzählt hatte, rannte ich vor allem davon. Ich hatte mit Gray noch nicht viel geredet, ihn nur letzten Monat mit Emory kennengelernt, um das Apartment zu besichtigen und den Mietvertrag zu unterschreiben. Und dann Pizza mit ihnen und Reed.

„Bitte. Reeds Gesellschaft ist langweilig."

Er mochte damit versucht haben, mir ein Lächeln zu entlocken, aber es funktionierte nicht. Ich drückte auf den Beenden-Knopf und die Maschine stoppte. Ich packte die Griffe, um das Gleichgewicht zu halten.

Ich trat vom Band, fuhr mit einer Hand über mein verschwitztes Gesicht und folgte Gray dorthin, wo Reed stand, die eisblauen Augen allein auf mich fokussiert. Er sah so gut aus und ich konnte nicht fassen, dass er mich wollte. Er war sich auch nur allzu gut bewusst, wie verkorkst ich war, und dennoch rannte er nicht davon. Nein, er war ein Kämpfer. Ich sah es an den rauen Händen, den breiten

Schultern, dem kräftigen Kiefer. Dennoch wusste ich, was darunter lag. Ich fühlte mich, als hätte er übers Telefon mehr mit mir geteilt, als er das vielleicht jemals bei jemandem getan hatte. Vielleicht sogar mehr als bei Gray.

Ich wollte zu ihm rennen, hoffen, dass er seine Arme für mich öffnete, und mich von ihm halten lassen. Hoffen, dass er mich nie gehen lassen würde. Gott, es war so schwer, sich ihm zu erwehren. Ich wollte ihn, brauchte ihn, obwohl ich erst so kurze Zeit mit ihm zusammen gewesen war. Wir hatten miteinander geredet, getextet und gesextet, während ich fort gewesen war, aber dass wir gemeinsam im gleichen Zimmer gewesen waren? Weniger als zwei Stunden vielleicht. Dennoch wusste ich, dass ich auch mehr wollte.

Aber es sollte nicht sein. Ich war recht zuversichtlich, dass 05:30 Uhr zu früh für die beiden Typen vom Flughafen oder auch für Cam war, um mich zu belästigen, aber das hieß nicht, dass sie es nicht tun würden, wenn sie ihren Kaffee gehabt hatten. Wir stoppten vor Reed und er musterte mich mit einer ruhigen Intensität von Kopf bis Fuß, die den Wunsch in mir weckte, mich zu winden. Gray blieb schweigend neben ihm stehen. Reed packte nur den Saum seines langärmligen Fleece, zog ihn sich über den Kopf und reichte ihn mir.

Es war das zweite Mal, dass er für meine Behaglichkeit sorgte, als wir nach draußen gingen, und ich nahm den Pullover, streifte ihn über. Er war noch warm von seinem Körper und roch nach ihm. Ich widerstand dem Drang, den Kragen zu packen und über meine Nase zu stülpen, um ihn einzuatmen. Genau wie beim letzten Mal rollte er schweigend die Ärmel hoch. Sein Blick schweifte von seiner Aufgabe ab, um meinem zu begegnen. Ich hatte beinahe vergessen, dass Gray auch da war, als wir zu den Türen liefen, die zum Parkplatz führten.

Reed zog seine Mütze ab und setzte sie mir selbst auf den Kopf. Scheinbar zufrieden, nahm er die Kopfhörer, die jetzt aus dem Kragen seines T-Shirts baumelten, und steckte sie sich in die Ohren. Er redete nicht mit mir. Ich machte ihm daraus keinen Vorwurf, aber mit der Musik in den Ohren war er auch nicht in der Lage oder bereit, irgendetwas von dem zu hören, das ich zu sagen hatte.

Wir gingen nach draußen, wobei mir Reed die Tür aufhielt. Ich atmete die kalte Luft tief ein und stieß sie wieder aus. Sie fühlte sich gut auf meiner erhitzten Haut an, aber ich war froh um die Mütze und den Fleecepullover. Ich wagte einen Blick zu ihm. Er beobachtete mich nach wie vor, aber es hätte auch ein ganzer Ozean zwischen uns liegen können an Stelle der zwei Schritte.

„Bist du mit unseren üblichen drei Meilen einverstanden?", fragte Gray, der in seine gekrümmten Finger pustete.

„Klar", erwiderte ich. Meine Beine waren gelockert, geschmeidig und ich war noch lange nicht fertig.

„Gib uns ein paar Minuten zum Aufwärmen, dann leg das Tempo fest. Wir müssen etwas von dem Kuchen abtrainieren."

Bei der Erwähnung des Weihnachtsessens blickte ich erneut zu Reed, doch er ließ seinen Blick über den Parkplatz schweifen.

Gray begann, zu joggen. Ich steckte mir die Kopfhörer in die Ohren und schloss mich ihm an. Reed rannte an meine andere Seite, sodass ich von beiden flankiert wurde, während wir auf den Gehweg liefen. Ich folgte Gray, als er um Ecken bog, wobei ich mir Reed neben mir sehr bewusst war, aber beschleunigte die Geschwindigkeit erst, als er mir signalisierte, dass ich es tun sollte. Erst da verfiel ich in meinen üblichen Rhythmus, schaltete mein Gehirn aus und vergaß Reed. Vergaß alles. Der stete Beat der Musik in meinen Ohren half mir, das Tempo zu halten. Die Männer hielten mit mir mit, während wir joggten, sodass wir den Lauf gemeinsam vor dem Studio beendeten, gerade als ein Hauch von Farbe in den Himmel trat. Anstatt nach drinnen zu gehen, lief ich im Kreis über den Parkplatz und fuhr fort, mich zu bewegen. Ich war außer Atem, aber nicht fertig. Nein, das Tempo, die frische Luft und vor allem Reed neben mir, hatten nur dafür gesorgt, dass ich mich danach sehnte, weiterzumachen. Die drei Meilen hatten nur bewiesen, dass ich meinen Problemen nicht davonrennen konnte, selbst wenn ich nicht auf dem Laufband war.

Als Gray etwas zu mir sagte, zog ich die Kopfhörer aus meinen Ohren. „Du bist noch nicht fertig, was?"

Seine Haut war von der Kälte und dem Lauf ganz rot, seine dunklen Bartstoppeln stellten einen starken Kontrast dar. Er atmete schwer, aber rang nicht nach Luft.

„Ich werde einfach wieder auf das Laufband gehen", sagte ich und schaute zum Himmel hoch.

Er hielt seine Hand hoch. „Warte."

Ich beobachtete, wie er ins Studio ging.

Reed stand einige Schritte entfernt mit den Händen in den Hüften da. Die Kopfhörer baumelten aus seinem Kragen. Ich konnte seine abgehackte Atmung hören, den Schweiß auf seinem T-Shirt sehen. Er hatte gesagt, dass er nicht gerne joggte, und es war offensichtlich, dass die Geschwindigkeit schneller gewesen war, als er es gewöhnt war. Ich könnte keine drei Minuten bei einer Runde mit einem Kämpfer durchhalten. Auf keinen Fall. Er sah ein bisschen so aus wie damals, als ich ihm zum ersten Mal begegnet war. Verschwitzt und müde von einem Workout. Dann hatte er mich erschreckt und ich hatte so weit, wie ich gekonnt hatte, von ihm weggewollt. Jetzt hatte ich keine

Angst vor ihm. Ich wollte ihn mit einer Sehnsucht, die mich dazu veranlasste, mir die Hand auf die Brust zu legen.

Ich wollte ihm sagen, dass ich gelogen hatte, dass ich mit ihm zusammen sein wollte. Es war nicht vorbei. Ich wusste nicht, wie es vorbei sein konnte, aber er würde mir jetzt niemals glauben.

„Renn mit Carter und Paul." Grays Worte brachten mich dazu, den Kopf zu drehen. Zwei Männer, denen ich noch nie zuvor begegnet war, kamen hinter Gray aus der Tür, aber ich trainierte normalerweise auch nicht morgens. Sie waren schlank und muskulös, eindeutig fit und verbrachten jede Menge Zeit im Fitnessstudio.

„Hi", sagte ich.

Einer hob seine Hand zu einer Art Winken, der andere nickte.

„Sie sind zwei meiner Jungs und brauchen dein schnelles Tempo. Mach die gleiche Runde. Hast du sie noch im Kopf?"

Ich nickte und zog Reeds Mütze von meinem Kopf.

Gray trat zurück. „Gut. Wir sehen uns in ungefähr... zweiundzwanzig Minuten."

Carter und Paul schauten zu Gray, als würde er in Bezug auf die etwas knapp über sieben Minuten pro Meile scherzen, aber als er einem von ihnen auf den Rücken schlug – ich wusste nicht, wer wer war – beäugten sie mich misstrauisch.

„Wenn du dann noch mal drei Meilen brauchst, ich habe noch zwei Männer, die mit dir joggen werden."

„Bis dahin wird es hell sein, ich werde zurechtkommen." Sie hatten bereits genug getan.

Reed verschränkte die Arme vor der Brust, als würde er sich auf eine Diskussion bereitmachen, doch Gray erwiderte: „Nein. Ich würde mich wohler fühlen, wenn du

Gesellschaft hättest. Außerdem brauchen meine Jungs das härtere Workout."

Ich blickte zwischen den vier Männern hin und her. Keiner sagte auch nur ein Wort, am auffälligsten war das bei Reed. Seine Miene hatte sich in der vergangenen halben Stunde kein einziges Mal verändert, aber ich hatte so ein Gefühl, dass er mich wieder nach drinnen scheuchen wollte. Paul und Carter schienen auf Befehle von Gray zu warten, hochgewachsene Wachen, die ihn flankierten. Ich fühlte mich, als hätte ich wechselnde Bodyguards, aber es gab nichts, das ich deswegen unternehmen konnte. Alle vier waren groß, massiv und ich wusste, dass sie kämpfen konnten, weshalb niemand seine Hand gegen mich erheben würde.

Aber Reed zu sehen, sorgte dafür, dass ich bereit war, noch mehr zu joggen in dem Versuch, alles zu verdrängen, einschließlich ihn. Ich drehte mich um und lief vom Parkplatz, die neuen Typen blieben mir dicht auf den Fersen. Wenn sie einen Schubs brauchten, würde ich sie schubsen. Außerdem würde ich mich nur besser fühlen, wenn ich gar nichts fühlte.

19

EED

„Ich kann heute Abend nicht mitmachen. Meine Beine bringen mich um", informierte ich Seth, der den BJJ-Kurs leitete. Er steckte in seinem weißen Gi sowie schwarzen Gürtel und stand vor der Tür zu dem Raum. Dieser war von einer Wand zur anderen mit Matten ausgelegt, da der Kurs komplett auf dem Boden stattfand, außer er brachte den Kunden Takedowns bei. Und in diesem Fall bestand keine Chance, dass ich eine Stunde lang aufstehen und wieder zu Boden gehen könnte.

„Hab gehört, du hattest einen gnadenlosen Trainer." Er sprach nicht von Gray, denn dann hätte er nicht gegrinst. Der Arschtritt, den Harper heute Morgen einigen von uns im übertragenen Sinn verpasst hatte, hatte sich bereits im Studio herumgesprochen. Seth war ungefähr fünf Jahre älter als ich, irgendein Technikfreak und kannte sich mit der Materie aus, wenn es um Brasilianisches Jiu-Jitsu ging. Er war kein Kämpfer und hatte kein Interesse an MMA, auch wenn er, meines Wissens nach, an speziellen BJJ-Wettkämpfen teilnahm.

Wenn ich an Harper dachte, dachte ich nicht an gnadenlos, aber das Tempo, das sie auf unserem Drei-Meilen-Lauf vorgelegt hatte, war schneller gewesen, als ich es mochte. Zur Hölle, ich hatte nach dem ersten Block jede einzelne Minute davon gehasst. Aber ich hatte keinerlei Absicht gehegt, ihre Seite zu verlassen. Der einzige Vorteil der über zwanzig Minuten reiner Lungenfolter hatte darin bestanden, dass ich ihren Körper hatte beobachten können. Dass ich hatte sehen können, wie sich ihre Beinmuskulatur zusammengezogen und pulsiert hatte, während sie die Distanz hinter sich gebracht hatte. Ihr Kinn war gereckt gewesen, die Arme an ihren Seiten. Sie war in ihrem Element und wie in Trance gewesen, ein Zustand, in den ich verfiel, sobald ich in den Ring trat. Nichts hätte sie gestoppt oder verlangsamt.

Als wir schließlich zum Parkplatz vor dem Gebäude zurückgekehrt waren, war ich praktisch bereit gewesen, zusammenzubrechen. Ich hatte bei ihr bleiben, in ihrer Nähe sein und herausfinden wollen, was zum Henker bei ihr los war, aber ich hätte auf keinen Fall weitere drei Meilen in ihrem Tempo durchgehalten. Sie war jedoch noch nicht fertig gewesen. Atemlos, ja, aber sie hatte die Entschlossenheit und Antrieb besessen, als hätte sie sich erst in Runde zwei von fünf Kampfrunden befunden. Gray hatte das gesehen und, dankenswerterweise, Paul und Carter gezwungen, als Nächstes mit ihr zu joggen.

Yeah, sie waren so kaputt gewesen wie ich, als sie zurückgekehrt waren. Bis dahin war die Sonne aufgegangen gewesen und Gray hatte Tom und Drew bereitgehalten, damit sie eine dritte Runde mit ihr gejoggt waren, auch wenn sie nicht ganz so erpicht darauf gewesen waren, nachdem sie uns vier bei unserer Rückkehr gesehen hatten. Aber sie waren mit ihr gegangen, weil alle taten, was Gray sagte, und es hatte bewiesen, dass wir alle ein beschissenes Durchhaltevermögen hatten.

„Sie hat es uns gezeigt", gestand ich.

„Was bist du gelaufen? Deine übliche Runde?"

„Drei Meilen."

Ein Schüler trat heran, schüttelte Seths Hand und ging in den Raum, um sich vor Kursbeginn zu dehnen.

„Wie weit ist sie am Ende gelaufen?", fragte er.

„Zwölf Meilen vielleicht." Nachdem sie fertig gewesen war, war sie förmlich zu der Treppe zu ihrem Apartment gesprintet und seitdem hatte ich sie nicht mehr gesehen. Ich hatte keine Ahnung, wo ihr Auto war, aber ich war den ganzen Tag im Studio gewesen – entweder hatte ich mit Gray trainiert oder mit meinen eigenen Kunden gearbeitet – und hatte sie nicht wieder rauskommen sehen.

Seth lächelte nur und schüttelte den Kopf in einer Mischung aus Verwunderung und Staunen über ihre Fähigkeiten. Ich trat von einem Bein auf das andere, da sie schmerzten. Ich fragte mich, ob ihre Beine so gummiartig waren wie meine und ob sie eine Massage ihrer Muskeln gebrauchen könnte. Mein Schwanz zuckte. Ich musste diesem Scheiß einen Riegel vorschieben.

Sie hatte gestern Abend mehr als deutlich gemacht, dass sie mit mir durch war, dass sie nicht mehr wollte. Sie war nicht begeistert davon gewesen; ihr Gesichtsausdruck hatte verraten, dass es sie gequält hatte. Dass sie sich diesbezüglich genauso beschissen fühlte wie ich, hätte eigentlich meine Stimmung heben sollen, doch das tat es nicht. Ich wollte, dass sie glücklich war. Vorzugsweise mit mir. Irgendetwas war im Busch und ich würde ihr Raum lassen.

Obwohl sie gesagt hatte, dass sie nach Großbritannien ziehen würde. Nein, sie *floh* nach Großbritannien. Ich musste nur herausfinden warum, bevor sie es tat.

„Hey, Reed." Ich drehte mich um und entdeckte Jack, der von der Rezeption zu mir kam. „Du wolltest doch, dass ich dir Bescheid gebe, wenn dieses Auto wieder dort draußen ist."

Ich sah über seine Schulter und zum Parkplatz. Ich war zu weit weg, um irgendetwas sehen zu können, aber die Autos parkten direkt vor dem Gebäude. Ich hatte gestern Nacht kaum geschlafen, war drei Meilen neben der Frau gesprintet, die ich wollte, aber nicht haben konnte, und jetzt das. Ich hatte mich beherrscht, hatte die Ruhe bewahrt, bis jetzt. Yeah, ich hatte sie zuvor in Ruhe gelassen, aber jetzt wollte ich ihnen die Köpfe abreißen. Ich konnte mich nicht um diesen Scheiß mit Harper kümmern und gleichzeitig auf den Kampf konzentrieren, vor allem nicht, wenn der Gegner versuchte, so einen Quatsch abzuziehen. Harper beschäftigte meinen Verstand mehr als jeder Scheiß, den mir Rodriguez entgegenschleudern könnte.

Gray klopfte gegen das Glas seines Bürofensters, womit er meine Aufmerksamkeit auf sich zog.

Er war am Telefon und gestikulierte, ich solle zu ihm kommen, doch ich winkte ab und marschierte schnurstracks nach draußen. Da waren sie ja.

Das gleiche Auto, die gleichen Arschlöcher von neulich. Als ich mich dieses Mal näherte, ließ der Fahrer sein Fenster runter. Ich stützte meinen Unterarm auf das Autodach und beugte mich nah zu ihnen.

„Was zum Henker will Rodriguez?", fragte ich. Ich hatte keine Zeit für diesen Quatsch, für sie. Aus dem Augenwinkel sah ich, dass Gray neben der Motorhaube stand sowie einige andere aus dem Studio.

Der Kerl machte ein finsteres Gesicht, dann lächelte er. Yeah, der saudämliche Goldzahn. „Wer zum Geier ist Rodriguez?"

Ich griff ins Auto, packte ihn am Kragen seiner Jacke und zog ihn halb durch das geöffnete Fenster. Da er nicht angeschnallt war, war das ein Kinderspiel.

„Hey Mann, was zum Geier?"

Carter trat um den Wagen, um sich neben die Beifahrertür zu stellen, womit er den anderen Typen am Aussteigen hinderte.

„Der Kampf ist in einigen Wochen. Ich würde sagen, es wird ein ausgeglichener Kampf werden. Sogar sauber. Was willst du von mir?"

Ich ballte meine Faust und zog ihn weiter nach draußen, sodass ich ihm praktisch ins Gesicht atmete.

„Ich will nichts von dir", spuckte er aus. „Scheiße, warum sollte ich mich mit einem Kämpfer anlegen? Ich bin wegen dem Mädel hier."

Mein Gehirn schaltete sich eine Sekunde aus. Mädel?

„Wer?"

Ich sah, dass sich Gray anspannte, was praktisch unmöglich war, da er sich nie vor jemandem etwas anmerken ließ.

„Das Mädel. Die Professorin."

Mein Blut hätte mir bei dem, was er gesagt hatte, in den Andern gefrieren sollen, doch stattdessen rann es heiß durch meinen Körper. Dieses Gefühl, dieser Rotsehen-Zorn, es war lange her, seit ich mich zuletzt so gefühlt hatte, seit ich ein Teenager gewesen war. Seit ich meinen Vater ermordet hatte. Ich wollte, dass dieses Arschloch starb, allein weil er an Harper dachte.

Indem ich meinen Arm krümmte, zog ich ihn noch weiter durch das Fenster, bis er eingeklemmt war. „Rede.

Jetzt. Ich habe zuvor schon getötet und ich werde es verdammt noch mal wieder tun."

Seine Augen quollen aus den Höhlen und sein Gesicht nahm eine ekelerregende Lilafarbe an. „Mein Boss will sie", keuchte er.

„Warum?"

„Ihr Bruder."

„Dann sollte er ihrem Bruder nachstellen." Ich hatte keine Ahnung, wovon zum Henker er redete. Ich wusste lediglich, dass sie Harper auf gar keinen Fall in die Finger kriegen würden. Sie zu ihrem Boss bringen? Fuck, nein.

Er schüttelte den Kopf und versuchte, seinen Körper aus meinem Griff zu winden, um eine angenehmere Position zu finden, doch seine Arme waren in der Fensteröffnung an seine Seiten geklemmt. „Sie hat, was sie beide wollen. Sie haben es vor zwei Jahren versucht."

Ich ließ los und trat zurück. Eine Sekunde lang hing der Kerl im Fenster, doch dann begann er, sich zurück auf seinen Sitz zu winden. Als ich mich zu Gray drehte, beobachtete ich, wie Thor um mich trat, in den Wagen griff und die Schlüssel aus dem Schloss zog.

„Das war vorhin Quake Baker am Telefon. Hatte Infos für dich." Er neigte den Kopf zu den Typen im Auto. „Das Arschloch sagt die Wahrheit. Sie haben sie schon mal zu holen versucht."

Die Männer im Auto waren vergessen. Ich sah hoch zu Harpers Apartment im ersten Stock. Ich stürzte zu dem Gebäude und riss die Tür praktisch aus den Angeln, als ich die Lobby betrat. Ich zog meine Schlüsselkarte von meinem Hals, klatschte sie gegen den Sensor an der Wand und nahm dann zwei Stufen auf einmal. An Harpers Tür zu hämmern, erzielte keine Ergebnisse.

„Harper!"

Ich wartete und versuchte, zu Atem zu kommen. Erinnerte mich daran, was sie am Vortag an dieser Stelle zu mir gesagt hatte.

Es wäre am besten, wenn wir es jetzt beenden.

Sie hatte nicht gesagt, dass sie es beenden wollte. Sie hatte gesagt, dass es zum Besten wäre. Ich war zu wütend gewesen, um ihre Worte zu verarbeiten.

Ich hämmerte noch mehr an die Tür. „Mach die Tür auf, Prinzessin. Ich weiß, dass du dort drin bist."

Nichts.

„Ich weiß über deinen Bruder Bescheid." Das tat ich nicht, aber ich musste hoffen, dass er der Grund dafür war, dass sie mich ausgeschlossen hatte. Der Grund, dass sie Angst hatte.

Die Tür öffnete sich und ich ließ ihr keine Gelegenheit, mich erneut auszusperren. Ich trat einen Schritt auf sie zu, hob sie hoch, ohne langsamer zu werden, und trug sie durch den Raum.

„Reed!", kreischte sie.

Ich setzte sie nicht ab. Auf keinen verdammten Fall. Ich atmete ihren Geruch ein. Irgendein fruchtiges Shampoo und pure Harper. Ich spürte ihre schlanken Muskeln, ihre üppigen Kurven.

Ich sah mich um. „Hier gibt es keine Sitzgelegenheit", sagte ich frustriert.

„Ich habe noch nicht ausgepackt."

Das war offensichtlich und wies mich nur mit der Nase auf das, was sie gesagt hatte. Sie würde gehen, sie nahm den Job im Vereinigten Königreich an. Warum sollte sie auspacken?

„Warum ist es hier drin so dunkel?", fragte ich und ging zum Lichtschalter an der Wand.

„Nicht!", sagte sie und ihr Körper verspannte sich. Sie

packte mein Handgelenk, bevor ich den Schalter berühren konnte.

Ich erstarrte und schaute auf sie hinab. Sah die Panik in ihren Augen. Spürte die Wut, die durch mich strömte. „Du willst nicht, dass sie wissen, dass du hier bist, oder?"

Sie schüttelte den Kopf. Biss auf ihre Lippe.

Mit zusammengepressten Kiefern wirbelte ich herum und trug sie aus ihrem Apartment. Die Tür hatte sich nie hinter mir geschlossen.

„Ich kann laufen!"

Ich ignoriere sie und zog die Tür mit einer Hand hinter mir zu, während ich sie zu meinem Apartment trug, wo ich sie gerade so lange abstellte, dass ich aufschließen konnte. Nachdem ich sie zu meinem Sessel getragen hatte, setzte ich mich und platzierte sie auf meinem Schoß. Mit einem Arm um ihre Taille und ihren Kopf unter mein Kinn gelegt, hielt ich sie einfach nur fest.

Und atmete.

„Reed."

„Gib mir eine Minute", sagte ich und schloss die Augen.

Das hier. Das hier war es, was ich gewollt hatte. Nein, was ich gebraucht hatte. Seit sie letzte Woche auf meinem Schoß geweint hatte, hatte ich sie wieder hier in meinen Armen haben wollen. Sie war in Sicherheit. Ich wollte nicht reden. Ich wollte sie einfach nur halten, sie küssen, zur Hölle, in ihre süße Pussy sinken. Aber nein. Ich musste wissen, was los war, bevor wir nach vorne schauen konnten. Sie hatte sich mir zwar geöffnet, aber es gab noch eine Wagenladung Dinge, die sie nicht erwähnt hatte.

Ich seufzte und fühlte, wie ihre Wärme auf mich überging. „Erzähl mir von den Typen in dem Auto."

Sie versteifte sich, aber rührte sich nicht. „Sie sind hier?", flüsterte sie.

Ich schob sie gerade so weit von mir, dass ich meinen Kopf nach unten neigen und in ihre Augen blicken konnte. „Jetzt? Yeah. Und mehrere andere Male davor." Sie wandte den Blick ab und ich zog ihr Kinn sanft wieder zurück, sodass sie mich anschauen musste. „Wer sind sie?"

„Ich... ich will nicht darüber reden."

Ich schaute in ihre Augen, sah die Furcht, den Kummer. Ich wollte ihr das nehmen.

„Du willst nicht?"

„Kann nicht."

Ich strich mit meinem Daumen über die kleine Vertiefung in ihrem Kinn. „Warum?"

Sie seufzte und hob ihre Hand, um meinen Kiefer zu umfangen. Es war das erste Mal, dass sie mich berührte und den Kontakt initiierte, weil sie es wollte. Sie studierte mich so, wie ich es bei ihr getan hatte. „Ich will dir nicht wehtun."

Sie wollte mir nicht –

Da zerbrach irgendetwas in mir. Ich hatte jahrelang versucht, meiner Vergangenheit zwei Schritte voraus zu sein. Zuerst das Militär, dann das Training mit Gray. Ich hatte gekämpft und gekämpft, um dem zu entfliehen, was ich getan hatte, zu was ich geworden war. Im und außerhalb des Rings. Ich hatte all das getan, weil ich besser sein wollte als der Junge, um den sich meine Eltern einen feuchten Dreck geschert hatten. Ich hatte sogar gedacht, ich wäre verdammt gut darin gewesen, mich von all dem zu lösen.

Doch jetzt? Harpers Worte veränderten das alles. *Sie wollte mir nicht wehtun.* Wenn sie meine Vergangenheit kennen würde, wüsste, wozu ich fähig war, würde sie wissen, dass das unmöglich war. Ich konnte auf mich selbst aufpassen. Das hatte ich mein ganzes Leben lang getan. Aber jetzt wollte ich der Mann sein, den sie sah.

Irgendwie erkannte Harper etwas in mir, das ich nicht

sah. Das niemand sonst sah. Und das weckte den Wunsch in mir, ihr zu beweisen, dass sie nicht falsch lag, dass ich wirklich der Mann war, den sie in mir sah. Es gab nichts auf der Welt, das mich daran hindern würde, sie zu küssen. Mein Mund begegnete ihrem und eine Sekunde war sie verblüfft. Genauso wie ich. Es war besser, als ich es mir vorgestellt hatte. Besser als meine Fantasien, die mich nachts wachgehalten hatten. Ihre Lippen waren so weich, allein sie auf meinen zu spüren, brachte mich zum Stöhnen. Ich umfing ihren Hinterkopf und hielt sie sachte fest. Ehrfürchtig.

Das hier.

Fuck, *das hier*. Ich küsste sie auf ihren geschlossenen Mund, lernte jede Biegung und Kurve von einem Winkel zum anderen kennen, streckte meine Zunge aus, um zu lecken und zu schmecken. Als sie sich für mich öffnete, hielt ich mich nicht zurück. Ich nahm, aber ich gab auch. Fuck, das hier war, wonach ich mich gesehnt hatte, seit dem Moment, in dem ich sie gesehen hatte. All die Zeit hatte ich gewusst, dass sie tausende Meilen entfernt gewesen war und ich sie nicht hatte anfassen können. Ich hatte diese Angst zerstreuen wollen, sogar die vor einem beschissenen Aufzug, und jetzt zerstreute ich sie. Solange sie auf meinem verfluchten Schoß saß, würde alles gut werden.

Sie wimmerte und begann, auf meinem Schoß hin und her zu rutschen. Es bestand keine Chance, dass ihr entgehen würde, wie hart ich war. Ich wollte sie. Schmerzte buchstäblich vor Verlangen, in ihr zu sein, aber es war nicht der richtige Zeitpunkt. Wenn ich sie für mich beanspruchte, wollte ich, dass ihre Gedanken allein mir galten. Zur Hölle, ich wollte, dass sie gar nichts dachte.

Ich wich zurück, aber hielt ihren Kopf fest, musterte ihre langen, dunklen Wimpern, die wie Fächer auf ihrer blassen

Haut lagen. Ihre Augen öffneten sich langsam und begegneten meinen.

„Hey", murmelte ich.

Sie schenkte mir ein kleines Lächeln – dieses Mal war es aufrichtig. Ich liebte es, wie sich ihre Wangen röteten, und ihre Augen hatten jeglichen Ausdruck von Furcht verloren.

„Diese... Sache zwischen uns?" Ich glitt mit meinem Daumen über ihre Wange. „Es ist meine Aufgabe, dich zu beschützen. So funktioniert es. Du gibst mir deine Probleme und ich kümmere mich um sie."

Sie leckte sich über die Lippen und ich unterdrückte ein Stöhnen. „Einfach so?"

„Einfach so. Sehe ich etwa aus, als wäre ich nicht stark genug, um auf dich aufzupassen?" Ihr Blick wanderte über mich und sie schüttelte den Kopf, wodurch ihre seidigen Haare über meine Finger glitten. „Erzähl es mir."

Sie sah nach unten, aber davon wollte ich nichts wissen. Ich hob sie spielendleicht hoch, sodass sie rittlings auf mir saß. Doch dieses Mal trug sie eine schwarze Yogahose und einen dicken Hoodie. Meine Hände legten sich auf ihre Hüften und hielten sie fest, aber meine Daumen streichelten über ihre angespannten Muskeln. Sie würde mir nicht länger aus dem Weg gehen.

„Hübsche, erzähl es mir."

„Ich habe dir von meinem Bruder erzählt, zumindest ein bisschen am Telefon."

Ich würde nicht vergessen, was er getan hatte, dass er sie seinem Freund zum Vögeln gegeben hatte.

„Er steckte immer in irgendwelchen Schwierigkeiten. Er schummelte in der Schule, als er ein Kind war. Ein Glücksspielring in der Highschool. Er ging auf drei verschiedene Privatschulen, bevor er seinen Abschluss machte, weil er immer wieder rausgeworfen wurde. Er ging in einem anderen Staat aufs College, weshalb ich nicht viel von dem weiß, was er dort tat, aber ich bin mir sicher, es war eine Menge der gleichen Dinge. Nur schlimmer."

Ich beobachtete, wie ihre Kehle arbeitete, als sie schluckte.

„Vor zwei Jahren ließ er sich auf diesen Typen ein. Er schuldete ihm haufenweise Geld." Ihre dunklen Augen begegneten meinen... dann sank ihr Blick... dann hob sie ihr Kinn, sodass sie mir direkt in die Augen sah. „Ich war auf einer Familienhochzeit. Ein entfernter Cousin. Eines der Hotels im Stadtzentrum von Denver. Ich war gerade am Gehen und auf dem Weg zu meinem Auto in der Tiefgarage. Cam war dort mit einigen Männern, aber ich ignorierte sie. Ich... ich mag meinen Bruder nicht, also hielt ich mich immer von ihm fern."

Ich sagte nichts und strengte mich mit aller Macht an, ihre Hüften nicht zu packen. Ich hatte eine Ahnung, was als Nächstes kommen würde, und auch wenn ich es nicht hören und nicht wissen wollte, was ihr zugestoßen war, musste es rauskommen. Wie ein verdammter Splitter unter der Haut.

„Die Männer – nicht Cam – gingen in den Aufzug mit mir. Sie stoppten ihn zwischen den Stockwerken und... kamen auf mich zu. Sagten, sie würden mich als Bezahlung zu ihrem Boss bringen, aber sie würden mich vorher ausprobieren." Bei diesen Worten wurden ihre Augen glasig, als würde sie gedanklich zu diesem Moment zurückreisen. „Ich... ich geriet natürlich in Panik. Dem, der mich angefasst hatte, rammte ich das Knie in den Schritt. Er ließ los, fiel zu Boden. Der andere Kerl packte mich und ich wehrte mich gegen ihn. Er zerriss mein Kleid. An das, was danach passierte, erinnere ich mich nur verschwommen, aber ich rammte meinen Stiletto auf seinen Fuß. Das setzte ihn gerade so lange außer Gefecht, dass ich auf den Knopf drücken konnte, damit sich der Aufzug wieder in Bewegung setzte. Ich drückte auf sämtliche Knöpfe und die Tür öffnete sich. Bis dahin hatte mich einer von ihnen und ich fiel hin. Ich schrie, trat um mich und entkam. Die Türen schlossen sich und ich befand mich auf der Tiefgaragenetage des Parkdienstes und sie fuhren weiter nach unten. Leute waren dort und ich erhielt Hilfe."

Fuck. Kein Wunder, dass sie Angst vor Aufzügen hatte und das erste Mal, als sie mich gesehen hatte, ausgerastet war.

Sie holte tief Luft, nachdem das alles aus ihr geströmt war. „Die Männer sind davongekommen."

„Und dein Bruder?" Ich streichelte mit meinem Daumen über ihre Wange.

„Als ich der Polizei erzählte, was passiert war, dass mein Bruder dahintersteckte, schalteten sich meine Eltern ein. Befreiten ihn von den Anklagepunkten, indem sie behaupteten, ich wäre freiwillig mit den Männern mitgegangen."

Mein Daumen erstarrte und ich konnte nichts dagegen tun, dass meine Finger ihre Hüfte umklammerten. „Deine Eltern sagten das? Sie wählten deinen Bruder anstatt dich?"

Sie nickte. Ihre Haare waren zerzaust, als hätte sie an irgendeinem Punkt mit feuchten Haaren geschlafen, aber ich wollte sie berühren, weshalb ich eine Strähne hinter ihr Ohr steckte. „Das haben sie immer getan."

„Du bist an Weihnachten nach Hause geflogen, weil..."

Sie biss auf ihre Lippe. „Weil ich es allein verbracht habe. Auf dem Flug haben sie immerhin kostenlose Drinks verteilt."

„Hübsche", sagte ich und zog das Wort mit einem Seufzen in die Länge. Ich zog ihren Kopf zu mir, sodass sich unsere Stirnen berührten. Ich konnte ihre Hitze und ihren

Atem spüren. „Du hättest bloß zu mir kommen müssen. Ich habe auf dich gewartet."

Sie wich zurück und ihre Augen waren vor Furcht wieder weit aufgerissen. „Das ist es doch. Ich sollte nicht hier sein. Sie werden dir wehtun."

Ich kam nicht umhin, meine Augenbrauen hochzuziehen. „Die Typen auf dem Parkplatz?"

„Sie sagten, dass sie hier gewesen seien, aber ich hatte einfach gehofft, dass sie Mist verzapften. Ich hatte gehofft, dass sie aufgeben würden, wenn ich das Licht nicht einschaltete und mich versteckte."

Ich runzelte die Stirn. „Du hast das Licht nicht eingeschaltet?"

Sie nickte. „Ich wollte nicht, dass sie wissen, dass ich zu Hause bin – sie könnten versuchen, in das Apartment einzubrechen."

Das war alles so abgefuckt. Vor allem da sie dachte, sie wäre mit dieser Sache allein. Würde sich allein mit diesen Arschlöchern auseinandersetzen müssen.

Mein Verstand grübelte über alles nach, das sie erzählt hatte. „Warte. Was meinst du damit, sie sagten, dass sie hier gewesen wären? Du hast mit ihnen geredet?"

Jetzt wandte sie den Blick ab. „Sie warteten am Flughafen auf mich. Sie... sie hatten meine Reifen aufgeschlitzt."

Ich wusste, dass die Männer inzwischen längst vom Parkplatz verschwunden waren, dafür hatten Gray und die anderen gesorgt, aber ich wollte sie aufspüren und töten, weil sie Harper so übel mitgespielt hatten. Es schien, als müsste ich erstmal eine Liste erstellen, wem ich wehtun musste. Ihrem Bruder, ihren Eltern. Diesen Arschlöchern, die ihre Reifen aufgeschlitzt hatten.

„Warum jetzt? Wenn sie vor zwei Jahren damit davongekommen sind, warum sind sie zurück?"

„Cam. Er ist aus dem Gefängnis raus."

„Ich dachte, deine Eltern hätten dafür gesorgt, dass er von der Mittäterschaft an deinem Angriff freigesprochen wurde." Ich blaffte die letzten Worte.

„Das wurde er, aber eine Woche später, nachdem er freigesprochen worden war, wurde er wegen Drogenbesitz mit der Absicht, sie zu verkaufen, verhaftet. Meine Eltern... nun, mein Dad, der ein Anwalt ist, konnte die Anklage auf ein geringfügiges Vergehen senken. Cam blieb nichts anderes übrig, als zwei Jahre abzusitzen."

„Und?"

„Und jetzt ist er draußen. Aber diese Männer? Sie haben nie das Geld erhalten, das Cam ihnen schuldete, bevor er ins Gefängnis ging."

Ich konnte nicht anders, als ein finsteres Gesicht zu machen. Als ich gedacht hatte, sie hätte ein paar Probleme, hatte ich keine Ahnung gehabt, dass es so etwas war. Und sie wollte mich wieder von sich stoßen. „Okay, aber warum sind sie hinter dir her? Warum haben sie nicht auf deinen Bruder gewartet, als er aus den Gefängnistoren spazierte?"

„Weil sie wissen, dass er das Geld nicht hat. Er hat ihnen wahrscheinlich erzählt, dass ich es habe, damit er selbst am Leben bleibt."

Damit er am Leben blieb und damit seine Schwester den Ärger abkriegte. Das verdammte Arschloch.

„Hast du das Geld?" Ich war so verwirrt. Warum zur Hölle war sie in das Ganze verwickelt? Dieser Schlamassel sollte eigentlich nur zwischen einem Kredithai und Cameron Lane geregelt werden.

„Ja."

Ich hob sie so weit hoch, dass ich unter ihr wegrutschen und sie umdrehen konnte, sodass sie in meinem Sessel saß und ich hin und her tigern konnte.

„Du hast Geld, das Cam braucht, um seine Schulden abzubezahlen? Seine zwei Jahre alten Schulden?"

Sie nickte und zog ihre Füße unter sich.

Ich fuhr mit einer Hand über meinen Nacken. „Wann hast du zuletzt mit ihm geredet?"

Sie sah aus, als würde sie gedanklich durch ihren Kalender blättern. „Tatsächlich war das, kurz bevor ich dir begegnet bin. Der Aufzugpanikanfall. Er hatte mich angerufen und ich war aufgebracht, beschloss, es mir von der Seele zu rennen."

Yeah, ich konnte jetzt nachvollziehen, warum sie gerne die Angst verbrannte und warum sie Marathons laufen konnte.

„Wie ich schon sagte, ist er nur noch am Leben, weil ich das Geld habe, zumindest nehme ich das an. Wenn sie ihn im Gefängnis umgebracht hätten, hätten sie das Geld nie bekommen. Ich schätze, sie sind geduldig, oder sie erwarten eine Menge Zinsen, aber jetzt da er draußen ist, wollen sie es."

„Und Cam?"

„Seit dem Anruf habe ich nicht mehr mit ihm geredet, aber er hat Nachrichten hinterlassen, getextet. Mir gesagt, dass ich es ihm geben soll."

„Ich nehme an, das hast du nicht getan." Wenn sie es getan hätte, hätten sie sie in Ruhe gelassen. Keine Flughafenbesuche. Keine aufgeschlitzten Reifen. Keine Parkplatzüberwachung.

Sie ließ den Kopf nach hinten gegen meinen Sessel fallen und schloss die Augen. „Dieses Geld? Es ist Schweigegeld von meinen Eltern. Meine *Bezahlung* für mein Aufzugerlebnis. Cam weiß, dass sie es mir gaben, und sagte mir, zumindest das letzte Mal, als ich mit ihm telefonierte, dass ich es ihm schuldete. Ich hätte es allein ihm zu verdanken, dass ich es habe, und ich sollte einen Teil davon mit ihm teilen."

Ich stoppte direkt vor ihr, beugte mich nach unten und legte meine Hände auf die Armlehnen, sodass wir uns auf Augenhöhe befanden. „Deine Eltern gaben dir Geld, damit du die Anklage gegen deinen Bruder fallen lässt, weil er dich einem verdammten Kredithai und seinen... seinen Schlägertypen als Bezahlung überlassen hat?"

Ich wusste, dass meine Stimme laut war, dass ich meinen Ärger nicht mehr verbergen konnte, aber sie hatte keine Angst vor mir. Nein, sie umfing erneut meinen verfluchten Kiefer. „Jetzt habe ich das Geld, um Cam vor diesen Männern zu retten."

Meine Augen weiteten sich, denn ich ging vom Schlimmsten aus. „Du wirst es ihm nicht geben, oder?"

„Und Cam unterstützen, wie es meine Eltern tun? Nein. Dieses Geld ist besudelt." Sie schüttelte den Kopf. „Ich werde es nicht anrühren. Ich würde lieber nach Großbritannien ziehen, als irgendetwas damit zu tun zu haben."

„Du wirst dich ohne Licht in deinem Apartment verstecken, bis es an der Zeit für den Umzug ist?" Auf diese Worte hin errötete sie. „Ich dachte, du hättest gesagt, du hättest es satt, davonzulaufen."

Ihr Kinn reckte sich. „Das habe ich auch, aber jedes Mal, wenn ich versuche, mein Leben weiterzuleben, werden die Dinge wieder durcheinandergeworfen. Denkst du, ich wollte diesen Männern gegeben werden? Denkst du, ich will, dass mich meine Eltern anrufen und mir erzählen, dass ich zu einer Party kommen soll, um Cams Entlassung aus dem Gefängnis zu feiern? Denkst du, ich will einen Bruder wie ihn haben?"

Sie machte Anstalten, aufzustehen, und ich ließ sie

gehen. Sie begann, hin und her zu tigern. Ich beobachtete, wie sie wütend wurde.

Endlich. Das war es, was ich wollte. Harper wütend. Stinksauer. So wütend, dass sie sich ihrem Bruder stellte, ihren Eltern, diesen Scheißkerlen, die sie angegriffen hatten, anstatt wegzulaufen.

„Denkst du, ich will, dass meine Reifen aufgeschlitzt werden? Dass Cam anruft und mir droht? Ich will das nicht. Ich will nichts davon."

Als sie auf einer ihrer Runden an mir vorbeilief, packte ich ihren Arm und stoppte sie. „Was willst du?"

Ihr Blick sank auf meinen Mund. „Dich, aber ich kann dich nicht haben."

Hoffnung ersetzte all die Wut. Mein Herz machte einen Satz, nicht aus Panik oder Sorge, sondern wegen etwas anderem. Etwas Neuem. Etwas... Reinem. Sie wollte mich. Ich konnte mir das Grinsen nicht verkneifen.

Ich legte meine Hände auf meine Brust. „Ich bin hier. Ich bin ganz dein."

Ihr Blick sank erneut auf meinen Mund, dann sah ich, wie Enttäuschung in ihre Augen trat, als sie sich von mir abwandte. „Weißt du, was diese Männer tun werden?"

„Deswegen hast du mich gestern von dir gestoßen. Du hast Angst, dass mir diese Typen wehtun werden."

Sie nickte. „Wenn sie herausfinden, dass wir... zusammen sind, dann werden sie dir als Druckmittel für das Geld wehtun. Ich will nicht, dass sie irgendjemand anderen als mich sehen."

Ich schloss die Augen und öffnete sie langsam wieder. Ich nahm ihre Hand, hob sie erneut an meine Wange und hielt sie dort fest. Ihre Haut war so warm und ich schien zu hoffen, dass ihre Gutheit auf mich überging.

„Ich bin ein professioneller Kämpfer. Schau mich an.

Hältst du wirklich so wenig von mir und denkst, dass ich dich und mich nicht beschützen kann? Was ist mit dir?", fragte ich mich. „Hast du keine Angst?"

Sie schenkte mir ein trauriges Lächeln. „Angst? Ich habe seit zwei Jahren Angst. Die einzige Zeit, in der ich keine Angst habe, ist, wenn ich bei dir bin."

20

Harper

Ich musterte die dunklen Stoppeln auf seinem Kiefer, die gebogenen Muskeln seiner definierten Schultern unter seinem T-Shirt, die breite Brust, schmale Taille. Er trug dunkle Sportshorts und Laufschuhe. Er war nicht verschwitzt wie nach einem Workout; sein sauberer Geruch war berauschend. Genauso wie das intensive Versprechen in seinen Augen. Ich legte meine Hände auf seine Arme, spürte die gewölbten Muskeln seiner Bizepse und glitt diese hinab zu den sehnigen Unterarmen, um meine Finger mit seinen zu verschränken.

Ich war aufgebracht, angespannt, verärgert. Reed hatte mich zum Reden gebracht und gezwungen, ihm die Wahrheit zu erzählen. Die ganze Wahrheit. Und er war trotzdem noch hier. Er war stark. Stark genug für uns beide. Und dennoch hob er unsere ineinander verflochtenen Hände an seine Lippen und strich einen Kuss auf meine Knöchel. Ich spürte ihn wie einen Blitz knisternder Elektrizität in meinem ganzen Körper. Stark, dennoch sanft. Er war anders als alle, die ich jemals kennengelernt hatte.

„Ich will auch nur dich", murmelte er.

„Aber du kriegst nicht nur mich. Du kennst meine Probleme, Reed. Das ist der Grund dafür, dass ich dich von mir gestoßen habe."

„Warum wir keinen Telefonsex hatten?", fragte er und sein Mundwinkel bog sich nach oben.

Ich konnte mir das Lächeln, das mir seine neckenden Worte entlockten, nicht verkneifen. „Ich... ich will dich, aber –"

Während unsere Hände ineinander verschränkt waren, brachte er mich mit einem Kuss zum Schweigen. Als er seinen Kopf hob, rieb er mit seiner Nase über meine. „Gerade jetzt gibt es kein Aber. Nur uns. Du bist bei mir. Du bist in Sicherheit."

Ich seufzte und nickte, meine Nase glitt über seine Wange, die Bartstoppeln dort waren kitzlig, dennoch weich. Der eine drängende Kuss, den er mir jetzt gab, reichte nicht. Er war direkt vor mir, berührte mich und unser Atem vermischte sich, aber ich brauchte mehr. Indem ich meinen Kopf leicht drehte, trafen sich unsere Münder. Ich zögerte für den Bruchteil einer Sekunde, ein hauchzarter Gedanke, dass Reed vielleicht gar nicht mehr wollte, huschte durch mein Gehirn, aber wurde vollkommen ausgelöscht, als er meine Hände fallen ließ, mich an sich zog und eine Hand nach unten gleiten ließ, um meinen Hintern zu packen, während die andere meinen Hinterkopf umfing.

Er übernahm die Kontrolle und dominierte den Kuss. Und mich. Es fühlte sich so gut an, gehalten zu werden, als dürstete ich nach Kontakt. Das tat ich tatsächlich auch. Nach *echtem* Kontakt. Ausnahmsweise hielt ich mich nicht zurück und öffnete mich für ihn, ließ seine Zunge in meinen Mund tauchen und meine finden. Er erkundete mich, einen köstlichen Zungenschlag nach dem anderen. Ich wimmerte, meine Haut wurde heiß, ich entspannte mich, jede angespannte Faser in meinem Körper krümmte sich und verschwamm.

Ich hatte gar nicht bemerkt, dass wir uns bewegt hatten, bis Reed sich von mir löste und sich in seinen Sessel fallen ließ, aber einen Arm um meine Schulter liegen ließ, sodass sein Gesicht auf einer Höhe mit meinen vom Hoodie verhüllten Brüsten war. Er sah mir nicht in die Augen, während er meinen Hoodie meinen Körper hochschob. Ich hob meine Arme, um ihm dabei zu helfen, dann sah ich aus dem Augenwinkel, wie er ihn auf den Boden fallen ließ.

„Du hast zu viele Kleider an", sagte er, seine Stimme ein frustriertes Knurren, als er mein T-Shirt und Yogahose musterte.

„Genauso wie du."

Seine Augen weiteten sich vor Begehren. Mit einem weiteren kleinen Lächeln griff er hinter seinen Hals, zerrte an seinem Shirt und ließ es auf meinen Hoodie fallen.

„Gefällt dir, was du siehst?", fragte er. Erst da realisierte ich, dass ich ihn anglotzte. Sein Körper war straff und muskulös. Die Schultern rund, der Hals zur Seite geneigt. Eine Ansammlung Haare befand sich auf seiner Brust, die sich hinab zu seinem Bauchnabel verjüngte. Die eight-pack Bauchmuskeln waren unmöglich zu übersehen. Aber es waren die Tattoos, das, welches sich um seinen Oberarm wand und seine Schulter hinab, bis gerade oberhalb der flachen, dunklen Scheibe seines rechten Nippels, die mich dazu veranlassten, meine Hand auszustrecken. Meine Finger schwebten in der Luft, da ich nicht wusste, ob ich ihn anfassen sollte.

Doch als er meine Hand packte und meine Handfläche an seine heiße Haut drückte, stöhnte er und ich keuchte. Als ich meine Hand nicht bewegte, tat er es für mich und zog sie über jeden perfekten, wie gemeißelten Zentimeter seines Oberkörpers. Erst als ich verstand, was er wollte, schlossen sich seine Augen und seine Hand fiel in seinen Schoß.

Oh ja. Kompletter Zugang, Reeds Körper zu berühren und zu studieren? Jetzt war ich es, die stöhnte. Zumindest sabberte. Seine Lippen waren feucht und rot, seine Nasenlöcher blähten sich, während er einatmete, und seine Hände umklammerten seine Knie, als würde er versuchen, mich nicht zu packen.

„Harper", sagte er, was sich beinahe anhörte, als würde mein Name seiner Kehle entrissen. Als er seine blauen Augen aufschlug, sah er mich mit einem Verlangen an, das so intensiv war, dass es mir den Atem raubte.

Zwei Finger packten den Saum meines T-Shirts und ich spürte die raue Berührung seiner Fingerspitzen auf der nackten Haut meines Bauches. Ich packte seine Hand und stoppte seine Finger, obwohl, wenn ich richtig darüber nachdachte, dann bewegte er sie gar nicht. Meine Augen begegneten seinen und urplötzlich fühlte ich mich verletzlich.

Aber er verdiente die Wahrheit. „Ich... ich habe noch nie zuvor einem Mann erlaubt, mich zu sehen."

Er runzelte die Stirn und eine tiefe Falte formte sich dort. „Aber du hast –"

„Ich hatte Sex, ja, aber es war immer schnell und in bekleidetem Zustand." Ich zog meine Unterlippe zwischen meine Zähne. „Oder es wurde nur ausgezogen, was nötig war. Also... yeah."

Ich seufzte, als Reed seine Hand fallen ließ.

„So ist es zwischen uns aber nicht, oder?", hakte er nach.

Ich schüttelte den Kopf und schob die Haare, die sich aus meinem Dutt gelöst hatten, hinter mein Ohr.

„Ich werde nicht nehmen, was du nicht zu geben gewillt bist", sagte er. „Aber ich will alles von dir. Ich will dich sehen, dich berühren. Dich in meinem Bett haben. Ich will nichts zwischen uns haben, nicht einmal Kleider."

Seine Stimme war ruhig, fest. Ich könnte zurücktreten, wenn ich das wollte. Ich könnte stoppen, was wir gerade taten. Aber nach der letzten Woche war die Distanz verschwunden. Die Geheimnisse waren fort. Alles, das uns trennte, mit Ausnahme unserer Kleidung war fort. Er sah mich bereits. Sogar die dunkelsten Stellen in mir.

„Du musst dich nicht vor mir verstecken, aber nur wenn du bereit dazu bist. Wenn es nicht das –"

Ich riss mir das T-Shirt über den Kopf und ließ es zu Boden fallen, aber dieser kurze Anflug von Mut verflog, weshalb ich meine Arme verschränkte.

Ich begegnete Reeds Blick. Er wandte ihn nicht ab, blickte nicht tiefer. „Hübsche", sagte er.

Ich liebte es, dass er mich so nannte, aber bis jetzt hatte ich nicht gedacht, dass er es auch ernst meinte. „Du schaust ja nicht einmal."

Er schüttelte langsam den Kopf, ergriff sanft meine Handgelenke, die sich unterhalb meines Halses befanden, löste sie aus ihrer Haltung und senkte sie an meine Seiten. „Das muss ich auch nicht."

Ich stand in meinem BH und schwarzen Leggings vor ihm. Ich sollte zittern, aber mir war alles andere als kalt.

Endlich... endlich senkte sich sein Blick und ich beobachtete sein Gesicht, beobachtete, wie sich sein Kiefer anspannte und seine hellen Augen zu einem stürmischen Meeresblau verdunkelten. „Trägst du das für gewöhnlich unter diesen Professorinnen-Kleidern?"

Er hob seine Hand und fuhr nur mit seiner Fingerspitze den Saum meines hellrosa BHs nach. Er bestand aus einem feinen, durchscheinenden Netzmaterial, sodass nichts versteckt war. Ich musste nicht nach unten schauen, um zu wissen, dass meine Brustwarzen hart waren.

„Außer wenn ich jogge, aber yeah. Ich... ich mag Dessous."

Ich hatte eine ganze Schublade voll davon. Niemand hatte jemals auch nur ein Stück davon gesehen. Bis jetzt.

Er grunzte, während sein Finger von der Rundung eines Busens zu dem Tal zwischen ihnen und über den anderen glitt. Meine Brüste waren nicht sonderlich groß, ein volles B-Körbchen, aber für Reed schien das völlig in Ordnung zu sein.

Seine Berührung glitt meinen Bauch hinab zum Bund meiner Leggings. „Trägst du ein passendes Höschen dazu?" Sein Blick huschte hoch zu meinem und ich hatte das Gefühl, dass er weinen würde, wenn ich die falsche Antwort gäbe. Ich nickte und er schenkte mir ein verruchtes Grinsen. „Zeigst du es mir?"

Ich konnte diesem Lächeln nicht widerstehen. Es wurde nur selten verschenkt und es fühlte sich gut an, zu wissen, dass ich ihn glücklich machen konnte. Er wollte mich, wollte mich nur in meinem hauchdünnen BH und Höschen sehen und mehr, aber er ließ mich nach wie vor entscheiden. Das Tempo bestimmen.

Ich kletterte von seinem Schoß und stellte mich vor ihn. Mit den Händen auf den Hüften wand ich mich aus meinen Leggings und schob zugleich meine Socken von den Füßen. Als ich wieder aufstand, betrachtete er mich ausgiebig, wobei sein bohrender Blick über jeden Zentimeter von mir wanderte. Ich fühlte mich entblößt, verletzlich, aber zur selben Zeit wertgeschätzt.

Indem er sich auf dem Sessel nach vorne lehnte, legten sich seine Arme wie Stahlbänder um mich und zogen mich an sich, sodass seine Wange zwischen meinen Brüsten ruhte, seine Hände in meinem Kreuz, doch seine Finger neigten sich nach unten auf die Kurve meines Hinterns. Meine Hände flogen zu seinen Schultern. Seine heiße Haut auf meiner zu spüren, brachte mich zum Keuchen. Seine Lippen strichen über die innere Kurve eines meiner Busen, bevor er sich gerade so weit zurückzog, dass er anfangen konnte, mich zu küssen. Die untere Kurve meiner Brüste, über meinen Bauch, meinen Bauchnabel und darum herum. Er berührte meine Nippel kein einziges Mal und ich wurde ungeduldig. Hibbelig. Erregt. Sein Mund war heiß, leidenschaftlich und zärtlich zugleich. Kleine Zungenschläge verteilten Hitze in meinem Körper und dann Kühle, als er meine Haut feucht machte. Ich hatte keinen blassen Schimmer, wann ich meine Finger in seine Haare schob und begann, ihn näher an mich zu drücken, aber das Wimmern seines Namens veranlasste ihn dazu, den Kopf zu heben.

„Ja?", fragte er. In seinen Augen lagen solch verheißungsvolle Versprechen, ein solch intensives Verlangen, dass ich nur eine Antwort geben konnte.

„Ja."

Die Arme nach wie vor um mich geschlungen, stand er auf und hob mich hoch, ehe er mich in sein Schlafzimmer trug. Er schien mich gerne herumzutragen. Das machte die Unterschiede zwischen uns so offenkundig. Ich war nicht kleingewachsen, aber ich fühlte mich klein und weiblich in seinen kräftigen Armen. Er legte mich auf das Bett und senkte sich, sodass er über mir schwebte, wobei er sein Gewicht mit seiner Hand neben meinem Kopf von mir stemmte.

Das Licht war nicht angeschaltet, weshalb das Zimmer in ein sanftes gelbliches Leuchten aus dem anderen Raum getaucht wurde. Ich konnte Reed deutlich sehen, aber Teile seines Gesichts lagen im Schatten. Es war erst eine Woche her und wir hatten nur wenige Stunden in der Gesellschaft des anderen verbracht und dennoch wollte ich ihn. Ich wollte *das hier*.

„Ich habe es noch nie so gemacht", gestand ich.

Seine Augen wanderten über mein Gesicht.

„Missionarsstellung?"

„Wenn es etwas bedeutet."

Er sog scharf die Luft ein, dann senkte er seinen Körper, sodass wir uns von der Brust bis zu den Hüften berührten. Indem ich meine Beine verlagerte, machte ich Platz für ihn, sodass er sich zwischen meinen Schenkeln niederlassen konnte, während er mich küsste.

Mit dem weichen Bett in meinem Rücken und einem sehr soliden Reed auf mir, war ich genau dort, wo ich sein wollte. Ich fühlte mich sicher. So unfassbar sicher. Und er hatte recht. Es war nichts zwischen uns.

21

Fuck.

Sie war so weich, so süß, so perfekt unter mir. Nach oben greifend, zog ich den Haargummi vorsichtig aus ihren Haaren, sodass sie offen über mein Kissen fielen. Meine Finger waren stumpf und ungeschickt und ich hatte Angst, aus Versehen an dieser seidigen Weichheit zu reißen. Ich atmete den Geruch von Erdbeeren ein. Ich sah ihr in die Augen und hielt ihren Blick.

Yeah, das hier bedeutete etwas.

Ihre rosa Zunge schnellte hervor und leckte über ihre Lippe. „Kein Wegrennen mehr", wisperte sie.

„Ich bin hier, oder?"

Sie nickte leicht. „Geh… geh nicht."

Ich streichelte ihre Haare, fing sie dieses Mal in meinem Griff ein und zupfte leicht, sodass sie den Blick nicht abwenden konnte. „Ich gehe nirgendwohin."

Sie runzelte die Stirn und ich sprach weiter.

„Ich will alles mit dir. *Alles*. Der Unterschied zwischen mir und deiner Familie ist, dass ich nichts nehmen werde. Ich möchte, dass du es mir gibst. Okay?"

Ich war ein egoistischer Dreckskerl. Ich wollte jedes bisschen von ihr. Ihren Körper, ihren Verstand, ihr Herz. *Ihre Seele.*

„Du bist nicht wie sie", flüsterte sie. „Du bist überhaupt nicht wie sie. Du gibst mir dich im Gegenzug."

Ich konnte nicht widerstehen, beugte mich nach unten und küsste ihre Stirn. „Das stimmt. Du hast mich. Das Gute und das Schlechte. Das Zeug, von dem du nichts weißt."

Ihre Hand hob sich und umfing meinen Kiefer. „Ich weiß, dass du gut bist."

Jetzt war ich derjenige, der den Blick abwandte. „Das bin ich nicht, Prinzessin."

„Dann erzähl es mir."

Sie war unter mir in meinem Bett, mein harter Schwanz presste sich an sie und ich würde mich vor ihr entblößen müssen. Ich konnte meine Kleider ablegen, diese Art von Anstand war mir scheißegal, aber meine Seele zu entblößen und ihr zu verraten, wie böse ich wirklich war, das war harter Tobak.

Ich würde sie allerdings nicht nehmen, bis sie die Wahrheit kannte. Ich würde nicht wie ihr Bruder sein, wie das Arschloch, das sie entjungfert hatte. Sie musste mit mir zusammen sein, vollständig, und alles wissen.

Sie hatte ihre Geheimnisse mit mir geteilt, und fuck, ich musste ihr meine anvertrauen. Auf diese Weise könnte sie gehen, wenn sie das tun musste, denn wenn ich erst einmal in sie gesunken war, wäre sie mein und es gäbe kein Zurück mehr.

Ich verlagerte mich so, dass ich neben ihr lag und mein

Kopf auf eine Hand gestützt war. Ich kreiste mit einem Finger um ihren Bauchnabel.

„Ich wuchs wie du in Denver auf. Ein anderer Stadtteil. Eine *ganz* andere Nachbarschaft. Meine Mutter war eine Alkoholikerin, die mit einer Flasche Whisky schlief. Mich vergaß. Essen. Kleider. Mein Dad arbeitete in einer langen Reihe Jobs ohne irgendwelche Aufstiegsmöglichkeiten, wurde in jedem einzelnen gefeuert. Ließ es an uns aus. Als ihm das nicht das Geld einbrachte, das er wollte, brach er das Gesetz. Er nahm mich mit auf bewaffnete Raubüberfälle."

Yeah, das war der Moment, in dem sie scharf einatmete und ihr Bauch unter meinen Fingern erstarrte. Sie sagte nichts, weshalb ich weitersprach.

„Als ich schließlich zwölf wurde, war ich sein Fluchtfahrer. Ich konnte gerade so die Pedale erreichen und ich war ein Mittäter bei Staatsverbrechen."

Ihr Mund klappte auf.

Ich hob meinen Blick von diesen Lippen und begegnete ihren dunklen Augen. „Ich tötete ihn. Meinen Vater. Als ich siebzehn war. Wir waren von einem verpfuschten Überfall zurückgekommen. Er betrank sich, schlug meine Mutter. Zu dem Zeitpunkt war ich zu groß für ihn zum Kämpfen – ich hatte auf der Straße, auf den Spielplätzen das ein oder andere darüber gelernt, wie ich mich verteidigen konnte. Doch als ich sie beschützte, ging er mit einem Montiereisen auf mich los. Sie rannte davon. Ich hörte später, dass sie zur Kneipe an der Ecke ging, um alles am Grund einer Flasche Jack zu vergessen. Sie ließ mich zurück, sodass ich allein gegen ihn kämpfen musste. Er brach mir den Arm, bevor ich ihm die Waffe entriss, gegen ihn verwendete und ihn bewusstlos schlug. Die Zigarette, die er geraucht hatte, fiel zu Boden und steckte den billigen Teppich in Brand. Ich lief raus."

Sie starrte mich nur mit aufgerissenen Augen an. Yeah, jetzt kannte sie mein wahres Ich. Alles davon.

„Ich tötete meinen Vater und musste dafür Zeit im Jugendgefängnis absitzen, Harper. Und bin ich, was du willst?"

Ihre Augen waren weit aufgerissen, während sie meine Worte verarbeitete. Nun, ich wusste, dass ihre Kindheit auch beschissen gewesen war. Geld kaufte einem auf jeden Fall auch keine Freude, aber sie hatte Kleider, Essen und die besten Schulen gehabt. Sie hatte keine Liebe gehabt. Genauso wenig wie ich.

„Reed", wisperte sie.

„Du bist gut geblieben. Du bist nicht in die gleiche Scheiße gesunken wie dein Bruder, wie deine Eltern. Ich schon."

Sie schüttelte den Kopf, dann drückte sie gegen meine Brust, sodass ich mich bewegte. Sie setzte sich auf und rittlings auf meine Taille, womit sie mich zwang, von meiner Seite auf meinen Rücken zu rollen. Ich legte meine Hände auf ihre Schenkel und schaute hoch zu ihr, bewunderte, wie verdammt umwerfend sie war.

Jeder Zentimeter von ihr war makellos, innen und außen. Sie war wie ein Engel in ihrem hübschen BH und Höschen, als würde sie schmutzig werden, nur wenn ich meine Hände an sie legte.

„Du bist nicht, was du sagt. Nicht einmal annähernd."

Meine Finger packten ihre Hüften.

„Du hast gesagt, ich sei klug. Ich weiß Dinge. Ich weiß, dass du gut bist. Du hast mir geholfen. Du hättest von mir nehmen und mich in jener Nacht, als du mich mit Larry fandst, vögeln können. Hättest dich von mir blasen lassen können, wie ich es versuchte."

Mein Schwanz wurde bei diesen derben Worten, die über ihre Lippen kamen, hart.

Ihre Haare rutschten über ihre Schultern, während sie den Kopf schüttelte. „Du hast es nicht getan. Du bist ehrenhaft. Mutig."

„Ich bin nicht gut genug für dich", sagte ich, womit ich den Rest der Wahrheit aussprach.

Ihre dunklen Brauen hoben sich. Langsam schüttelte sie den Kopf, wodurch ihre Haare erneut über ihre Schultern glitten. Manche fielen vorne herab und die Spitzen berührten die Rundung ihrer Brüste.

„Du kannst das nicht für mich entscheiden. Du kannst mir nicht sagen, wie ich für dich zu empfinden habe."

„Gray hat mich gerettet."

„Nein. Auf keinen Fall. Du hast dich selbst gerettet."

Meine Daumen glitten über ihre seidige Haut „Ich habe ihn in der Armee kennengelernt. Im beschissenen Afghanistan. Wir wuchsen nur zweihundert Meilen entfernt voneinander auf und lernten uns eine Welt entfernt davon kennen. Er erzählte mir, dass ich ihn aufsuchen sollte, wenn ich rauskam. Das tat ich. Er gab mir ein Ventil für all meinen Scheiß. Jetzt kämpfe ich nur im Ring. Mit Regeln."

Sie leckte sich über die Lippen, während sie einfach nur auf mich hinabstarrte. Ich wartete darauf, dass sie von meinem Schoß kletterte und ging.

„Was dir zugestoßen ist, war nicht deine Schuld. Du warst ein Kind."

„Genauso wie du, Prinzessin", sagte ich mit sanfter Stimme.

Ihre Augen weiteten sich wegen dem, wovon ich redete,

und sie nickte. Schluckte schwer. „Du bist wegen den Taten deines Dads ins Gefängnis gekommen, nicht wegen deinen eigenen."

„Ich tötete ihn", sagte ich und packte ihre Hüften fest.

„Würdest du mich noch immer Prinzessin nennen, wenn du wüsstest, dass ich Cam den Tod wünsche?"

Abgesehen von meinem Dad war ihr Bruder die einzige andere Person, die ich tot sehen wollte. Was er Harper als Mädchen angetan hatte... fuck, und sogar jetzt noch.

„Du willst sein Blut nicht an deinen Händen haben." Ich schnellte mit dem Oberkörper in die Höhe, sodass sie noch immer breitbeinig auf mir saß, aber wir uns Nase an Nase gegenüber befanden. „Dafür bist du zu gut."

Ich war das nicht. Ich würde zusehen, dass ihr Bruder bezahlte. Ihn zu töten, wäre mir ein verdammtes Vergnügen. Inzwischen ließ ich meine Wut, meine Gewalt nur im Ring raus. Doch ich würde eine Ausnahme machen.

Fuck, ich hatte mir nie vorgestellt, dass es jemanden geben würde, der mir so viel bedeutete, dass ich zurückgehen würde. Harper war die Einzige, für die ich das jemals tun würde. Ich würde für sie töten. Daran bestand kein Zweifel.

„Genauso wie du", sagte sie und hob eine Hand, um über meinen Kopf, meine Wange hinab zu streicheln.

Ich sagte nichts, denn wir könnten den ganzen Tag darüber streiten, und das wäre nun wirklich eine Zeitverschwendung. Ich würde mich um Cam kümmern, aber er würde sich auf keinen verdammten Fall jetzt zwischen uns drängen.

Nicht hier in meinem Bett. Indem ich einen Arm um ihre Taille legte, rollte ich uns herum, sodass sie ein weiteres Mal unter mir war. Auge in Auge.

Sie hatte sich noch nie zuvor vor jemandem entblößt.

Sie würde es jetzt bei mir tun. Ich bezweifelte, dass sie jemals in einem Bett gevögelt hatte. Falls sie es getan hatte, war es schnell gewesen. Das hier würde nicht schnell werden. Ich hatte sie dort, wo ich sie wollte, und ich würde sie aus keinem Grund der Welt wieder hochlassen.

Ich begegnete ihrem dunklen Blick. Hielt ihn. Ich sah so weit in sie. An jeder Schutzmauer, die sie jemals aufgebaut hatte, vorbei.

„Da bist du ja", flüsterte ich, während ich verwundert auf sie hinabstarrte. „Alles für mich."

Ich senkte den Kopf und küsste sie. Küsste sie um den Verstand. Sie mochte die Worte gesagt haben, aber ich wollte ihr beweisen, wie sehr ich mich von den Männern aus ihrer Vergangenheit unterschied. Ich wollte sie aus ihrem Gedächtnis löschen, indem ich ihr zeigte, wie gut es sein würde.

Ich wollte ihr zeigen, wie es sein sollte. Also würde ich das auch tun.

Mein Mund glitt ihre Kinnlinie entlang zu der Stelle hinter ihrem Ohr. Ich leckte ihren Hals hinab und spürte, wie sie erschauderte, wie ihr der Atem stockte. Wie sich ihre Finger auf meinen Armen verkrampften. Ich wollte wissen, was sie anmachte.

Ihre Haut fühlte sich wie Seide an meinen Lippen an, die obere Rundung ihrer Brüste oberhalb ihres BHs war einfach himmlisch. Mit einer Bewegung meiner Finger öffnete ich den vorderen Verschluss.

„Hübsche."

„Reed", hauchte sie, dann keuchte sie, als ich einen Nippel in den Mund nahm. Er wurde an meiner Zunge hart und ihre Finger streichelten über meinen Schädel. Meine Haare waren zu kurz, sodass sie sie nicht packen konnte, aber sie hielt meinen Kopf dennoch fest.

Ich schaute hoch zu ihrem Gesicht und sah, wie sich ihre Augen schlossen, sich ihr Mund öffnete und ihr Kinn zur Decke neigte.

Ich küsste mich über das Tal zwischen ihren Brüsten zu ihrem anderen Nippel. Spielte mit ihnen, hin und her, bis sie sich unter mir wand. Ihre Beine spreizten sich und ich ließ mich zwischen diesen nieder. Ich war nicht in Eile, dass hier hinter mich zu bringen. Fuck, ich könnte den ganzen verdammten Tag lang mit ihren Titten spielen. Aber hier ging es nur um Harper. Mein Schwanz könnte warten oder ich würde in meiner beschissenen Hose kommen, wenn ich musste. Sie kam zuerst. Immer.

Ich rutschte ihren Körper hinab, wirbelte mit meiner Zunge um ihren Bauchnabel und dann den Saum ihres Höschens entlang. Wie ich es beim letzten Mal getan hatte, berührte ich sie durch den hauchdünnen Stoff. Sachte, leicht und ich sah an ihrem Körper hoch, um ihre Reaktion zu beobachten.

Ich hatte keine Ahnung, ob sie irgendetwas aufregen würde, ob ich eine Erinnerung in ihr wecken würde, die sie zum Ausflippen bringen würde. „Geht's dir gut, Prinzessin?", fragte ich und schaute vom perfektesten Ort auf der ganzen verdammten Welt an ihrem Körper hoch.

Sie stemmte sich auf ihre Ellbogen und sah auf mich hinab. Gerötete Wangen, harte Nippel, straffer Bauch. Fick mich.

Ihre Augen wurden schmal. „Was machst du dort unten?"

„Geht's dir gut?", fragte ich.

„Mir würde es guter gehen, wenn du endlich weitermachen würdest."

Daraufhin grinste ich. „Du hast einen schicken Doktortitel und das Einzige, das dir einfällt, ist guter?"

„Ja", giftete sie.

„Ich werde jederzeit aufhören, wenn du möchtest, sag einfach nur das Wort. Irgendein Wort."

„Okay", sagte sie und wurde etwas sanfter.

Ich hielt ihren Blick, während ich meine Finger in den zarten Bund ihres Höschens hakte und es nach unten schob. Sie bewegte ihre Beine, um mir dabei zu helfen, es auszuziehen. Dann mit einem Schlenker ihres Fußes schleuderte sie es vom Bett.

„Ich werde nicht zerbrechen, Reed", sagte sie.

Ich beobachtete sie noch eine Sekunde länger, dann noch länger.

„Reed", wiederholte sie fast schon flehend.

Dass sie meinen Namen sagte, war fast so wie die Glocke zu Beginn einer Runde, die einen Kampf einläutete. Ich konzentrierte mich auf die vorliegende Aufgabe und gab alles. Gewann.

Ich rutschte vom Bett und auf meine Knie, packte ihre Knöchel und zog sie zur Bettkante. Indem ich ihre Schenkel auseinanderschob, sah ich mich an ihr satt und betrachtete, wie rosa sie war. Wie feucht. Wie perfekt.

Dann legte ich meinen Mund auf sie und bekam ihren Geschmack auf meine Zunge. Stimulierte sie, bis sie an meinen Schultern kratzte, meinen Namen schrie und ihre Knie förmlich meine Ohren quetschen.

Sie würde auf meiner Zunge und Fingern kommen, bevor ich in sie gelangte. Ich würde sie weich und bereit für mich machen, denn ich war groß und ich war bereit.

Ich hatte sie schon seit dem Moment gewollt, in dem sich die Aufzugtüren geöffnet hatten. Aber kein Mann zuvor hatte sie zum Höhepunkt gebracht und sich um ihre Bedürfnisse gekümmert. Sie zum Schreien gebracht. Sie hatten ein Verlangen in ihr nach einer Verbindung befriedigt, aber sonst nichts. Es war nicht echt gewesen.

Das hier war echt. Ihre Reaktion auf mich. Wie sich ihre Pussy um meinen Finger zusammenzog, während sie kam. Während sie auf mein Kinn tropfte.

Fuck ja. Sie war unglaublich. Reaktionsfreudig. Leidenschaftlich. Und sie gab mir das Gefühl, der Champion der Welt zu sein, weil ich ihr das gegeben hatte. Ihren ersten manngemachten Orgasmus.

Sie würde mir auch die restlichen geben. Jeder einzelne gehörte mir.

22

Harper

Gott. Reed. Er war... das hier war... ich konnte nicht denken. Ich konnte nur fühlen. Seinen Körper fühlen, der sich gegen meinen presste. Seine Hitze, seine Kraft spüren. Seine Intensität, sein Verlangen nach mir fühlen.

Wie war dieser Kerl an jedem Verteidigungswall vorbeigekommen, den ich jemals hochgezogen hatte? Wie konnte er Dinge sehen, die niemand sonst sah?

Warum wollte er mich überhaupt? Er kannte jeden kaputten Teil von mir und er war noch immer hier. Klar, es könnte wegen des Sex sein, aber er hatte mich berührt und nie um eine Gegenleistung gebeten. Selbst jetzt –

Ich stöhnte, leise und tief, kam heftig. Kam auf ihm.

Er hörte nicht auf, sondern leckte und küsste meine Mitte, während der beste Orgasmus meines Lebens langsam verebbte. Ich war entspannt – die größte Untertreibung aller Zeiten – und knochenlos. Verschwitzt. Zufrieden.

Er schob sich über mich und wischte sich mit dem Handrücken den Mund ab. „Gut?"

Ich rollte mit den Augen und konnte mir das Lächeln nicht verkneifen. „Bist du auf Lob aus?"

Er sagte nichts, sondern zwinkerte nur.

„Das... das hat noch nie ein Mann für mich getan."

Er blickte mich finster an. „Niemand hat jemals –"

Ich schüttelte den Kopf.

„Fuck, Prinzessin. Ich würde zwischen deinen Schenkeln leben, wenn ich könnte. Ich liebe deinen Geschmack auf meiner Zunge."

Ich konnte die Röte spüren, die sich auf meinem Gesicht ausbreitete, aber er hatte recht, es stand nichts mehr zwischen uns. „Darf ich dich auf meiner Zunge schmecken?"

Er stöhnte und seine Hüften stießen sich gegen mich. Ich konnte durch seine Sportshorts fühlen, wie hart er war.

„Nicht dieses Mal, Prinzessin. Ich will das erste Mal vergraben in dieser umwerfenden Pussy kommen."

Ich glaubte nicht, dass umwerfend das Adjektiv war, das ich benutzen würde, aber wenn er *endlich* in mich dringen wollte, dann war ich absolut dafür.

Ich schob meine Finger in den Bund seiner Shorts und diese nach unten, da ich plötzlich ganz wild auf ihn war.

„Langsam, ich werde schon noch in dich dringen. Okay?"

Er drückte sich nach hinten und kletterte vom Bett. Zog sich aus. Als er nackt war, packte er seine Erektion und streichelte sie, wobei er mich musterte. Genauso wie ich ihn.

Das hier war das erste Mal, dass ich ihn so sah. Gott, er war perfekt. Muskulös und straff, es war kein Gramm Fett an ihm. Er hielt sich nicht für klug, aber nur indem ich ihn betrachtete, wusste ich, dass er seinen Beruf ernst nahm. Sein Körper war sein Job. Ich hatte ihn noch nie im Ring gesehen, aber er wusste, was er wollte, und versuchte, es zu erreichen. Nahm es ernst und gab einhundert Prozent.

Genauso wie er es bei mir tat.

Er war ganz dabei, genau so wie er es gesagt hatte.

Nachdem er ums Bett gelaufen war, öffnete er die Schublade des Nachttisches und zog eine ungeöffnete Schachtel Kondome hervor. „Hab die hier für dich gekauft", sagte er, während er die Schachtel öffnete und einen Streifen herauszog. „Ich habe nie irgendjemanden hier. Nur dich."

Er riss eines ab und ließ den Rest auf dem Nachttisch liegen.

Ich beobachtete, wie er das Kondom über seine Länge rollte. Im Anschluss packte er mich, schob mich auf dem Bett nach oben und sich ein weiteres Mal über mich.

Ich musste ihn einfach berühren, mit meinen Händen über seine nackte Brust streicheln und über seine schlanken Hüften gleiten, seinen knackigen Hintern umfangen.

„Fuck, du bringst mich um."

Indem er sich auf seine Unterarme senkte, blickten seine Augen ein weiteres Mal in meine. Hielten den Blick. „Bereit?"

Ich biss auf meine Lippe und nickte. Er vergewisserte sich, dass ich direkt bei ihm war.

Er griff zwischen uns und führte seine Schwanzspitze an meinen Eingang. Ohne den Blick abzuwenden... ohne auch nur zu blinzeln, beobachtete er mich, während er mich langsam füllte.

Ein Wimmern entwischte mir und ich zog mich um ihn zusammen. Er fühlte sich so gut, so groß an.

„Fuck, du bist perfekt", sagte er abermals. Er verharrte

reglos in mir und das gefiel mir nicht. Er benahm sich gerade zu nett.

„Mehr", sagte ich. „Bitte."

Er zog sich zurück, stieß tief in mich. Beobachtete mich.

Ich hob meine Hüften und kam ihm entgegen. „Mehr", sagte ich erneut.

Er tat es ein weiteres Mal.

Ich packte seinen Po und zog ihn zu mir. „Härter."

Er würde sich nicht gehen lassen, außer ich sagte es ihm, denn er hatte Sorge, dass ich weinen oder zerbrechen würde. Das würde jetzt nicht geschehen. Auf keinen Fall würde er es auf die liebe Art mit mir tun.

„Fick mich, Reed."

In seinen Augen blitzte Begehren auf und er betrachtete mich noch einmal forschend, ehe er seine Finger in meinen Haaren vergrub und leicht zog, dann losließ.

Da gab er den Kampf auf und sein Verlangen übernahm das Ruder.

Gott sei Dank.

Er nahm mich hart. Schnell. Tief. Er beugte sich nach unten und saugte an einem Nippel. Knabberte daran. Schweiß stand ihm auf der Stirn. Er atmete schwer, als hätte er im Ring gekämpft.

Aber es fühlte sich so verdammt gut an. Ich schaukelte mit den Hüften gegen ihn, kam ihm bei jedem harten Stoß entgegen. Rief seinen Namen, kratzte an seinem Rücken.

Kam auf ihm und mit einem Brüllen kam er mit mir.

Er fiel auf mich, stützte sein Gewicht jedoch mit seinem Unterarm ab, während er an meinem Hals um Atem rang.

Er war in mir, um mich. Überall. Ich hatte das Gefühl, als wären wir eins. Ich war noch nie zuvor jemandem so nahe gewesen. Hatte es nie gewollt. Ich wollte nicht, dass sich Reed bewegte, dass er ging. Dass er auch nur blinzelte.

„Das war Runde eins, Prinzessin", sagte er an meiner Haut, während er träge meine verschwitzten Haare nach hinten strich. „Sobald ich wieder sehen kann, mach dich auf mehr gefasst."

REED

ICH WACHTE PÜNKTLICH zu meiner üblichen Zeit auf. Der Himmel war noch dunkel, aber heute hatte ich zum allerersten Mal jemanden in meinem Bett. Ich hatte Harper.

Ich wollte nicht aufstehen und sie verlassen. Sie war nackt, an mich geschmiegt und mein Arm lag über ihrer Taille und meine Hand umfing ihre pralle Titte. Mein Schwanz stupste gegen ihren Hintern und war bereit für mehr. Aber ich hatte sie in der Nacht zweimal genommen und war verdammt stolz auf mich, dass sie jetzt. K.O. war.

Ich würde sie nicht zurück in ihr Apartment gehen lassen. Zur Hölle, sie könnte von Glück sagen, wenn ich sie jemals wieder aus meinem Bett ließ. Jetzt da sie hier war, war alles anders.

Ich würde nicht mehr einfach wie ein Roboter meinen Zeitplan abarbeiten. Ich hatte einen Zweck. Harper glücklich zu machen.

Kämpfen war nicht mehr die Methode, um meine Aggressionen loszuwerden. Klar, ich verdiente Geld mit meinen Kämpfen. Ich hatte es gespart, indem ich in diesem Apartment wohnte und als Trainer arbeitete, während ich Grays Kämpfer war.

Ich würde nicht für immer einer sein und das Geld würde mir eine gute Zukunft gewährleisten. Bisher hatte ich keine Ahnung gehabt, wie diese aussehen würde. Doch jetzt sah ich nur Harpers Gesicht. Ihr Lächeln. Wie sich ihre Augen verwundert weiteten, wenn sie auf meinem Schwanz kam.

Sie hatte mich befreit. Aber sie war nicht frei. Nicht bis man sich um ihren Bruder gekümmert hatte. Bis er für immer fort war. Ich würde dafür sorgen, selbst wenn ich dafür wieder außerhalb des Rings kämpfen musste. Wenn ich wieder zu dem werden musste, zu dem ich erzogen worden war.

Ich war schon einmal ins Gefängnis gekommen, weil ich jemanden umgebracht hatte. Ich würde nicht zögern, es noch einmal zu tun. Harper war die einzige Person, für die ich meine Regeln brechen würde. Für die ich alles aufs Spiel setzen würde, das ich mir aufgebaut hatte. Die mich dazu bringen würde, alles zu sein, das ich durch große Anstrengung hinter mir gelassen hatte.

Langsam stieg ich aus dem Bett, sorgsam darauf bedacht, sie nicht aufzuwecken. Sie seufzte und rollte sich auf den Bauch. Die glatte Linie ihres Rückgrats veranlasste mich dazu, die Decke nach oben zu ziehen und sicherzustellen, dass ihr nicht kalt wurde, wenn ich weg war.

Ich tapste ins Bad, pinkelte und putzte meine Zähne. Danach schlüpfte ich in einige Klamotten und ging nach unten. Gray fand ich im Fitnessstudio, wo er auf mich wartete, an die Theke gelehnt und etwas lesend, das wie ein Brief aussah. Er blickte auf meine nackten Füße, dann in mein Gesicht.

„Ich bin heute außer Haus."

„Harper?"

„Yeah. Ich werde einen Kerl aufspüren. Wollte nur, dass du Bescheid weißt."

Er reagierte nicht, sondern wölbte nur eine Braue. „Sie steckt in Schwierigkeiten."

„Yeah."

„Die Typen auf dem Parkplatz?" Er deutete mit dem Kopf in die allgemeine Richtung.

„Ihr Bruder. Lässt diese Typen wie Pfadfinder dastehen."

Er ließ das Blatt auf die Rezeption fallen, dann trat er um diese und ging in sein Büro. Schaltete das Licht an und setzte sich auf seinen Stuhl. Der Laden war ruhig, da die frühe Morgentruppe erst allmählich hereintaumelte.

„Schließ die Tür."

Das tat ich, dann lehnte ich mich dagegen.

„Erzähl es mir.

Das tat ich, wobei ich nichts ausließ. Ich erzählte ihm, was ich wusste, was ich zu tun vorhatte. Einfach alles.

Er sagte kein Wort, bis ich fertig war.

„Du bist gewillt, für sie deine Karriere wegzuwerfen und alles, das du erreicht hast?" Er beugte sich auf seinem Stuhl nach vorne und musterte mich. Wir kannten einander seit Jahren. Zur Hölle, er hatte mich *gerettet*. Es war eine miese Nummer von mir, alles zu zerstören, was er für mich getan hatte. Aber es war nicht für mich. Es war für Harper.

„Fuck yeah."

Er nickte, schob seinen Stuhl nach hinten und erhob sich. „Okay. Aber dieser Scheiß ist größer, als du allein bewältigen kannst."

„Gray –", setzte ich an, doch er unterbrach mich, indem er seine Hand hob.

„Niemand legt sich mit unseren Frauen an. Ich verstehe das."

Yeah, das tat er definitiv.

„Aber, dass du Harpers Bruder allein aufsuchst, ist reiner

Selbstmord. Wenn Mommy und Daddy ihn von dem freisprechen lassen konnten, was er getan hatte, werden sie einen Weg finden, dich ins Gefängnis werfen zu lassen. Das kommt nicht in Frage. Du hast zu hart gearbeitet, um dieses Leben einfach aufzugeben. Du wirst nicht zu diesem Scheiß zurückkehren und das aus einem guten Grund. Aber dieses Arschloch wird zu Boden gehen. Wir brauchen nur etwas Hilfe."

„Wir?"

Er verengte die Augen zu Schlitzen. „Wir. Was? Dachtest du, ich würde dich einfach rausschmeißen? Dir sagen, dass du deine Karriere für Pussy in den Wind schießt?"

Auf diese Worte hin stieß ich mich von der Tür ab und kniff die Augen leicht zusammen.

„Das wird nicht passieren. Wenn du ein Mädel kriegst, hältst du so verdammt fest an ihr, wie du kannst. Sie hat Probleme? Dann kümmerst du dich für sie darum. Okay?"

Ich seufzte, nickte. „Okay."

Ich musste einfach Lächeln. Gray gab in einem Kampf nicht klein bei, nicht einmal bei einem wie diesem, der weit außerhalb des Rings stattfand. Ich hätte diesen Mist nicht einmal über ihn denken sollen.

„Ich kenne genau den richtigen Mann dafür", sagte er, dann warf er einen Blick auf die Uhr. „Normale Leute sind um diese Uhrzeit noch nicht wach. Gib mir ein paar Stunden."

Ich ließ ihn allein und ausnahmsweise einmal mein Training sausen, um stattdessen wieder ins Bett zu kriechen. Ich hatte einen Grund und er wusste es. Nur heute. Das war alles, das er mir geben würde. Das war alles, das ich brauchte, um ihr klarzumachen, dass ich nirgendwo hingehen würde.

Ich nahm die Stufen zurück zu meinem Apartment zwei auf einmal, entkleidete mich, schlüpfte wieder ins Bett und zog Harper dicht an mich. Sie regte sich, dann drehte sie sich um, nach wie vor im Kreis meiner Arme. Die Dämmerung tauchte sie in ein sanftes Licht und ich konnte das Lächeln auf ihren Lippen sehen, ihre schläfrigen Augen. Ihre Haare waren zerzaust und fuck, sah sie hübsch aus.

„Morgen", wisperte ich.

Sie küsste meine Brust, dann stemmte sie sich von mir und kletterte aus dem Bett.

„Wohin gehst du?" Ich würde sie nicht gehen lassen, falls das ihre Absicht war.

„Bad. Hast du noch eine Zahnbürste da?"

Ich lächelte erleichtert. „Unter dem Waschbecken", rief ich, während sie die Tür hinter sich schloss. Ich steckte meine Hände hinter meinen Kopf und starrte zur Decke hoch.

Als sie wieder rauskam, hielt ich meine Hand hoch. „Warte."

Sie stoppte auf halbem Weg zurück zum Bett. „Was?"

„Muss mich erst sattsehen." Ich betrachtete jeden Zentimeter von ihr. Diese perfekten, nach oben gewandten Brüste, schmale Taille. Lange, muskulöse Beine. Sie war umwerfend und sie hatte keine verdammte Ahnung.

Und sie war mein. Ganz mein. Niemand hatte sie je zuvor so gesehen. Nackt. Entblößt. Echt.

Sie verdrehte die Augen, drehte sich einmal im Kreis und kam anschließend zu mir, die Wangen in ein hübsches Rosa getaucht. Ich schlug die Decken zurück und sie stieg wieder ins Bett, aber setzte sich rittlings auf meine Taille. Meine Hände hoben sich automatisch zu ihren Hüften. Ließen sich nieder.

„Wohin bist du gegangen?"

Meine Finger glitten über ihre Hüften, ihren Hintern. „Hab mit Gray geredet."

„Musst du heute Morgen nicht trainieren?" Sie legte den Kopf schief und ihre Haare glitten über ihre Schulter, sodass die Spitzen ihre rosa Nippel streiften.

Ich starrte diese an, während ich antwortete: „Ich habe eine andere Art von Workout geplant."

„Oh?"

Ich rollte uns herum, sodass ich über ihr war, mein Bein zwischen ihre geschoben. „Yeah. Es wird schweißtreibend werden. Atemlos."

„Hart auch?", fragte sie und bewegte ihre Hüften.

Ich neigte meine gegen sie und stupste mit meinem Schwanz gegen ihren Schenkel. „Sehr hart."

„Mmh", erwiderte sie, während ihre Hände meinen Rücken hinab glitten, da sie so erpicht darauf war wie ich. Fuck, jetzt da ich ihr gezeigt hatte, wie es zwischen uns war, war sie unersättlich. Das war für mich völlig in Ordnung.

Ich rieb meine Nase an ihrem Kiefer, dann arbeitete ich mich ihren Körper nach unten, leckte und küsste mir einen Pfad zu ihrer Pussy. Ihre Finger bewegten sich zu meinem Kopf.

„Wohin... gehst du?"

Während ich mich zwischen ihren Schenkeln niederließ, sah ich zu ihr auf. Yeah, ich könnte den ganzen verdammten Tag hier leben. „Zuerst das Aufwärmen."

Sie lachte schnaubend, aber das wurde zu einem Stöhnen, als ich in sie leckte. Danach sagte sie gar nichts mehr abgesehen von meinem Namen, als sie auf meinem Mund und Fingern kam. Erst da wusste ich, dass sie bereit war, dass sie klatschnass und weich für mich war. Dann nahm ich sie. Ließ sie alles außer mir vergessen. Zeigte ihr, zu wem sie gehörte. Wer mit ihr schlief. Sie bei sich behielt. Ihr alles gab.

23

Harper

Einige Stunden später waren wir im Double B Diner und warteten darauf, den Präsidenten einer Motorradgang kennenzulernen. Ich saß dicht neben Reed, sein Arm war auf die Rücklehne der Sitzbank gelenkt und seine Finger streiften meine Schulter. Niemand saß uns gegenüber und wegen seiner Größe konnte ich um ihn herum kaum jemand anderen im Diner sehen.

„Du sagtest, dieser Laden gehört einer Motorradgang?", fragte ich und schaute mich um. Nichts an dem Restaurant brachte mich auf diesen Gedanken. Es war ein typisches, altes Diner, das vor Jahrzehnten erbaut worden war, vermutlich als der Highway gebaut worden war. Zentraler Eingang, Tischnischen, die die Wände im gesamten Laden säumten. Sitzplätze an der Theke in der Mitte. Wir saßen fern von allem in der hinteren Ecke. Die Oberfläche des Tisches bestand aus orangenem Laminat und neben den Zuckertütchen und Salz- und Pfefferstreuern hing eine kleine Jukebox an der Wand.

Es war viel los, eine Mischung aus Einheimischen und Leuten, die hier eine Pause von ihrer Fahrt machten. Brant Valley war zwar nicht riesig, aber ich war noch nie in diesem Laden gewesen, da er von der Universität aus auf der anderen Seite der Stadt lag.

Der Geruch von gebratenen Zwiebeln und Speck brachte meinen Magen zum Knurren. Ich hatte mir mit Reed Appetit geholt. Ich joggte zwar jeden Tag, aber jetzt waren Muskeln, von deren Existenz ich nicht einmal gewusst hatte, wund. Ich kam nicht umhin, zu lächeln. Vielleicht war es das, was mich eine Reihe Orgasmen tun ließen.

„Club", erwiderte Reed. „Sie sind ein Club, auch wenn sie laut der begrenzten Infos, die ich über sie habe, hin und wieder das Gesetz umgehen."

„Dieser Kerl, er ist mit Gray befreundet?"

Reed hatte Gray von meinen Problemen erzählt. Zuerst war ich verärgert gewesen, aber ich hatte schnell realisiert, dass er es zu wissen verdiente. Männer hatten auf seinem Parkplatz ihr Lager aufgeschlagen. Männer, die mir wehtun wollten, wenn ich ihnen kein Geld gab. Ich hätte ihm keinen Vorwurf gemacht, wenn er mich gehasst oder aus dem Apartment geworfen hätte, weil ich Ärger vor seine Tür gebracht hatte. Stattdessen hatte er seine Hilfe angeboten.

Hilfe in der Form eines Mannes, der eine Motorradgang leitete. *Club*.

Die Kellnerin brachte den Kaffee, den wir bestellt hatten, in einer großen Karaffe und zwei Tassen. Sie stellte eine Schüssel mit kleinen Kaffeesahnen daneben, dann ging sie.

„Hast du gehört, was Emory letzten Sommer passiert ist?"

Ich nickte, griff nach der Karaffe und goss die dunkle Brühe in unsere Tassen.

„Quake Baker half. Er ist der Präsident. Sie steht so zu sagen unter seinem Schutz, der sich auch auf Gray erstreckt, auch wenn er ihn nicht braucht."

„Warum?", fragte ich und rührte in meinem Kaffee. „Ich meine, woher kennen sie sich? Quake und Emory?"

„Sie half seinem Enkel. Das Kind und sein Onkel wohnen ein paar Straßen entfernt von ihrem alten Haus und ich schätze, er schlug sich beim Fahrradfahren die Knie und Ellbogen auf. Er ist... vielleicht acht. Quake kümmert sich um die, die sich um seine Familie kümmern."

Emory war eine Helferin und Mutter. Ich hegte keinerlei Zweifel daran, dass sie sich um den Jungen gekümmert hatte, als er verletzt worden war. Sie hatte sogar mich ein wenig bemuttert und mir das Apartment in Grays Gebäude besorgt.

„Was hat das mit mir zu tun?" Ich blies auf den Kaffee und nahm einen zögernden Schluck. Obwohl ich ebenfalls in der Nähe des Sohns und Enkels des Mannes gelebt hatte, hatte ich sie nicht gekannt. Hatte ihnen in keiner Weise geholfen.

Er schaute auf mich hinab. „Dein Bruder –"

Reed wurde von einem Mann unterbrochen, der sich auf die Bank uns gegenüber schob. Ich schätzte ihn auf Mitte fünfzig, er hatte graue Haare und ein wettergegerbtes Gesicht. Er war hochgewachsen. Fit, wenn auch ein bulliger Geselle. Er war nicht schlank wie Reed, aber ich hegte keinerlei Zweifel daran, dass er in einem Kampf seinen Mann stehen konnte. Er trug einen schwarzen Pullover im Waffelstrickmuster und Jeans.

Er legte seine Hände auf den Tisch und nickte Reed zu.

Reed stellte uns einander vor. „Quake, das ist Harper Lane."

Quake beäugte mich, als würde er mich abschätzen. „Hab gehört, du hast ein Familienproblem."

Darüber musste ich einfach lachen, dann verkniff ich es mir. „Sorry. Ja, richtig, ein Familienproblem."

Er beugte sich nach vorne und seine dunklen Augen hefteten sich auf meine. „Reed hat mir alles darüber erzählt."

Mein Mund klappte auf und ich sah zu Reed hoch. „Das hast du?"

„Als du in der Dusche warst. Dachte, du würdest ihm nicht die Zusammenfassung geben wollen."

Yeah, das war nichts, das ich tun wollte, mein verkorkstes Leben einem Fremden erzählen, auch wenn es einer war, der vermutlich noch schrecklichere Geschichten kannte als meine.

„Von solchem Scheiß halte ich nichts", sagte Quake. „Entschuldige bitte die Ausdrucksweise, aber dir hat man wirklich beschissene Karten ausgeteilt."

Ich nickte. „Ja." Was gab es auch sonst zu sagen?

„Ich habe Verbindungen zu Leuten in zwielichtigen Gegenden. Erhielt einen Treffer bei dem Nummernschild. Der Kerl, dem dein Bruder Geld schuldet? Er heißt Kevin Randolph. Ein ganz großer Buchmacher. Hat in allem möglichen Glücksspiel die Finger drin. Karten, Sport, was du dir nur vorstellen kannst. Die Kerle, die zu deiner Bude kamen, gehören zu ihm." Er zog eine Braue hoch und beugte sich nach vorne, sodass seine Schultern auf Höhe mit seinen Ohren waren. Damit wir von niemandem überhört werden konnten, auch wenn an dem Tisch hinter uns niemand saß. „Er hört auf den Namen Randy. Ich kenne ihn."

Ich stellte meine Tasse mit einem Knall ab, sodass die heiße Flüssigkeit über den Rand schwappte. Oh Scheiße. Ich drückte gegen Reed, damit ich von der Bank rutschen konnte. „Lass mich raus."

Er legte seine Hände auf meine Schultern und drückte sie sanft. „Whoa, was ist los?"

Ich deutete mit dem Kopf zu Quake. „Er kennt den Typen. Diesen... Randy Typen, der Männer geschickt hat, damit sie mich zu ihm *bringen*. Dessen Leute versuchten, mich zu vergewaltigen. Der meine Reifen aufschlitzen ließ. Der Männer zu meinem Apartment schickte. Er *kennt* ihn."

„Mach mal halblang, Schätzchen", sagte Quake und hob eine Hand. „Ich kenne eine Menge Leute. Wir sind keine besten Freunde oder so etwas. Ganz im Gegenteil. Ich bin nicht hier, um dich zu ihm zu bringen. Ich bin hier, um dir zu helfen."

Reed küsste meinen Kopf. „Schh. Er wird uns helfen", wiederholte er. „Denkst du etwa, ich würde dich in Gefahr bringen, Prinzessin?"

Ich holte tief Luft und stieß sie aus. Mit zitternden Fingern hob ich meine Tasse an und trank einen Schluck Kaffee. Nein, Reed hätte mich niemals in Gefahr gebracht. „Sorry", wisperte ich und versuchte, mein rasendes Herz zu beruhigen.

„Deine Probleme, Prinzessin, sind jetzt meine. Damit ich mich darum kümmere." Er hatte das zuvor schon gesagt, aber dieses Mal war es anders.

Ich drehte mich auf meinem Platz um, um Reed direkt in die Augen zu blicken. „Warte, das bedeutet das nicht. Ich will nicht, dass du ihnen nachgehst!"

Er schaute mich ruhig an. „Ich kann auf mich selbst aufpassen. Und dich."

„Das hier ist nicht der Ring. Das hier ist nicht die gleiche Art von Kampf."

„Ich bin besser in einem Kampf außerhalb des Rings. Keine Regeln."

Ich blinzelte. Er meinte das ernst. Gnadenlos ernst. „Das hast du doch hinter dir gelassen."

„Das habe ich, aber dieser Typ und Cam? Sie müssen fertiggemacht werden."

Er war gewillt für mich schmutzig zu kämpfen. Alles, das er sich aufgebaut hatte, für mich zu riskieren. Ich blickte nach unten, dann wieder zu ihm. „Ja, aber sie sind... sie sind... böse und du bist das nicht."

Reed zwinkerte. „Yeah, Prinzessin. Ich bin böse. Nur nicht bei dir."

„Genauso wie ich", fügte Quake hinzu, womit er dieses Thema beendete. „Ich werde das Treffen anleiern und dafür sorgen, dass es auch wirklich stattfindet. Wir werden dich vor Randy bringen, ihn darüber informieren, dass du raus bist, und seinen Fokus dorthin umleiten, wo er hingehört. Auf deinen Bruder."

Beim ihm hörte es sich so einfach an.

Reed erstarrte und beugte sich nach vorne. „Warte mal." Er deutete mit dem Kopf zu mir. „Sie geht nicht einmal in die Nähe dieses Arschlochs. Seine Männer haben versucht, sie zu *vergewaltigen*."

Quakes Augen huschten zwischen uns hin und her und sein Kiefer verspannte sich. „Yeah, das ist etwas, um das ich mich kümmern werde."

„Du wirst dich hinten anstellen müssen, okay? Ich kümmere mich als Erster darum. Du kannst dich mit den Resten befassen."

„Was? Nein", protestierte ich, aber die Männer starrten

einander nur an, zogen irgendeine Art Männer-Gehirn-Verschmelzung ab und hatten mich nicht gehört.

„Ich bin für ein Treffen mit Randy." Reeds Stimme war von Wut durchzogen, als er den Namen des Typen aussprach. „Aber sie kommt nicht in seine Nähe." Er deutete mit dem Daumen in meine Richtung.

„Sie muss hingehen", konterte Quake. „Wir müssen einen Deal aushandeln. Ihm anstatt ihr den Bruder geben."

Ich war mir nicht sicher, wer diesen Kampf gewinnen würde, und blendete die zwei aus, während ich meinen Kaffee trank und über alles nachdachte.

Randy wollte mein Geld. Geld, das Cam ihm schuldete. Ich würde es Randy nicht geben. Seine Einschüchterungstaktiken hatten bisher nicht funktioniert. Oh, sie hatten funktioniert, aber nicht in der Hinsicht, dass ich das Geld ausgehändigt hätte.

„Randy benutzt Einschüchterung, um zu kriegen, was er will", sagte ich laut.

Beide Männer verstummten.

„Was?", fragte Reed und schaute zu mir. Er streichelte meine Schulter, um mir mitzuteilen, dass er zuhörte.

Ich blickte zu Quake. „Ich gehe mal davon aus, dass Einschüchterung funktioniert, wenn etwas auf dem Spiel steht. So arbeiten Männer wie er. Deswegen dreht Cam – mein Bruder – auch so am Rad."

Er nickte einmal. „Yeah."

„Leute werden Randy Geld geben, weil sie nicht wollen, dass ein Familienmitglied oder Freund oder geliebter Mensch verletzt wird."

„Das stimmt", bestätigte Quake, aber ich konnte sehen, dass er darauf wartete, worauf ich mit dem Ganzen hinauswollte.

„Ich habe keinen Grund, diesem Randy Typen das Geld zu geben, um meinen Bruder zu retten. Ich liebe Cam nicht. Ich *mag* ihn nicht einmal. Er ist für diesen Schlamassel selbst verantwortlich und sollte sich den Konsequenzen stellen."

„Also schickte er seine Männer in dem Versuch, dich einzuschüchtern", sagte Reed, der verstand, worauf ich hinauswollte.

„Aber das funktionierte auch nicht", sagte ich. Sie hatten mir eine Heidenangst eingejagt, aber ich war nicht eingeknickt.

„Nicht so lange ich in deiner Nähe bin", schwor er.

„Genau. Du beschützt mich und er hat in Bezug auf Cam kein Druckmittel gegen mich in der Hand."

„Sprich weiter", sagte Quake, der mich neugierig musterte.

„Er will das Geld. Er denkt offensichtlich, dass ich es habe, da er immer wieder vorbeikommt. Ich bezweifle, dass Randy meine Eltern bedroht. Was, wenn ich das Geld wirklich nicht habe?"

„Du meinst, du willst es ausgeben?", fragte Reed.

Ich sah zu ihm hoch. „Ich werde es dir geben."

Er schob mich leicht nach hinten, damit er mich zu sich drehen konnte. Mein Knie rutschte dadurch auf die gepolsterte Sitzbank. „Whoa, Prinzessin. Ich will dein Geld nicht."

Er klang beleidigt. „Ja, aber –"

„Warum hast du nichts davon benutzt?", fragte er und fiel mir damit ins Wort.

„Das habe ich dir doch gesagt. Meine Eltern gaben es mir als Bezahlung für das, was Cam getan hatte. Schweigegeld oder wie auch immer man es nennen will. Es ist beschmutzt."

„Also soll ich es haben? Ich mag nur einen Sessel und ein Bett haben, aber ich bin nicht pleite. Ich werde nichts von diesen Idioten annehmen. Ich werde nichts annehmen, das dir geschadet hat."

Gott, das war... süß. Mein Herz hatte in seiner Gegenwart keine Chance. Wieder und wieder erwies er sich als ehrenhafter als jeder, den ich kannte. Er war die einzige Person gewesen, die jemals für mich eingetreten war. Die mich beschützt hatte. Die mit mir zusammen war oder etwas für mich tat ohne einen Grund oder Motiv.

„Dann... dann werde ich es verschenken", erwiderte ich, während ich über eine Alternative nachdachte. „Eine Wohltätigkeitsorganisation. Für Kinder."

Reeds Augen weiteten sich, dann veränderten sie sich. Wurden dunkler. Glommen. Etwas. Er beugte sich zu mir und küsste mich. Kein sanftes wir-sind-in-einem-Restaurant-Küsschen, sondern ein Kuss mit Zunge. Vor den Augen von Quake, der zu lachen begann.

Reed wich zurück und schenkte ihm keine Aufmerksamkeit. „Das gefällt mir, Prinzessin. Gib es einer Organisation, die Kindern hilft, damit sie eine bessere Chance haben als wir, yeah?"

Ich nickte, blinzelte die Tränen zurück und lächelte. „Ja. Meine Eltern werden das hassen, was bedeutet, dass es eine großartige Idee ist."

Reed brach in Gelächter aus, dann küsste er meine Stirn.

„Ich werde ein Treffen arrangieren", sagte Quake. „Reed, sie muss hingehen. Wenn du das Geld spendest, gibt es nichts, das du für sie hast." Seine Augen wurden schmal. „Abgesehen von deinem Bruder. Du könntest *ihn* an Randy übergeben."

Das wäre in Ordnung für mich. Mehr als in Ordnung. „Wie kann ich ihm Cam geben?"

„Wir werden sicherstellen, dass Randy weiß, dass du das

Geld nicht hast. Er mag dir nicht glauben, aber er wird mir glauben, wenn ich sage, dass du raus bist."

Reed nickte. Das war der Grund, weshalb Quake bei alldem dabei war. Ich wusste nichts über ihn oder den MC, aber wenn Randy vor Quake Angst hatte, dann musste er gefährlicher sein, als ich es mir vorstellte. Sein Ruf als harter Typ reichte noch weiter, als ich gedacht hatte.

„Dass du unter meinem Schutz stehst. Niemand vergreift sich an jemandem, der unter meinem Schutz steht." Quake holte tief Luft und seine Brust dehnte sich aus, zeigte, wie fit er war. Wie stark. Dass er ein so harter Typ war, wie ich es erwartete. Ich war froh, dass er auf meiner Seite war. Ich hatte keine Ahnung, warum er gewillt war, mich zu beschützen, aber ich würde nicht nachfragen.

„Cam wird nicht wissen, dass wir uns mit Randy treffen. Er wird gar nichts wissen", ergänzte Reed.

„Genau." Eine Kellnerin stoppte mit einer frischen Karaffe und Quake schenkte ihr ein Lächeln. „Danke, Schätzchen."

„Wir rücken Randy den Kopf zurecht, dann übergeben wir Cam an Randy. Du wolltest, dass ich mich raushalte, dass ich meine Hände nicht schmutzig mache, dann ist das die richtige Vorgehensweise. Lassen wir Randy die Drecksarbeit für uns erledigen. Dann sind wir raus", sagte Reed und neigte mein Kinn an, damit er mir in die Augen schauen konnte. „Okay?"

Reed würde nicht gegen Randy und seine Handlanger kämpfen müssen. Er würde nicht mit Cam kämpfen müssen. Ich musste mir keine Sorgen darüber machen, dass er im Gefängnis landen würde, weil er zu meinem Schutz etwas angestellt hatte. Ich nickte. „Okay."

Dann wäre ich frei. Ich würde nicht mehr davonrennen müssen.

„Was jetzt?", fragte ich.

„Ich vereinbare ein Treffen mit Randy", sagte Quake. „Gib mir ein oder zwei Tage."

„Was soll ich in der Zwischenzeit tun?", fragte ich Reed. Er hatte mein Kinn nicht losgelassen. Hatte nicht aufgehört, mich anzustarren.

Sein Mundwinkel bog sich nach oben. „Mir fallen da einige Dinge ein."

24

EED

Der BJJ-Kurs kam zu einem Ende und ich ging nach draußen zur Rezeption und nahm mir ein Handtuch von dem Haufen. Ich beobachtete Harper quer durch den Raum, während sie auf dem Laufband rannte. Sie sah genauso aus wie vor einer Stunde, als ich sie verlassen hatte, auch wenn sie jetzt von der Anstrengung gerötet war und ihr T-Shirt an ihrer verschwitzten Haut klebte. Ich hatte keinen blassen Schimmer, wieso sie vor Langeweile nicht wahnsinnig wurde, wenn sie so lange joggte. Draußen gab es nichts zu sehen, weil es dunkel war und die hellen Lichter des Studios das Fenster vor ihr zu einem Spiegel machten.

Es waren zwei Tage seit unserem Treffen mit Quake vergangen. Ich hatte Harper nicht aus den Augen gelassen. Wir hatten eine Autowerkstatt ihre platten Reifen reparieren lassen und ihr Auto zurück zum Gebäude gefahren.

Es stand auf dem Parkplatz, aber mir war scheißegal, ob Randys nervige Handlanger oder Cam Lane es fanden. Sie würden nicht in das Gebäude reinkommen oder in Harpers Nähe. Gray wusste, was los war, und hatte dem Personal und einigen der anderen Männer Bescheid gegeben. Harper wurde gut beschützt. Nicht, dass ich sie aus den Augen ließ.

Das war ziemlich leicht zu bewerkstelligen, da wir den Großteil der Zeit in meinem Bett verbrachten. Selbst jetzt, während ich an der Theke lehnte und einfach nur... Harper anstarrte, wollte ich sie schon wieder. Fuck, sie war fantastisch. Eine unglaubliche Sportlerin. So verdammt klug. Mutig. Stärker als sie es sich jemals vorgestellt hätte. Und umwerfend.

Sie hatte keine Ahnung, wie perfekt sie war. Wie sie einige der Männer musterten, während sie rannte, erinnerte mich daran, dass ich nicht der Einzige war, der an ihr interessiert war. Aber ich war derjenige in ihrem Bett. Ich war derjenige, der... hoffentlich in ihrem Herzen war.

Ich kannte sie. Sie hatte mich reingelassen. Hatte sich mir hingegeben, obwohl sie das noch nie jemandem zuvor angeboten hatte. Ich redete nicht von ihrem Körper, sondern ihrer Seele. Ich hatte mich von einem Arschloch, dem alle anderen scheißegal waren, zu einem Typen verändert, der unter dem Pantoffel stand, an Liebe und die Verschmelzung von Seelen dachte. Wenn einer der Männer meine Gedanken hören könnte, würden sie sich fragen, ob man mir etwas zu fest auf den Kopf gehauen hatte.

Ich hatte beobachtet, wie sich Gray in Emory verliebt hatte. Er war ihr heftig und schnell verfallen, und niemand wagte es den Outlaw, als unter der Fuchtel stehend zu bezeichnen. Das stand er jedoch. Junge, das stand er so was von und er würde das stolz zugeben.

Der Drecksketl Larry machte sich von den Hanteln auf

den Weg zu Harper. Ich stieß mich von der Theke ab, um mich einzumischen, aber stoppte. Schaute zu. Harper war vor mir allein gut zurechtgekommen. Ich konnte mich nicht um all ihre Probleme kümmern, ganz gleich, wie sehr ich das auch wollte. Ich wollte auch sehen, was sie tun würde. Es war ungefähr eine Woche vergangen, seit sie Larry ins Treppenhaus geschleift hatte, aber seitdem hatte sich so viel verändert.

Ich mochte im Ring selbstbewusst sein, aber bei Harper war ich nur ein Kerl, dessen Frau zu gut für ihn war. Wohingegen ich Gedichte verfasste und Valentinskarten mit Glitzer bastelte, hatte Harper noch nicht gesagt, dass sie genauso empfand. Sie hatte gesagt, dass sie auf einer Wellenlänge mit mir war, aber trotzdem. Als sie zu Larry blickte, nach wie vor in vollem Tempo joggend, zog sie einen Kopfhörer raus, um sich anzuhören, was er zu sagen hatte. Sie schüttelte den Kopf und er trollte sich.

Ich konnte mir das Grinsen nicht verkneifen und als er an mir vorbei zur Umkleide lief, schenkte ich ihm ein breites Lächeln.

Fuck ja.

Sie hatte diesem Scheiß ein Ende gemacht, weil sie mein war.

Ich schnappte mir ein Handtuch für Harper und ließ mir Zeit damit, zu ihr zu laufen. Im Gehen beobachtete ich das Spiel ihrer wohlgeformten Muskeln. Ihr Hintern... fuck, er war ein Kunstwerk.

Ich lehnte mich an das Fenster vor ihr. Sie atmete schwer und Schweiß tropfte über ihre Schläfen. Ein Lächeln zupfte an ihren Lippen, während sie abermals einen Kopfhörer herausnahm.

„Hallo. Wie heißt du?", fragte ich sie.

Sie zog eine Braue hoch, aber rannte weiter. „Harper",

erwiderte sie, wobei ihre Stimme kurz stockte, da sie so schwer atmete.

„Echt? Ich hätte gedacht, du würdest Engel heißen, weil ich glaube, dass du vom Himmel gefallen bist."

Der dumme Witz brachte sie zum Stolpern und sie schlug mit der Hand auf die Kontrollknöpfe des Laufbandes, um die Geschwindigkeit zu drosseln. Als sie in einem Tempo zum Auslaufen lief, sagte sie: „Versuchst du, mich anzubaggern?"

Ich zwinkerte. „Wenn du fragen musst, mache ich es nicht richtig."

Ihr Blick glitt bewundernd über mich. „Ich bin mir sicher, du *machst es* richtig. Tatsächlich bin ich aufgewärmt und bereit, loszulegen", erwiderte sie.

Jetzt war ich derjenige, der stutzte, denn ich hatte nicht mit so einer fantastischen Retourkutsche gerechnet. Mein Schwanz war sofort hart und meine Sportshorts konnten das nicht verbergen. Ich musste mein Handtuch davorhalten. Sie sah die Bewegung und feixte.

Ich sah mich um. Niemand war in der Nähe, aber ich trat näher und legte meinen Unterarm auf das Laufband. „Brauchst du es, Prinzessin?"

Sie biss auf ihre Lippe und nickte.

Ich wandte den Blick nicht von ihr ab, sondern streckte nur die Hand aus, packte die Notstopp-Kordel und ruckte daran. Das Laufband stoppte sofort.

Ich reichte ihr das frische Handtuch und sie trat vom Band und wischte sich das Gesicht ab, während ich die Maschine für sie putzte. Als ich fertig war, führte ich sie aus dem Studio, durch den Gang und benutzte meine Schlüsselkarte, um ins Treppenhaus zu gelangen.

Sowie die Tür hinter uns ins Schloss fiel, zog ich sie herum und in meine Arme. Küsste sie. Wir waren beide heiß und verschwitzt, aber das kümmerte mich nicht im Geringsten. Ich wollte sie und ich wollte sie hier und jetzt. Ich würde sie nicht gegen die Betonwand pressen. Ich würde sie nicht an der Treppenhauswand vögeln. Also unterbrach ich den Kuss, setzte mich auf die Treppenstufen und zog sie auf meinen Schoß. Sie atmete schwer und ihre Lippen waren feucht und geschwollen.

„Hier?", fragte sie und blickte zur Tür. Es gab kein Fenster in der Tür und niemand außer den Anwohnern hatte eine Schlüsselkarte.

„Hier. Gray und Emory sind zur Ranch gefahren."

Das bedeutete, dass uns niemand unterbrechen würde.

Sie begegnete meinem Blick, dann stand sie auf und entledigte sich ihrer Shorts. Ich hob sie gerade so weit hoch, dass ich meine eigene nach unten schieben konnte und mein Schwanz herausfederte. „Scheiße. Kein Kondom." Ich sah die Treppe hoch, als würde eines auf magische Weise aus meinem Zimmer herunterschweben, wenn ich es mir nur fest genug wünschte.

Während sie ihre Shorts auf den Betonboden fallen ließ, sagte sie: „Ich nehme die Pille. Ich bin sauber."

Ich musste meinen Schwanz packen, weil er so sehr schmerzte. „Ich habe es noch nie ohne Gummi gemacht."

Sie legte eine Hand auf meine Schulter, um das Gleichgewicht zu wahren, während sie sich ein weiteres Mal rittlings auf mich setzte. Sie senkte sich jedoch nicht vollständig, sodass ich ihren Eingang nur streifte. Sie schaute zu mir, dann drückte sie sich nach unten. „Ich auch nicht", hauchte sie, während sie sich auf mich presste.

„Fuck", ächzte ich. Sie war heiß und feucht und eng und verdammt perfekt.

Ich hatte nie gewusst, dass es sich ohne etwas zwischen uns so anfühlen konnte.

„Okay?", fragte sie mich.

Ich machte ein finsteres Gesicht. „Ich habe mein Mädel auf meinem Schwanz. Ich will nirgendwo anders sein."

Ich packte ihre Hüften, dann hob ich sie hoch und presste sie wieder nach unten. Daraufhin übernahm sie, kreiste mit dem Becken und hob sich, stellte ihre in Sneakers steckenden Füße auf die Stufe, um mehr Kraft ausüben zu können.

„Heilige Scheiße, Prinzessin", sagte ich, da ich vor Lust starb.

Ich schob ihr T-Shirt nach oben und sie hob ihre Arme gerade so lange, dass ich es wegschleudern konnte. Dann zerrte ich ihren Sport-BH über ihre Titten und nahm eine in meinen Mund. Ihre Pussy zog sich zusammen und sie stöhnte.

Wir hielten nicht lange durch, dieser wilde Sex war genau das, was wir beide brauchten. Das hier war nicht das, was sie mit Larry gehabt hätte. Es war zwar einfach nur pures Ficken, aber wir hatten auch eine Verbindung. Sie war auf einer Wellenlänge mit mir. Es war ein fairer Austausch. Ich nahm sie ungeschützt. Als sie auf mir kam und mich mit ihrer Erregung überzog, konnte ich mich nicht zurückhalten und kam tief in ihr.

Machte sie zur Meinen. Markierte sie. Ich war ein Neandertaler, aber es war mir scheißegal. Das Einzige, das ich sagen konnte, war: „Mein."

25

Harper

„Bleib die ganze Zeit an meiner Seite", bläute mir Reed ein. Erneut. „Ich hasse das hier, Quake, nur damit du Bescheid weißt. Sie sollte nicht hier sein."

Wir befanden uns auf dem Parkplatz eines verlassenen Einkaufszentrums auf der nördlichen Seite von Denver. Quake hatte Reed heute Morgen angerufen und uns von dem Treffen erzählt, das er mit Randy vereinbart hatte. Wir hatten uns mit Quake und seinem Sohn Frankie im Diner getroffen und waren ihnen im Anschluss zu diesem Treffpunkt gefolgt.

„Ist notiert", erwiderte Quake, der sich an die Motorhaube seines SUVs lehnte.

Wir trafen uns nicht auf ein paar Drinks. Das hier war kein Treffen zur Happy Hour. So trafen sich Verbrecher. Auch wenn ich nicht genug über Quake wusste, um ihn einen Verbrecher nennen zu können. Wie er gesagt hatte,

hatte er Freunde in den zwielichtigen Gegenden. Ich konnte nicht so hart mit ihm ins Gericht gehen oder überhaupt, wenn er mir half. Ich konnte nicht verstehen, was er von der ganzen Sache hatte, aber ich würde nicht fragen.

Ich sah mich um. Der Parkplatz lag verlassen da, aber an einer öffentlichen und belebten Straße. Niemand würde am helllichten Tag, während Autos vorbeifuhren, aufeinander schießen – zumindest hoffte ich das. Ich war noch immer nervös und innerlich am Durchdrehen. Der Typ, auf den wir warteten, war derjenige gewesen, der mir Alpträume beschert hatte, seit er seine Männer dazu veranlasst hatte, mich zu entführen. Ich hatte versucht, ihm aus dem Weg zu gehen, und jetzt würde ich mich gezielt mit ihm treffen.

Quake stieß sich von seinem SUV ab und stellte sich neben mich, während ein schwarzer Cadillac vorfuhr und parkte. Randy stieg zusammen mit zwei Männern aus. Männern, die ich sofort erkannte.

Ich atmete scharf ein und spürte den Adrenalinanstieg, weil ich mich daran erinnerte, was sie getan hatten.

Den üblichen sonnigen Colorado-Himmel überzog eine Wolkenschicht, die die Sonne verdeckte. Ich erschauderte in meiner dicken, bauschigen Jacke. Mit zitternden Fingern zog ich mir den Hut tiefer ins Gesicht. Reed nahm meine Hand in seine und drückte sie. Er war so warm. So ruhig. Ich fragte mich, ob er vor irgendetwas Angst hatte.

„Das... das sind die zwei", wisperte ich.

Quake stand auf meiner anderen Seite. Ich wurde von dem Präsidenten eines MC und von einem professionellen MMA-Kämpfer flankiert.

„Was haben die zwei getan, Schätzchen?", hakte Quake nach.

Ich konnte die Augen nicht von diesen Männern losreißen. Gott. Ich sah sie in meinem Schlaf. „Das sind die beiden aus dem Hotelaufzug vor zwei Jahren."

„Die beiden sind es?", fragte Reed. Dieses Mal drückte er meine Hand und das nicht um meinetwillen. Er tat es, weil er sauer war.

„Immer mit der Ruhe", murmelte Quake. „Lasst uns dieses Treffen hinter uns bringen. Frankie wird sich um sie kümmern."

„Mit Vergnügen", sagte er und dunkle Versprechen schwangen in seinen Worten mit.

Ich beugte mich um Quake, um Frankie zu betrachten. Er war ungefähr in meinem Alter, hatte dunkle lockige Haare und die hellblausten Augen, die ich jemals gesehen hatte. Er hatte die schlanke, langbeinige Statur eines Läufers. Er war zwei oder drei Zentimeter kleiner als sein Vater und nach dem zu urteilen, wie er Randy und seine Männer musterte, ging ich davon aus, dass er genauso gnadenlos war. Er zwinkerte mir zu, dann setzte er die neutrale Maske auf, die auch Quake und Reed trugen.

Wir standen vor Reeds Pickup und warteten, dass sie sich uns näherten. Sie stoppten ungefähr drei Meter entfernt und ich hatte das Gefühl, als befände ich mich mitten in einem Cowboy-Duell.

„Also, Harper Lane", sagte Randy. „Wir haben nach dir gesucht."

„Weiß nicht warum", erwiderte Reed, bevor ich auch nur den Mund öffnen konnte. „Sie hat nichts mit dir zu tun."

Das Einzige, woran ich denken konnte – abgesehen davon, durchzudrehen – war, dass Randy einen Napoleon-Komplex hatte. Er war kleiner als ich, seine Haare gingen ihm vermutlich im gleichen Tempo aus, wie sein Bauch wuchs. Er war Anfang vierzig und sah aus wie die Sorte Mann, die zum Spaß Welpen trat.

„Sie hat etwas, das ich will." Sein schmieriger Blick wanderte über mich und mir entging nicht, dass er über mehr als Geld redete.

Ich zupfte an Reeds Hand, als ich spürte, dass er sich zum Zuschlagen anspannte. Er war zwar gut mit seinen Händen, könnte sich aber nicht einen Weg aus einem Schusswechsel schlagen.

„Ruhig Blut", murmelte Quake, während Randy feixte, weil er wusste, dass seine Worte ihr Ziel getroffen hatten.

Reed knirschte mit den Zähnen und sagte: „Du willst ihren Bruder."

„Ich will ihr Geld."

„Ich habe es nicht", sagte ich.

Er schaute von Reed zu mir und bedachte mich mit einem Blick so kalt wie das Januarwetter.

„Dein Bruder behauptet, du hättest es."

„Ich hätte gedacht, du bist klüger, als einem kleinen Scheißer wie Cam Lane zu vertrauen", sagte Quake, der die Arme vor seiner Brust verschränkte. Obwohl es Temperaturen um den Gefrierpunkt hatte, trug er keine Jacke.

Randys Wangen röteten sich vor Wut.

„Sie hat das Geld nicht", wiederholte Quake. „Cam liegt falsch."

Ich griff in meine Jackentasche und hielt ein gefaltetes Blatt Papier hoch. „Hier."

Reed packte meinen Ellbogen, weil er dachte, ich würde zu Randy gehen und es ihm überreichen. Als ob.

Ich öffnete den Brief und las ihn vor. „Sehr geehrter Mr. Randolph", begann ich. Ich ließ meinen Blick zu Randy huschen, dann wieder auf die E-Mail, die ich für meine beträchtliche Spende in seinem Namen erhalten hatte. „Dankeschön für Ihre großzügige Spende. Ihr Check über fünfzigtausend Dollar wird uns eine große Hilfe dabei sein, die Frauen und Kinder der Gemeinde zu unterstützen, die Situationen häuslicher Gewalt oder andere unsichere Familiensituationen verlassen müssen. Sie sind ein wahrer Held unserer Gemeinde."

Dort stoppte ich und schaute erneut zu Randy. Seine Fäuste waren fest geballt. Wenn Blicke töten könnten und das alles. „Du hast das ganze Geld weggeben?"

„Du hast das getan", konterte ich.

„Wirklich nett von dir, an andere zu denken", sagte Reed.

„Ein verdammter Held", fügte Quake lachend hinzu, nicht das geringste bisschen besorgt über Randys Wut.

Randy streckte seine Hand aus, öffnete und schloss seine Finger. „Lass mich das sehen."

Ich reichte es Quake, der nach vorne trat, um es Randy zu geben. Der Mann überflog das Papier, dann zerknüllte er es in seiner Faust.

„Dieses Geld hat deinen Bruder am Leben gehalten. Cam Lane ist jetzt ein toter Mann."

Es war genau so, wie ich es mir gedacht hatte. Was ich den Männern neulich im Diner erzählt hatte. Die beste Einschüchterungstaktik, die ein Kerl wie Randy hatte, war die Bedrohung des Lebens eines geliebten Menschen.

Ich holte tief Luft und stieß sie aus. Randy war keine Bedrohung mehr für mich. Und Cam? Das war etwas anderes und nicht mein Problem.

„Denkst du wirklich, ihr Bruder interessiert sie einen feuchten Kehricht?", fragte Reed. „Er hat sie dir gegeben. Dass sie davongekommen ist, beweist nur, dass sie ein besserer Kämpfer ist als die beiden. Du solltest verdammt froh sein, dass ich sie auf dem Parkplatz des Fitnessstudios nicht aus ihrem Auto gezerrt und selbst erledigt habe." Reed deutete mit seinem Kinn nach oben, um auf die Typen aus dem Aufzug zu zeigen. Sie traten auf dem Asphalt von einem Fuß auf den anderen, aber leugneten nicht, was sie getan hatten, oder dass sie leichte Angst vor Reed hatten.

„Sie steht unter meinem Schutz", informierte Quake Randy mit langsamen und deutlichen Worten. „Wenn du oder deine Männer jemals wieder auch nur in ihre Richtung schaut, werden wir ein Problem haben."

Randys feindselige Augen huschten zu mir, dann weg.

„Sie ist eine verdammte Professorin", fuhr Quake fort. „Spielt nicht einmal in deiner Liga. Schau dir ihren Mann neben ihr an. Denkst du, er wird zulassen, dass dieser Scheiß weitergeht?"

Randy grunzte. „Ich will deinen Bruder."

„Wir müssen ihn für dich holen?", fragte Reed.

„Laut dem, was ich gehört habe, versteckt er sich bei Mommy und Daddy." Randy blickte bedeutungsvoll zu mir. „Musst vielleicht bei ihnen vorbeischauen und ihnen allen einen Besuch abstatten."

Darüber konnte ich nur lachen. Alle schauten zu mir. „Mommy und Daddy mögen Cam weit mehr als mich. Sag ihnen Hallo von mir."

„Der Deal ist folgender, *Randy*", begann Reed. „Du lässt Harper in Ruhe und wir werden in Bezug auf Cam die Füße stillhalten. Wir bieten dir einen verdammten Handel an, wenn ich dir eigentlich nur die Fresse polieren will."

Randy zog eine Braue hoch, aber hielt den Mund.

Das war Teil des Plans. Ich für Cam.

Reed drehte mich zu sich und legte seine Hände auf meine Schultern. Ich schaute in seine dunklen Augen und… atmete einfach. Bei ihm war ich in Sicherheit. Durch seine Berührung ging seine Hitze auf mich über und ich wusste, dass nichts schiefgehen würde.

„Ruf ihn an", sagte er mit sanfter Stimme. Für mich. Nur

mich. „Sag ihm, du gibst auf und wirst ihm das Geld geben. Das Fitnessstudio." Er blickte zu Randy. „Deine Männer wissen, wo es ist, da sie dort campiert haben. Ich will sehen, wie dieses Arschloch weggebracht wird."

Randy sagte kein Wort.

Ich nickte, denn ich verstand, was er von mir verlangte. Ich zog mein Handy hervor und drückte auf die Nummer, die ich wochenlang gemieden hatte.

„Meine Fresser, Harper. Warum zum Teufel hast du mich nicht angerufen? Du bist so ein Miststück." Ich zog das Handy von meinem Ohr und legte auf.

Reeds Kiefer war vollkommen verspannt, weil er die Worte gehört hatte. Ich holte tief Luft. Rief zurück.

„Hallo, Harper." Dieses Mal klang er sehr viel freundlicher. Wie er den Schalter so von einem wütenden Arschloch zu einem Schleimer umlegen konnte, war ein weiterer Hinweis darauf, dass er ein Psychopath war.

„Ich gebe auf. Ich..." Ich schaute zu Randy. „Ich habe Angst. Gott, Cam, ich kann nicht einmal mein Wohngebäude verlassen."

„Dann gib mir das verdammte Geld."

Ich seufzte. „Na schön."

„Du warst immer für irgendetwas nützlich", erwiderte er.

„Ich kann jetzt zu deinem Apartment kommen." Er war eindeutig verzweifelt. Der Mann, der ihn in diesen Zustand versetzt hatte, stand drei Meter entfernt von mir.

„Du willst Bargeld, also muss ich zur Bank gehen", informierte ich ihn.

„Na schön. Zwei Stunden." Er legte auf.

Ich steckte das Handy wieder in meine Jacke.

„Braves Mädchen", lobte Reed, dann beugte er sich nach unten und küsste mich auf den Scheitel. Ich atmete aus und fühlte mich zittrig. Es passierte wirklich. Cam würde zu dem Gebäude kommen und Randy würde ihn mitnehmen. Vermutlich töten.

„Wir sind hier fertig", sagte Reed zu Randy, trat zurück und zog mich mit sich. „Er wird in zwei Stunden beim Studio sein. Gib mir fünfzehn Minuten allein mit ihm und dann gehört er ganz dir. Dann ist dieser Scheiß erledigt."

„Ja, ja. Wenn Cam auftaucht, werde ich mich nicht einmal mehr an den Namen seiner Schwester erinnern." Randy blickte von mir zu Quake.

Sie veranstalteten ein kleines Wettstarren, dann nickte Quake.

Randy und seine Schlägertypen gingen zu ihrem Auto und wir beobachteten, wie sie davonfuhren.

„Halte durch, Schätzchen", sagte Quake, der zu mir kam und mir auf die Schulter klopfte. „Es wird bald vorbei sein. Du kannst aufhören, davonzulaufen."

Ich schaute zu Reed, der nickte.

„Das habe ich bereits", sagte ich zu Quake, aber behielt den Blick auf Reed gerichtet. Er zog mich in seine Arme und ich wusste sogar vor einem heruntergekommenen Einkaufszentrum, dass ich genau dort war, wo ich sein wollte.

26

EED

Ich hatte im Ring gekämpft. Wollte gewinnen. Immer. Nach Jahren, in denen ich seinen Scheiß ertragen hatte, seinen Gürtel und seine gewaltige Streitlust, hatte ich mich gegen meinen Dad gewehrt. Hatte ihn tot sehen wollen. Hatte mich darum gekümmert. Hatte einen großen Preis dafür gezahlt.

Aber mein Vater war hinter *mir* her gewesen. Seine Wut war allein auf mich gerichtet gewesen, weil ich mich nicht gefügt hatte. Ich mochte bei seinen Verbrechen mitgemacht haben, aber war nicht in diese eingeweiht gewesen. Ich war in der Lage gewesen, damit klarzukommen. Hatte gewusst, was auf mich zukäme. Hatte sogar gewusst, dass ich ins Jugendgefängnis kommen würde, wenn ich ihn umbrächte.

Es war jede verdammte Minute davon wert gewesen.

Aber dieser Drecksack Randy? Ich hatte über den Parkplatz marschieren und ihn um die Ecke bringen wollen, nur weil er Harper angeschaut hatte. Er suchte sich Unschuldige als Opfer raus. Benutzte sie. Harper war stark und mutig, aber sie lebte nicht in seiner Welt. Wusste nicht, wie tief Menschen sinken konnten. Wie verzweifelt sie werden konnten. Wie schmutzig sie spielen konnten. Nun, vielleicht wusste sie es wegen Cam, aber er war kein Vergleich zu Randy.

Ich war mir nicht sicher, ob Cam ein Soziopath oder Psychopath war. Vielleicht beides, vor allem wenn es um Harper ging. Aber er war auch ein Schwachkopf. Er war mit einem Silberlöffel im Mund geboren worden. Und anstatt die Gelegenheiten zu nutzen, die sich ihm dadurch geboten hatten, und sich ein gutes Leben aufzubauen, hatte er es geschafft, einem Typen wie Randy Geld zu schulden.

Ich wusste, was Cam für Fünfzigtausend tun würde.

Ich wusste, was Randy dafür tun würde.

Cam hatte Randy seine eigene Schwester – erneut – angeboten und er hatte ihr diese zwei Arschlöcher auf den Hals gehetzt. Hätte sie sich nicht so stark gewehrt, hätten sie sie vergewaltigt und dann ihrem Boss übergeben. Sie hätte Cams Schuld begleichen müssen, was sie so viel mehr als einige Nullen auf ihrem Bankkonto gekostet hätte.

Sie hatte all den Scheiß überlebt, den ihr Cam eingebrockt hatte. Wieder und wieder. Sie war in einem Stück aus dem Drama hervorgegangen, aber hatte einige Treffer einstecken müssen. Der Kampf war jetzt vorbei. Sie hatte Männer auf ihrer Seite. Mich. Gray. Quake und, da sie unter seinem Schutz stand, die gesamte *No Holds Barred* Crew. Fuck sei Dank.

Ganz gleich, wie sehr ich das Arschloch töten wollte, Quake konnte sich um Randy kümmern und würde sicherstellen, dass er Harper vergaß. Aber ihr Bruder?

Cam würde zu Boden gehen und ich würde höchstpersönlich dafür sorgen. Genauso wie ich es bei meinem Dad getan hatte.

Nur würde ich mir dieses Mal nicht die Hände schmutzig machen. Ich war jetzt klüger.

Randy wusste, dass es kein Geld zu holen gab. Cam steckte in großen Schwierigkeiten. Er hatte Randy zwei Jahre lang – ich war überrascht, dass Cam im Gefängnis nicht um die Ecke gebracht worden war – mit Harpers Geld hingehalten. Randy hatte das Warten satt und wir würden ihm den kleinen Scheißer auf einem verdammten Silbertablett servieren.

Wir fuhren schweigend zurück zum Wohngebäude. Ich hielt Harpers Hand auf meinem Schoß und ließ sie auf dem ganzen Weg nicht los. Gray und Emory trafen sich in der Lobby mit uns.

„Sorry, dass ich euch von der Ranch zurückgeholt habe", sagte ich zu ihnen.

Emory lächelte uns beide an, aber Gray nickte nur. Er steckte in seiner üblichen nicht-Workout-Uniform aus Jeans, Hemd mit Druckknöpfen und Stetson.

„Gray hat mir erklärt, was los ist", erzählte Emory, die zu uns kam und Harper umarmte. Ihre Haare waren zu einem Pferdeschwanz zurückgebunden und ihre Augen waren sorgenerfüllt, als sie über Harpers Schulter zu mir hochsah. Sie war eine klinische Pflegeexpertin und Mutter, was sie zu einer echten Glucke machte, die alle unter ihre Fittiche nahm, die Hilfe brauchten, und sich um sie kümmerte. So waren wir überhaupt erst in Kontakt mit Quake Baker gekommen.

Während sich Emory um alle kümmerte, war Gray derjenige, der sich um sie kümmerte. Nichts würde Emory zustoßen, das stand mal fest.

„Kommt hoch zu unserem Apartment. Wir werden

etwas zu Essen besorgen." Emory führte Harper zum Aufzug und ich blieb mit Gray zurück.

„Ich hab das Studio früher geschlossen", informierte er mich, wobei er die Stimme senkte. „Wenn das unschön wird, will ich nicht, dass es auf dem Parkplatz passiert."

„Es wird unschön werden", entgegnete ich und ließ meine Knöchel knacken.

Gray musterte mich einen Augenblick, dann nickte er. Im Sommer war er mit Quake und Frankie losgezogen, um sich eines Typen anzunehmen, der in Emorys Haus eingebrochen war. Er hatte nie erzählt, was sie mit ihm gemacht hatten. Ich war klug genug, keine Fragen zu stellen. Er wusste, wie ich empfand, wusste, dass ich einige Minuten mit Cam wollte. Das würde Vergangenes nicht wiedergutmachen, aber es würde sich auf jeden Fall verdammt gut anfühlen.

Die Aufzugtüren glitten auf und wir liefen los, um uns den Frauen anzuschließen. Gray und Emory stiegen in den Aufzug und ich blickte zu Harper. Wir waren bisher nur einmal gemeinsam beim Aufzug gewesen, bei jenem ersten Mal, als wir uns kennengelernt hatten und sie vollkommen durchgedreht war.

„Treppe?", fragte ich. Ich würde den Aufzug links liegen lassen, wann immer sie wollte, wenn sie sich dadurch besser fühlte.

Sie blickte zum Aufzug, dann zu mir. „Es ist alles gut." Um das zu beweisen, holte sie tief Luft und schloss sich Gray und Emory an, die auf den Knopf drückte, damit die Türen geöffnet blieben.

Harper drehte sich zu mir und lächelte.

Dieses verdammte Lächeln.

Ich nickte, dann gesellte ich mich zu ihnen.

Ich hatte keine Ahnung, ob sie je an anderen Orten in

einen Aufzug steigen würde, aber hier wusste sie, dass sie in Sicherheit war. Das war ein Anfang. Ich freute mich darüber.

Emory machte einige Snacks, während ich mit Harper in Grays und Emorys Apartment am Fenster stand. Wohingegen es im ersten Stock zwei Apartments gab, meines und Harpers, gab es im zweiten Stock nur eines. Es war im offenen Stil designt und geräumig. Bevor Emory eingezogen war, war die Bude blitzblank sauber gewesen und minimalistisch eingerichtet. Emorys Hab und Gut hatte der Bude etwas Leben eingehaucht. Pflanzen, Nippes und solches Zeug. Es fühlte sich... heimelig an.

Harper schaute hinab auf den Parkplatz. Wartete.

Ich legte eine Hand auf das Fenstersims, die andere an ihre Hüfte und stellte mich direkt hinter sie. Ich versuchte, sie zu beruhigen, aber in Wahrheit fühlte ich mich ebenfalls besser, wenn ich sie berührte.

„Du wirst hier oben bei Emory bleiben", sagte ich. „Niemand kann hier hochkommen. Du wirst in Sicherheit sein."

Wieder galten die Worte genauso sehr ihr wie mir. Ich musste wissen, dass ihr nichts zustoßen würde, während ich mich um Cam kümmerte. Ich war mir nicht sicher, ob Randy persönlich auftauchen würde, um Cam einzusammeln, oder nur Diedeldum und Diedeldei. Wie auch immer, ich wollte sie nicht in der Nähe von Harper haben, während ich damit abgelenkt war, ihren Bruder nach Strich und Faden zu verprügeln.

Sie nickte. „Ich weiß."

Ich ließ meine Hand ihren Rücken hinabgleiten, spürte die kleinen Erhebungen ihres Rückgrats und beugte mich dann nach vorne, um ihr ins Ohr zu raunen, damit ich nicht überhört wurde: „Ich möchte dich in meine Dusche bringen. Den Schmutz von diesem Treffen abwaschen. Du bist zu gut, um solchen Scheiß auch nur zu tun."

Sie schüttelte den Kopf und blickte weiterhin aus dem Fenster. „Nein, das bin ich nicht. Nicht nach allem, das mir Cam angetan hat."

Daraufhin wirbelte ich sie zu mir herum. Neigte ihr Kinn mit den Fingern nach oben. „Du hast überlebt, Prinzessin."

Sie rollte mit den Augen.

„Das hast du", wiederholte ich. „Du denkst, ich bin der Kämpfer? Fuck, Frau. Du hast dein ganzes Leben lang gekämpft. Heute ist das vorbei. Erledigt."

„Ich werde immer schmutzig sein", wisperte sie.

Ich schob meine Hand in ihr Genick und umfing es. „Worte wie diese machen mich wütend. Stehst du auf Spankings, Hübsche?"

Ihre Augen weiteten sich und ihr Mund klappte auf. Das durchbrach die Anspannung. Mittlerweile hatte ich sie zwar einige Male gehabt, aber wir hatten noch nichts getan, das als kinky gegolten hätte. Ich hatte keine Ahnung, ob es sie erregte, den Hintern versohlt zu bekommen. Ich hatte das noch nie zuvor getan, aber wenn das etwas war, das sie brauchte, würde ich es ihr geben.

„Willst du wegen meiner Vergangenheit weniger gerne mit mir zusammen sein?", fragte ich. „Wegen meiner Familie?"

„Nein, natürlich nicht."

„Das Gleiche gilt für mich. Du hast eine beschissene Familie abgekriegt genau wie ich. Also gründen wir eine neue Familie. Du und ich."

Als sich ihre Augen dieses Mal weiteten, taten sie das vor Überraschung. „Was?"

Ich konnte nicht fassen, dass ich es ihr praktisch buchstabieren musste. „Ich liebe dich, Harper Lane."

Tränen traten ihr in die Augen.

Ich fuhr mit einer Hand über meinen Kopf. „Fuck, das ist das erste Mal, dass ich einer Frau sage, dass ich sie liebe, und ich bringe sie zum Weinen."

Das brachte sie zum Lachen und sie wischte die Tränen weg. „Nein. Ich weine nicht."

„Ich bin nicht ganz so klug, aber ich erkenne Tränen, wenn ich sie sehe."

„Ich weine nicht, weil ich traurig bin. Ich... ich bin glücklich. Ich will auch deine Familie sein."

Ich atmete aus und lächelte. „Fuck sei Dank."

„Ich liebe dich, Reed Johnson", sagte sie mit der sanftesten, süßesten, perfektesten Stimme aller Zeiten.

Daraufhin küsste ich sie. Lang und hart

Sie liebte mich.

Mich. Den Versager. Den Kämpfer. Den Mann, der so gebrochen war, dass ich ihn für unwiderruflich verloren gehalten hatte. Der einzige Ort, an dem ich gewinnen konnte, war im Ring.

Aber mit Harper hatte ich den Meisterschaftstitel gewonnen. Ich hatte keine Ahnung, wie ich solches Glück hatte haben können.

Ich wich zurück und lehnte meine Stirn an ihre.

„Wenn Cam kommt, will ich nicht, dass du verletzt wirst."

Ich blickte auf sie hinab und streichelte mit der Hand über ihre Haare. „Ich denke, du sehnst dich wirklich nach einem Spanking. Ich werde dich später ins Bett holen und dein Hintern wird meinen Handabdruck tragen, yeah?"

„Reed."

„Beleidige mich nicht, Prinzessin. Ich komme mit Cam

schon klar. Ich muss wissen, dass er erledigt ist. Ich muss ihm klarmachen, dass er erst einmal mich aus dem Weg räumen muss, um an dich ranzukommen. Außerdem ist Rache süß und Randy wird sich um ihn kümmern. Nachdem ich mit ihm fertig bin."

Eine Autotür knallte zu und wir schauten nach unten auf den Parkplatz.

Als sich Harper neben mir versteifte, wusste ich, dass es Cam war. Dass er aus einem schicken BMW stieg, warf für mich die Frage auf, warum er ihn nicht einfach verkaufte, um seine Schulden zu begleichen, oder ob er sich Mommys Wagen ausgeliehen hatte.

Wir waren zu weit oben, um einen guten Blick auf den Kerl werfen zu können, aber er war hier. Ich würde ihm schon früh genug von Angesicht zu Angesicht gegenüberstehen.

Indem ich ihr Gesicht zu mir drehte, küsste ich sie erneut und hob nicht den Kopf, als ich hörte, wie sich Gray näherte.

„Bleib hier bei Emory. Danach habe ich Pläne für dich, okay?"

„Okay."

27

Harper

„Wir können nicht einfach hier oben sitzen und Hummus und Kräcker essen", sagte ich und deutete auf den Teller mit Snacks, den Emory auf die Theke gestellt hatte. Wie sie so ruhig etwas Gesundes zum Essen machen konnte, während mein Mann – und ihrer – unten waren und ein *Gespräch* mit Cam führten, war mir schleierhaft.

Sie drehte sich vom Kühlschrank, wo sie gerade ein Glas mit Eis füllte, zu mir und schenkte mir ein kleines Lächeln. „Reed will, dass du in Sicherheit bist. Du bist ihm wichtig."

Das wusste ich. Er hatte das L-Wort gesagt. Er. Reed, der große, muskulöse Kämpfer *liebte* mich. Schmetterlinge füllten meinen Bauch wie bei einem dreizehnjährigen Mädchen, dass seine erste Schwärmerei erlebte. Dann wechselte das Gefühl zu Widerwillen. Panik.

„Ich muss wissen, dass diese Sache erledigt ist", erwiderte ich und umarmte mich selbst. „Ich kann nicht... ich kann mich nicht ständig fragen, ob mich Cam jemals wieder belästigen wird."

Emory legte den Kopf zur Seite und lächelte mich an. „Ich habe keinen blassen Schimmer, was Gray mit diesem Kerl angestellt hat, der in mein Haus eingebrochen ist. Quake hat gemeint, ich müsste mir nie wieder Sorgen wegen ihm machen. Aber heißt das, dass er so sehr in Angst und Schrecken versetzt wurde, dass er zukünftig spuren wird? Dass er im Gefängnis ist? Tot? Ich habe keine Ahnung."

Ich stand auf der gegenüberliegenden Seite der Theke neben den zwei Barhockern und sie kam durch die Küche zu mir.

„Machst du dir Sorgen, dass er zurückkommen wird?", fragte ich.

Sie schüttelte den Kopf. „Nein. Gray sagte, dass ich in Sicherheit sei, und ich glaube ihm. Aber ich... ich will wissen, was passiert ist. Tief in meinem Inneren habe ich manchmal noch immer Angst. Erzähl das nicht Gray oder er verliert den Verstand."

Ihre Worte passten zu dem, was mir mein Bauchgefühl sagte. Ich hatte die Nase davon voll, Angst zu haben. Ich liebte die Vorstellung, dass mich Reed vor Cam beschützte, aber er konnte mich nicht vor meinen Gedanken und Ängsten beschützen, ganz gleich was er mir in Zukunft darüber erzählen würde, dass ich in Sicherheit war.

Ich musste es wissen. Ich musste mich Cam stellen und ihm selbst gegenübertreten. Ihm in die Augen zu schauen, damit er wusste, dass ich nicht mehr benutzt werden konnte, war wichtig. Entscheidend. Das hier war meine einzige Chance.

Auf dem Absatz herumwirbelnd, stürzte ich zur Treppe. „Ich gehe dort runter. Ich muss Cam sagen, dass er mir nicht mehr wehtun kann."

Ich nahm die Stufen zwei auf einmal und wusste nicht, dass Emory mir folgte, bis ich ihre Schritte hinter mir hörte.

Wir traten in die Lobby und ich spähte durch die Glastüren in das Studio. Es war bis auf Reed, Gray und Cam leer.

Nach einem Blick zu Emory atmete ich einmal tief durch und ging durch die Türen.

„Ich hab dir gesagt, dass es vorbei ist", sagte Reed, den Rücken zu mir, die Arme vor der Brust verschränkt. Es drang nicht die übliche Musik durch die Lautsprecher und seine Stimme durchschnitt den großen Raum. „Es gibt kein Geld."

Sie waren drüben beim Ring, wobei Gray zwischen Cam und der Tür nach draußen stand.

Ich hatte Cam seit zwei Jahren nicht gesehen. Seine Haare waren länger. Er hatte Gewicht verloren. Er war wütend und eine gewisse Verzweiflung umgab ihn. Eine Wildheit. „Es gibt eine ganze Menge Geld. Harper muss es mir geben. Jetzt."

„Kommt nicht infrage", entgegnete Reed. Seine Stimme war tief und unbarmherzig, ganz anders als wenn er mit mir zusammen war.

„Sie schuldet es mir!", brüllte Cam.

Emory zupfte an meinem Arm und zog mich hinter die Rezeption. Wir hatten klare Sicht auf die Männer, aber ich ging davon aus, dass sie absichtlich die Theke zwischen uns und Cam brachte. Nur für den Fall. Vorher müsste er an Reed und Gray vorbei.

„Sie schuldet dir gar nichts", verkündete Reed. „Du hast gespielt. Du hast verloren. Du bezahlst die Schulden selbst."

„Das habe ich."

„Mit deiner Schwester, verfickt noch mal."

Ein langsames Lächeln breitete sich auf seinem Gesicht aus. „Niemand hat meine Schwester gefickt. Das ist ja das Problem. Randy will noch immer Bezahlung."

Ich sah nicht einmal, dass Reed seine Faust hob, aber er rammte sie so schnell gegen Cams Nase, dass ich keuchte.

„Fuck!", schrie Cam, der sich vornüberbeugte und sein Gesicht mit der Hand verdeckte. Blut quoll unter dieser hervor, tropfte von seinem Kinn und auf sein Shirt.

Reed und Gray drehten ihre Köpfe in unsere Richtung. Reeds Augen wurden schmal, als er mich sah, und Gray zuckte nicht einmal mit der Wimper, auch wenn sich seine Augen leicht verengten, als er zu Emory blickte. Cam war zu sehr mit seiner Nase beschäftigt, um irgendetwas zu bemerken. Reed packte Cam an seinem Shirt und schleifte ihn die Treppe hoch und in den Ring. Als Cam stolperte, trug er ihn mehr oder weniger. Die Seiten des Rings wurden von einem Metallzaun umgeben, die Stützen waren gepolstert, genau so wie ich es bei den Kämpfen im Fernsehen gesehen hatte. Gray ging nach oben und zog die Zugangstür hinter ihnen zu.

„Deine Schwester hat das Geld einer Wohltätigkeitsorganisation gegeben", verkündete Reed.

Cam richtete sich gerade auf, aber hielt seine Hand weiterhin an sein Gesicht. Seine Augen weiteten sich, da er damit nicht gerechnet hatte. „Was zum Henker?"

„Du bist in Bezug auf Randy auf dich allein gestellt."

„Was? Nein! Das würde sie nicht tun."

„Doch, Cam. Das würde ich", rief ich.

Cam riss die Augen auf, während er zum Zaun lief und seine Finger um den Draht krümmte. Gray stand oben auf der Treppe und blockierte den Ausgang. Wenn er nicht gerade über die Wände des Rings klettern wollte, würde Cam nicht rauskommen.

„Du hast dieses Geld wegen mir bekommen", sagte er.

Ich legte meine Hände auf die Theke der Rezeption und beugte mich nach vorne. „Schweigegeld für das, was du getan hast, weil du mich Randy *gegeben* hast, genauso wie du mich Brad gegeben hast, als ich dreizehn war."

Ich spürte, wie sich Emorys Hand auf meiner Schulter niederließ, aber sie sagte nichts.

Cam lächelte. „Brad. Fuck, das hatte ich ganz vergessen. Was *mein* Geld angeht, du hättest es nicht gekriegt, wäre ich nicht gewesen."

Er hatte Wahnvorstellungen.

„Ich wollte nie irgendetwas von dir, Cam. Wie Reed sagte, ist das Geld fort. Ich bin raus. Du musst mich in Ruhe lassen."

Er lachte, wobei er seine blutigen Zähne zeigte. „Dich in Ruhe lassen? Du hast mir diese Penner auf den Hals gehetzt." Er streckte einen Arm aus und deutete auf Reed.

Ich schüttelte den Kopf, aber bei dem Laut der Außentür, die sich öffnete, wirbelte ich herum. Randy und seine zwei Kerle kamen durch die Tür und blieben dort stehen. Ausnahmsweise war ich froh, sie zu sehen. Wenn überhaupt, musste ich Randy zugutehalten, dass er so pünktlich war.

Wenn ich auch nur den kleinsten Zweifel gehegt hatte, dass sie Cam wirklich holen und... was auch immer mit ihm tun würden, so verpuffte dieser jetzt. Ich empfand keine Schuld. Wurde von keinen Gewissensbissen geplagt, wenn es um ihn ging.

„Ich habe dir Reed und Gray nicht auf den Hals

gehetzt", sagte ich, dann deutete ich zu Randy. „Ich habe *deine* Schlägertypen auf dich angesetzt."

„Was?" Cams Augen weiteten sich, zum ersten Mal aus Angst. „Nein! Sag ihnen, dass du mehr Geld hast. Dass du es ihnen geben wirst."

„Besorg es dir von Mom und Dad", entgegnete ich. „Sie haben dich auch aus allem anderen rausgeholt."

Er schüttelte den Kopf und Blut tropfte auf die Matte. „Das werden sie nicht tun. Sie können nicht. Sie sind pleite."

Das überraschte mich und mein Gehirn zögerte. Sie hatten kein Geld? Die berüchtigten Lanes pleite? Das ergab keinen Sinn, aber ich war mir sicher, dass Cam recht hatte. Er hatte sie zweifelsohne sofort, als er aus dem Gefängnis gekommen war, um Geld gebeten. Ich fragte mich, ob mein Vater auch ein Spieler war. Vielleicht schlechte Investitionen. Es interessierte mich eigentlich nicht. Ich hatte einen Treuhandfond von meinen Großeltern, den sie nicht anrühren konnten. Ich hatte meinen Job und brauchte keine schicken Dinge wie sie. Geld kaufte einem kein Glück, so viel stand fest.

„Sind wir hier fertig?", erkundigte sich Randy eindeutig ungeduldig.

„Ich bin fertig", teilte ich ihm mit. Cam war genauso wertlos wie eh und je. Er hatte sich nie geändert. Ich blickte zu Emory und nickte. Mehr musste ich nicht sehen. Ich musste nicht zuschauen, wie Randy Cam mitnahm. Ich hatte bekommen, weswegen ich nach unten gekommen war. Einen Abschluss.

Wir liefen an Randy vorbei und zu den Türen zur Lobby. Ich schaute ein letztes Mal über meine Schulter zu Cam im Ring, dann zu Reed, der neben ihm stand.

Reeds Körper war angespannt, seine Muskeln straff und bereit, genau wie bei seinen vergangenen Kämpfen, die ich mir online angesehen hatte. Ich schenkte ihm ein klitzekleines Lächeln in der Hoffnung, dass er verstand, warum ich seiner Bitte, oben zu bleiben, nicht nachgekommen war.

„Harper! Nein! Schwing deinen verdammten Arsch hierher!", brüllte Cam.

Ich ignorierte ihn, hatte nur Augen für Reed.

Während Cam fortfuhr, mich anzuschreien, zwinkerte Reed.

Cam stürzte sich auf Reed. Wahrscheinlich versuchte er, ihn zu erwischen, während er abgelenkt war, doch Reed hüpfte zurück und streckte einen Arm aus, womit er Cam abblockte. Daraufhin konterte er mit einem Schlag nach oben in den Magen, der Cam vom Boden hob, bevor er auf die Matte knallte und um Atem rang.

Reed schaute wieder zu mir, dieses Mal war sein Kiefer angespannt, aber er grinste mich an. Er hatte Spaß an dieser Sache. Ja, zwischen uns war alles gut.

Da trat ich durch die Tür und durchquerte die Lobby. Drückte auf den Knopf für den Aufzug und hörte Cam abermals brüllen.

Die Aufzugtüren öffneten sich und ich trat hinein, Emory folgte mir. Ich ließ Randy und diese Typen hinter mir. Auch wenn sie weniger als fünfzehn Meter entfernt waren und ich in einen Aufzug stieg, wie ich es getan hatte, als dieser ganze Schlamassel begonnen hatte, wusste ich jetzt, dass sie mir nichts mehr anhaben konnten. Sie waren endlich hinter der richtigen Person her. Ich war frei.

„Geht's dir gut?", fragte sie besorgt.

Während die Türen zuglitten und die letzten Worte von Cams Gebrüll aussperrten, schaute ich zu ihr. Lächelte.

Reed würde zu mir kommen und wir würden glücklich bis ans Ende unserer Tage leben, oder wie auch immer unsere Version davon aussah. MMA-Kämpfe und Besuche mittelalterlicher Kathedralen.

„Mir geht's gut. Mir geht's *so* gut."

28

EED

„Harper!", schrie ich, während ich an ihre Tür hämmerte.

Dieses Mal öffnete sie sofort. Ich verlor kein weiteres Wort, sondern hob sie nur hoch und lief einfach schnurstracks in ihr Bad.

„Reed, was –"

„Schh", erwiderte ich und stellte sie auf ihre Füße, damit ich in ihre Dusche greifen und das Wasser anschalten konnte. Ich wusch meine Hände unter dem warmen Strahl.

Das Adrenalin strömte durch meinen Körper. Ich stand unter Strom wie nach einem Kampf im Ring. Doch das hier war anders. Ich hatte keine fünf Runden kämpfen müssen und es hatte keine Regeln gegeben.

Ich hatte gewonnen. Wieder.

Dieses Mal war der Preis mehr als Geld gewesen.

Es war Harpers Freiheit gewesen.

Indem ich in meinen Nacken griff, zog ich mein T-Shirt

aus und nutzte es, um meine Hände abzutrocknen. Ich überprüfte meine Fingerknöchel und sah, dass etwas von dem bisschen Blut von Cam, das an ihnen gehaftet hatte, fort war. Erst dann ließ ich das Shirt auf den Boden fallen.

Harper beäugte mich, der Ausdruck in diesen dunklen Augen war eine Mischung aus Sorge und Begehren.

„Du hast kein Gramm Fett an dir", sagte sie, wobei ihre Hand auf meiner Brust ruhte. Mein Schwanz wurde zwar hart von dem Wissen, dass ihr gefiel, was sie sah, aber ich war überrascht, dass sie gerade *daran* dachte.

Ich sog scharf die Luft ein und spannte meine Bauchmuskeln an, als ich ihre Hitze fühlte. Ihre Fingerspitzen waren eine verdammte wunderbare Folter.

„Du hast zu viele Klamotten an", informierte ich sie, zog an ihrem Shirt und riss es ihr vom Körper. Ihr BH kam als Nächstes dran, dann sank ich auf den Fliesen auf die Knie und zog ihr ihre Jeans und Höschen gleichzeitig aus.

„Reed", sagte sie wieder, dieses Mal ein Flüstern, während sie ihre Hände auf meine Schultern legte, um das Gleichgewicht zu wahren.

Ich schaute zu ihr hoch. Fuck, ich brauchte diese Frau. Ich war erfüllt von Hass auf ihren Bruder, diesen Scheißkerl Randy. Diese Arschlöcher von ihm, die versucht hatten, ihr wehzutun...

Ich war so sauer gewesen.

Doch ich hatte nicht zugelassen, dass mein Verlangen nach Rache mich den Fokus verlieren hatte lassen. Ich hatte all meine Fähigkeiten als Kämpfer benutzt, um einen klaren Kopf zu bewahren und mich daran zu erinnern, was wichtig war. Cam tot. Harper war dauerhaft von Randys Radar genommen worden. Und wenn Quake sein Ding durchzog, wären schon bald Kugeln in Diedeldums und Diedeldeis Köpfen.

Ich hatte ihn nicht gebraucht, aber Gray war zur Verstärkung dagewesen. Es war sein Fitnessstudio. Sein Ruf, falls irgendjemand herausfand, was vor sich ging. Dem Outlaw war egal, was irgendeiner dachte, vor allem wenn wir dafür sorgten, dass eine Situation korrigiert wurde. Wenn wir eine Rechnung beglichen, die über ein Jahrzehnt alt war.

Alles hatte zu diesem Moment geführt, an dem sie endlich frei war, und ich musste wissen, dass sie gesund war. In Sicherheit.

Mein. Niemand sonst würde sie so berühren. Sie hören. *Sie spüren.* Ich war plötzlich ganz wild auf sie. „Ich muss dich zum Kommen bringen."

Indem ich meine Hände um die Rückseite ihrer Schenkel hakte, hielt ich sie an Ort und Stelle, während ich meinen Mund auf ihre Pussy legte. Sie stellte ihre Beine für mich weiter auseinander und ich leckte über ihre Spalte, bekam ihren Geschmack auf meine Zunge, dann fand ich ihre Klit.

„Reed!"

Ich stimulierte sie, ohne sie zu necken, da ich sie zum Höhepunkt bringen musste. Jetzt. Ich kurbelte ihre Lust schnell an, ihre Schreie hallten von den Badezimmerwänden und ihre Finger zerrten an meinen Haaren.

Diese Aktion sorgte dafür, dass ich sogar noch fokussierter darauf war, sie zum Kommen zu bringen. Ich liebte diese Laute. Liebte ihren Geschmack. Ihr Verlangen. Sie kam in der Sekunde, in der ich einen Finger in ihre enge Hitze schob, ihr Körper verspannte sich und wurde dann weich. Ich hielt sie aufrecht, während ich mich erhob und sie in die Dusche trug.

Sie war weich und geschmeidig, während ich sie wusch und mich wieder mit jedem Zentimeter ihres Körpers vertraut machte.

Während ich mit meinen seifigen Händen über ihre Schultern und ihre Arme hinabstrich, sprach ich, da ich endlich ruhig genug war, um das zu tun. „Als ich dich unten sah, habe ich fast die Fassung verloren", murmelte ich.

Unter meinen Händen spürte ich, wie sie sich versteifte. „Ich brauchte... einen Abschluss."

Ich küsste über die lange Linie ihres Halses und leckte einen Wassertropfen auf.

„Ich weiß", hauchte ich. „Ich verstehe. Deswegen ist dein Hintern auch nicht rosa."

Sie drehte sich um und schaute zu mir hoch, ihre Haare klebten nass an ihrem Hinterkopf und ihre Haut glänzte von dem heißen Wasser.

„Ist er... ist es vorbei?", fragte sie. Ich fühlte mich drei Meter groß, weil ich wusste, dass sie darauf vertraute, dass ich mich darum gekümmert hatte.

„Yeah. Randy hat ihn mitgenommen." Ich hätte nie gedacht, dass ich jemals eine Art Allianz mit diesem Arschloch hätte, aber er hatte sich zurückgehalten und gewartet, während ich Cam verprügelt hatte. Dann hatte ich den Loser nur allzu gerne weitergereicht.

„Ohne einen Kampf?", fragte sie und ein kleines V formte sich auf ihrer Stirn.

„Als ich mit Cam fertig war, war er nicht mehr bei Bewusstsein. Hat es Randy einfach gemacht."

Ein leises Keuchen entwich ihren Lippen und ihr dunkler Blick begegnete meinem.

„Bleib ruhig, Prinzessin. Ich habe ihn nicht umgebracht, ganz gleich wie sehr ich es tun wollte. Das Kämpfen fand ausschließlich im Ring statt."

Sie musterte mich und knabberte an ihrer Unterlippe. Ich kam nicht umhin, dieses pralle Fleisch zu küssen. Als ich fertig war, sagte sie: „Du hast dir die Hände nicht schmutzig gemacht."

Ich hob sie hoch und schaute auf meine ramponierten Knöchel von vielen Jahren des Kämpfens. Zum ersten Mal überhaupt sah ich nicht meine Vergangenheit. Während ich ihr Gesicht umfing, realisierte ich, dass diese Hände auch Gutes bewirken konnten. Sie hielten Harper, wenn sie es brauchte, dass ich stark für sie war. Sie berührten sie ehrfürchtig, wenn sie wissen musste, wie hübsch sie war. Sie brachten sie zum Orgasmus. Sie waren jetzt für *Gutes* da.

„Das habe ich. Ich werde uns für nichts aufs Spiel setzen. Aber Cam musste wissen, dass das, was er dir angetan hat, nicht ungestraft bleiben würde."

„Randy wird dafür sorgen", sagte sie.

Als sie Wasser aus ihren Augen blinzelte, drehte ich uns so, dass sie gegen die Wand gepresst war und der Wasserstrahl auf meinen Rücken prasselte.

„Nein. Ich weiß nicht, was Randy mit ihm tun wird. Nicht unser Problem. Aber was auch immer er tut, er wird es wegen dem Scheiß tun, in den sich Cam bei ihm manövriert hat, nicht wegen dem, was er dir angetan hat. Vor zwei Jahren und als du dreizehn warst. Falls er überlebt –" Ich glaubte nicht, dass er das Ganze lebend überstehen würde, aber das würde ich ihr nicht erzählen. „– dann wird er wissen, dass er nicht in deine Nähe darf."

Ihre Hände wanderten über meinen Körper, bevor sie meinen Schwanz fest packte. Mich von der Wurzel zur Spitze streichelte. „Fuck, Prinzessin."

„Dankeschön."

Ich nahm ihr Handgelenk und zog ihre Hand von mir. Mein Schwanz war nicht glücklich, aber das war eben Pech. „Warte kurz. Ich will nicht, dass du mir durch meinen

Schwanz dankst, okay? Zu diesem Scheiß kehren wir nicht zurück."

Ihre Augen weiteten sich bei meiner Andeutung und dann wandte sie den Blick ab. Schließlich hob sie ihr Kinn und sah zu mir hoch. Hielt meinen Blick. „So... so meinte ich es nicht. Wirklich. Danke, dass du mir mit Cam geholfen hast. Mit Randy. Mit allem."

„Du bist mein und ich –"

„Beschütze, was mein ist", beendete sie den Satz für mich.

„Ich werde mich immer um dich kümmern", versprach ich.

Sie blinzelte, dann schenkte sie mir ein kleines Lächeln. „Ich weiß. Du kümmerst dich gut um mich." Sie nahm meinen Schwanz wieder in ihre Hand. „Kann ich mich jetzt um dich *kümmern*?"

Ich griff blind nach dem Wasserhahn und schaltete ihn aus, dann zog ich Harper aus der Dusche. Ein Handtuch schnappend, trocknete ich ihren Körper ab, dann versuchte ich, so viel Wasser wie möglich aus ihren Haaren zu drücken, bevor ich mich rasch selbst abtrocknete.

„Bett. Jetzt."

Sie drehte sich um und rannte aus dem kleinen Zimmer.

„Du kannst wegrennen, Prinzessin", rief ich. „Du kannst schneller rennen als ich. Weiter auch. Aber ich werde dich immer einfangen."

Daraufhin marschierte ich hinter ihr her in dem Wissen, dass meine Worte wahr waren. Harper war mein. Ich mochte brutal sein. Aber ich war bereit, dass sie die Meine wurde. Für immer.

MEHR WOLLEN?

Weißt du was? Ich habe eine kleine Bonus Geschichte für dich. Also melde dich für meinen deutschsprachigen Newsletter an. Durch das Eintragen in die Liste wirst du auch über meine neuesten Veröffentlichungen informiert werden, sobald sie erscheinen (und du erhältst ein kostenloses Buch...wow!)

Wie immer...vielen Dank, dass du meine Bücher liest und mit auf diesen wilden Ritt kommst!

https://vanessavaleauthor.com/v/od

HOLEN SIE SICH IHR KOSTENLOSES BUCH!

Tragen Sie sich in meine E-Mail Liste ein, um als erstes von Neuerscheinungen, kostenlosen Büchern, Sonderpreisen und anderen Zugaben zu erfahren.

kostenlosecowboyromantik.com

WEBSITE-LISTE ALLER VANESSA VALE-BÜCHER IN DEUTSCHER SPRACHE.

vanessavalebuecher.com

ÜBER DIE AUTORIN

Vanessa Vale ist die USA Today Bestseller Autorin von sexy Liebesromanen, unter anderem ihrer beliebten historischen Bridgewater Reihe und heißen zeitgenössischen Liebesromanen. Vanessa schreibt über unverfrorene Bad Boys, die sich nicht einfach nur verlieben, sondern Hals über Kopf in die Liebe stürzen. Ihre Bücher wurden über eine Million Mal verkauft und sind weltweit in mehreren Sprachen im E-Book-, Print- und Audioformat erhältlich, ja sogar als Onlinespiel. Wenn sie nicht schreibt, erfreut sich Vanessa an dem Wahnsinn, zwei Jungen großzuziehen, und versucht herauszufinden, wie viele Mahlzeiten sie mit einem Schnellkochtopf zubereiten kann. Obwohl sie im Umgang mit den Sozialen Medien nicht ganz so geübt ist wie ihre Kinder, liebt sie es, mit ihren Lesern zu interagieren.

BookBub

vanessavale.de

www.ingramcontent.com/pod-product-compliance
Lightning Source LLC
LaVergne TN
LVHW011810060526
838200LV00053B/3727